李骏虎作品集

前面就是麦季

李骏虎中篇小说选

中国书籍出版社
China Book Press

图书在版编目（CIP）数据

前面就是麦季：李骏虎中篇小说选 / 李骏虎著. —北京：中国书籍出版社，2020.1
　　ISBN 978-7-5068-7546-2

　　Ⅰ.①前… Ⅱ.①李… Ⅲ.①中篇小说—小说集—中国—当代 Ⅳ.① I247.5

中国版本图书馆 CIP 数据核字（2019）第 270036 号

前面就是麦季：李骏虎中篇小说选

李骏虎　著

图书策划	戎 骞　崔付建
责任编辑	戎 骞
责任印制	孙马飞　马 芝
出版发行	中国书籍出版社
地　　址	北京市丰台区三路居路 97 号（邮编：100073）
电　　话	（010）52257143（总编室）（010）52257140（发行部）
电子邮箱	eo@chinabp.com.cn
经　　销	全国新华书店
印　　刷	三河市华东印刷有限公司
开　　本	650 毫米 ×940 毫米　1/16
字　　数	210 千字
印　　张	16.75
版　　次	2020 年 1 月第 1 版　2020 年 1 月第 1 次印刷
书　　号	ISBN 978-7-5068-7546-2
定　　价	68.00 元

版权所有　翻印必究

自　序

我生长在那个全民"文学热"的时代。20世纪80年代，"改革开放""思想大解放"带来全国性的写作阅读高潮，从城市到广大的农村、矿山，有点文化的人们都拿起笔来写小说、散文、诗歌、报告文学、文艺评论，抒发情怀，记录时代。在晋南的一个小村庄，也有两个做着狂热的文学梦的年轻农民，其中一个就是我的父亲，这使我在刚刚能够开始阅读的时候，随手就能够拿到《人民文学》《小说月报》《作品》《青春》《汾水》（后改为《山西文学》）这样的文学杂志，对于一个偏远的乡村里的孩子来说，的确是得天独厚的精神资源。就是在父亲的熏陶和指导下，我开始写作和投稿，小学没毕业就开始发表作品。

有人说，那个时候的全民文学热是不正常的，也有人因此而慨叹后来的文学被边缘化，我也曾这样想。但我现在不这样认为了，我现在知道，全民都想当作家的确是不切实际的，但人人都应该养成写作和阅读的习惯，尤其在我们解决了生存问题，开始追求生命质量的时代；我同时理解到，文学作为社会主流的时代的确是一种特殊现象，但文学应该对社会发展和时代进步产生深远影响却是不容置疑的，时下文学越来越圈子化，越来越丧失对社会大众的影响力，越来越跟时代发展没有关系，这才是不正常的。仅仅是文学圈里的繁荣，是虚假的繁荣。这也是当下文学为大众所敬而远之的原因。狄更斯、托尔斯泰、雨果，都曾为人类社会的进步做出历史性的贡献，我们看到，真正的文学大师是为人类写作的，他们从不曾把文学学术化、圈子化。为什么要写作，从事文学的终极目的是什么，这是作家们应该思考的永恒课题。跳出圈子，为人民写作，这是我大概从十四年前形成的文学观念。我后来的文学道路，就是在这个观念的指导下往前走的。

　　每一个作家的文学生涯中，都有自己阶段性、标志性的作品和文学事件，我也是如此。我真正意义上的小说写作，开始于中专时代完成的第一部短篇小说《清早的阳光》。那个时候，没有读过几本文学名著，也几乎没有任何的文学观念，就是靠着农村生活的积累和一点天分创作的，我对自己想象力的确信，也来自这篇纯粹的作品。每一个作家都有自己的软肋，我也有，我在文学素养上的欠缺就是没有接受过必要的写作训练，当时，也没有完成与经典的对话，我就是个"野狐禅"。这个短篇之后，我回到故乡小城谋生，很多年不能超越自己，后来因为一个机会又回到了太原，有三年时间学着用王小波的风格写小说，数量不下三十万字。这其中有一个中篇、三个短篇被文学杂志《大家》2000年的同一期刊发，还配发了整页的作者艺术照，这是我文学生涯中的第一个作品小辑，从此我开始浮出水面，成为我这一代作家里较早的出道者，这要感谢

《大家》主编李巍老师的错爱，他还曾想把我打造成男版的J.K.罗琳，可惜我才力不逮。

在我读过小仲马的《茶花女》和陀思妥耶夫斯基的《被侮辱与被损害的》后，在卢梭的《忏悔录》里找到了思想指导（我其实并没有读完这本书，但哲学家强大的思想力量通过开头的几页书就主导了我），开始写作第一部长篇小说《奋斗期的爱情》。那是20世纪末的事情，我在山西日报社工作，每天晚饭后打上一盆热水放到办公桌下泡脚，铺开稿纸写两三千字，保持了一个良好的写作进度。我在子报工作的弟弟陪着我，他也写点东西。那个时候生活条件异常艰苦，我们兄弟俩租住在一个倒闭的工厂的小楼单间里，房子里没有水管也没有厕所，需要用矿泉水瓶子从报社灌水带回去用。晚上十点多，完成当天的写作进度，我俩骑着从街上四十块钱买来的旧自行车赶夜路回住处。如果在夏天，经常一个霹雳大雨倾盆，根本来不及躲避就被浇成了落汤鸡；如果在冬天，融化的大雪在马路上冻成纵横的冰棱，车轮压上去，一摔就是十几米远。但我们心里都有一团火，就是永不熄灭的文学火焰，能够在窒息的大雨中和摔懵的马路上哈哈大笑。《奋斗期的爱情》被文学杂志《黄河》以头条的位置发表后，很快被收入长江文艺出版社"九头鸟长篇小说文库"，这在当时是个特例，因为文库里的作者除了我，都是很有名的前辈作家。要感谢《黄河》主编张发老师和长江文艺出版社的李新华老师，正是《奋斗期的爱情》使我开始有了"粉丝"，其中包括不少跟我年龄相仿的现在很知名的青年作家，当时他们刚开始尝试写作。

我开始不满足于圈子，而从大众的欢迎中得到自信，源自于我的第一部畅销作品《婚姻之痒》。2002年到2005年之间，我开始了自己第一个完整的创作阶段，创作了一系列以心理描写见长的都市情感和婚姻家庭题材小说，并整理成长篇小说借助于各大门户网站的读书频道贴出来。磨铁文化老总、诗人沈浩波的弟弟沈笑，当时在新浪网读书频道做版主，他把《婚姻之痒》加精置顶，后来得到了四千多万的点击量，数千读者跟读并试图提供思路参与创作。在读者意识到我有把女主角庄丽写死的企图时，很多人对我发出了威胁。那年的情人节，读者们把《婚姻之痒》打印出来，用精美的礼品纸包装好，作为情人节礼物互赠。有人留言说看了这部作品与爱人达成了谅解，有人说决定奉行独身主义，这使我对文学的社会功能产生了自觉的思考，也开始与逐渐向圈子和学术坍缩的文学背道而驰。现任人民文学出版社社长臧永清，其时担任春风文艺出版社的副总编辑，他策划的"布老虎"丛书风靡一时，他跟我签下了首印四万册的出版合同，可惜的是，他后来去了中信出版做副社长。他也因此专程打来电话表达了对我这本小说的遗憾。然而很快，创业阶段的沈浩波就闻讯来到太原，通过朋友联系到我，在电话里诚恳地做了半个小时的洽谈。沈浩波的策划和营销能力是非常超前和强大的，在他的策划下，我一下子"火"了起来，不断接受全国各城市晚报和都市报的采访，《婚姻之痒》也进入新华书店系统公布的2005年文学类畅销书前五名，接着又拍成了电视连续剧，由著名影星潘虹和李修贤主演。

  是作家都有代表作，有被自己认可的，有被读者认可的，还有被圈子认可的，我截至目前被这三个领域基本认同的代表作，是长篇小说《母系氏家》，这也是我第二个完整的创作阶段的主要作品。这部小说也是对"山药蛋派"老一辈作家谆谆教导的"生活是创作的唯一源泉"的致敬和实践，她的创作，完全是非功利性的、自发的、水到渠成的。2005年元月，我被选派到故乡洪洞挂职体验生活，报到后，县政府让我先回太原，等待通知再正式上班，这一等就是两个多月,于是,从毕业后就为了生存和理想打拼的上班生活突然停止了,生活节奏出现了巨大的断档和真空。文学创作是闲人的职业,人心里越安静思想越活跃,忘记了是什么触发了灵感和回忆,我开始写作我生长的那个小村庄的女人们的个性和人生故事,写到六七万字的时候,县政府通知我报到上班,我给她起了个题目《炊烟散了》,作为一个大中篇发给约稿的杂志。这就是《母系氏家》的蓝本,她并不是按照时间轴写的,而是把两代女人的人生历程交叉辉映着写。两年半后,我在鲁迅文学院第七届中青年作家高研班学习,从繁忙的政府工作中脱身出来,文学的机能重新复活,一个晚上,我想到《炊烟散了》里面有一个人物可以再写一个中篇,就围绕这个叫秀娟的美丽、善良的老姑娘写了一个晋南农村麦收之前的故事,起名为《前面就是麦季》。跟以生活为背景的小说不同,《前面就是麦季》是以《炊烟散了》为背景的,这种以另一部小说的世界为背景的小说写作,弥补了我的作品虚构程度小的弱点。稿子完成后,恰好《芳草》杂志主编、著名作家刘醒龙老师来鲁院物色刊物"年度精锐"的专栏作家,我有幸蒙他慧眼相加,《前面就是麦季》就成为开年《芳草》杂志的头题作品,后来获得了第五届鲁迅文学奖的优秀中篇小说奖。

每个作家都有自己的特质,有些作家艺术感强,善于写中短篇,有些作家命运感、历史感强,擅长写长篇,我是以长篇为主要创作形式的作家,中篇产量最少,却阴差阳错获得了中篇小说的最高荣誉,这正是命运的耐人寻味之处啊。也还是在鲁院时,《十月》杂志主编王占君老师来约稿,嘱我写个长篇给他,我以《炊烟散了》和《前面就是麦季》为基础,用时间顺序把故事展开讲述了一遍,完成了长篇小说《母系氏家》的第一稿,发在《十月》长篇小说的头题。在陕西人民出版社出版单行本之前,我又用两个月的时间改了第二稿，增加了几万字，后来获得了首届陕西图书奖，同时获奖的长篇小说有贾平凹的《秦腔》，陈忠实老师是文艺奖评委会的组长，他用浓重的陕西话跟我开玩笑说：写得比老贾好！

《母系氏家》也获得了赵树理文学奖，几年后我又写了她的姊妹篇《众生之路》。著名评论家胡平老师认为，《众生之路》的"呈现"比《母系氏家》的"表现"，在艺术上更高一个层次。能超越自己，我觉得比超越别人更值得高兴。

人的心理倾向是受生理影响的，换句话说，我们的身体变化某种程度上决定着精神走向，四十岁左右的时候，我开始喜欢读历史了，历史事件的神秘感和对历史人物探究欲望，使我的写作转向第三个完整的阶段：抗战史的研究和书写。无论写历史还是现实，作家都是以发生在自己脚下的这块土地上的故事为富矿的。我发现红军东征山西有着改变中国革命进程、促成抗日民族统一战线形成的伟大意义，于是，经过两三年的打通史料和实地考察准备，完成了全面展现这一历史阶段的国际国内政治形势和战争过程的长篇小说《中国战场之共赴国难》。这是我目前为止体量最大的一部作品，有四十万字，也是第一部完全以长篇的艺术结构从零创作的作品，她并未得到文学评论界多少的关注，却产生了很大的社会影响，成为当年中国新闻出版报公布的年度文学类优秀畅销书前十名。跟我的第一本畅销书《婚姻之痒》主要以读者个体为购买对象不同，《中国战场之共赴国难》不是一本一本地卖的，她被省内外很多机关单位、企业、学校多则几百本，少则几十本的团购，作为读书活动的主题书。《文艺报》以整版的篇幅发表了我的创作谈《今天怎样写救亡史》。《中国战场之共赴国难》使我彻底背向文坛、面向大众，赵树理曾经说过他的文学创作理念是："老百姓看得懂，政治上起作用。"山西作家中的前辈张平、柯云路是这个理念的杰出实践者，我是他们的追随者。

我并不是文学性、艺术性的反对者，我热爱并且探究小说的艺术性，但我反对文学学术化、圈子化，我不愿意搞"纯文学"创作，我希望我的作品像狄更斯一样受到普通人的欢迎。我也醉心于福克纳、博尔赫斯、卡夫卡的作品，但我向往着托尔斯泰、雨果那样超越作家的思想情怀，我逐渐开始了自己的第四个完整创作阶段，我希望自己能够像巴尔扎克那样把同时代的人们变为我笔下的艺术形象，展开一副包罗万象的时代画卷。

感谢中国书籍出版社和策划人戎骞小兄的美意，要给我出一套比较完整的作品集，由于我的一再坚持精减，还有近几年出的新书的原出版社都不愿出让版权，成为目前这八本的规模，留待随后陆续补进。

目前，我出版了18种、25本书，其中一半左右是长篇小说，戎骞要求我写的这篇自序里，我未提及散文、诗歌和评论的创作情况，是因为我想以主要创作形式来梳理自己的文学历程，今后这仍然是我的主要方向。一个作家只要不丧失对长篇小说的兴趣和能力，其他的体裁就有一个强大的思想本源。

2019年8月17日 于太原

前面就是麦季

目 录

自　序 / 001

在世纪末的夏天 / 001
忌　口 / 025
玫　瑰 / 064
爱无能兮 / 104
人民就是活菩萨 / 141
前面就是麦季 / 170
五福临门 / 204

创作年表（要目）/ 239

在世纪末的夏天

1

　　一场关于走还是留的争论，在被七八张破旧的办公桌分割成迷宫的大办公室里激烈地进行着，有人靠在椅子背上，有人干脆把自己的半拉屁股搁在办公桌边沿上，还有人在桌子之间走来走去，并且不得不绕过栽着半死不活的植物的几个大花盆和靠着桌子的各个侧面摞起来的各种报纸杂志的混合障碍物，更多的人靠着桌子或者文件柜站着，环抱双臂，一言不发，眼神跟着不停变换的演讲者移动着。其实，这只是一场没有实际意义的辩论，真正左右这些人命运的会议，正在楼上的某个小会议室里有条不紊地进行着，那几个被称为领导的人，此时正围坐在会议桌前，或者抽烟，或者不抽烟，翻动着手边的文件，听某一个人一边念一边解释这份文件，只是，偶尔有人会因为抽烟太多嗓子发痒而咳嗽一下。

严小满安静地坐在大办公室最深的角落里，守着那部这时显得过分安静的电话。这场讨论和她关系不大，她不是在编人员，只是个负责收发信件和报纸的临时工，是留在老单位转到某个部门工作，还是跟着自收自支的新单位搬到新租用的写字楼去，这是那些在编的老职工正面临的选择，而她似乎没有决定自己命运的权力：新单位将在经费方面自负盈亏，假如领导不愿意负担临时工的工资，那她就只能重新去找工作了。严小满胳膊肘支在桌子边上，垂着头，有些过长的留海遮盖着她从小被人取笑的微微凸起的大额头，两排像街边的常青树一样整齐密实的睫毛扑扇着，在圆润的脸颊上留下浅浅的阴影，因为上唇略显得有些短，总是露出一排细密洁白的上齿来，平时总给人留下爱笑的印象，但此时只有她那因为正在最有活力和发育到最好的年纪而显示出女性生理美的下巴微微地在光洁的皮肤下形成一个俏丽的小漩涡。此刻，没有人注意到她的存在，更没有人在意她的命运，每个人都在近乎愤怒地向大家陈述着自己的老资历和对单位的大贡献，徒劳地为自己争取着在即将到来的变革后的合适位置，男人们嗓门高得像要打架，女人们却莫名其妙地间或发出带着古怪兴奋的大笑。严小满默默地望着眼前的一切，泪水慢慢地蓄满了两只过于美丽的大眼睛，目光变得模糊起来，她没有想到自己的处境，她在想患有精神病的妈妈和仿佛已经退化了语言功能的爸爸，但是那个让她心里一疼而流下眼泪的却是正在上初中的妹妹，——只要这三个人还活着，她就永远也不会想到自己。

因为微微地弯着腰，她的花格子衬衫胸前的两个扣子之间出现一个宽大的缝隙，在她不自觉的情况下，有些过于丰满的乳房从那里被一个人无意中窥见了，半边雪白的乳房和包裹着它的紫色胸罩的蕾丝花边仿佛一杯度数很高的洋酒，让那个人的脸上绽露出诡秘的微笑，眼神渐渐变得有神而光亮起来。他靠着文件柜，坐在严小满右侧门口的一盆高大的龟背竹后面，把罩着土黄色布套的椅子反过来，两只胳膊肘趴在椅背上倒骑着椅子，一边饶有兴味地听着同事们的争论，一边拿着支圆珠笔在龟背竹的叶片上写着字。这个上身长下身短的胖子，原先因为无聊而微微塌下去的腰，此刻受到新的发现的鼓舞，竟然弓了起来，仿佛一只发情的大猫，不时地朝严小满那边转过脸去，从无框眼镜的镜片边上朝她略显沉重的胸部望上一眼。

"大冯，你一句也不吭，是不是领导私下给你吃过定心丸了？"

听到有人叫他，胖子笑眯眯地抬起头来，从龟背竹叶片上面望着靠窗站着的那个描着很重的眼线的中年妇女，她有着一张和年龄不相称的过分光滑细腻的脸，像一件瓷器，要不是从鼻翼到嘴角两侧的男性化纹路，倒也有几分妩媚，原本徐娘半老，脑后却揪起了一个小女孩刚留头发的那种朝天辫，把所剩不多的一点风韵破坏了个干净，使她的外形和性格一样呈现出男女莫辨的印象，给人的综合观感是，她属于那种喜欢做主的女人，无论在家里还是单位，都愿意别人以自己为中心。大冯呵呵地笑着离开椅子，一路用手轻轻推开那几个走来走去的人，走到中年妇女身边去，一手叉腰，一手拍在她的肩膀上，俯视着她的眼睛调笑："领导怎么会想到我啊，就算他们来问我，我也会说，吴姐走我就走，吴姐留我就留。"他把脸凑近了压低声音说，"吴姐，你说咱走不走？"吴姐在众目睽睽之下有些羞涩，假作嗔怒狠狠打掉肩膀上大冯的那只手，推开他骂道："你爱走不走，跟我有什么关系？大冯你就是个油痞！"自己先笑起来,一圈人都笑起来,大冯也得意地笑着,目光穿过人缝去望远处角落里的严小满。

严小满被惊动了,她一直在混乱中努力地想听清每个人说的每句话,试图从中捕捉到对自己有帮助的信息,她抬起头正看到那些开心地哄笑的脸孔,自己却笑不出来,只好扭过脸去望窗外阳光下那些蒙着灰尘的柳树枝叶,在这之前,她被大冯看到了那双兔子般红着也兔子般无助的大眼睛。然后,她站起来低着头走了出去,在走廊里,她依然能从那些高低纷乱的声音里分辨出哪句话是谁说的,但是那些话的内容依然只跟说话人本人有关,他们也会互相提起,却从没提到过她。她走进女厕所,弯下腰来朝两个厕位隔间探头探脑地眈一眼,确定没有别人后,从包里拿出一部手机来,拨了一个号,通了,对方却一直没有接。她认为是信号不好,把手机天线拔出来,又拨了过去,这回对方果然接了,但只说了一句:"你好,我在家,一会儿到了办公室打给你。"就挂了。她失望地收回天线,把手机放回包里,抽出一块纸巾来团在手心,拉开厕位上的绿色木门,进去上厕所。

严小满从厕所出来,弯着腰在外面公用洗手间那里洗手,大冯从男厕所出来了,站在她背后问:"要不要帮你拿着包?"严小满说不用不用,直起身来笑看大冯一眼,用右手的食指和拇指把挂在左手小臂上的包拉开,夹出一张纸巾来擦手上的水,一边打量着镜子里自己的脸。大冯就着水管飞快地洗完手,满是青春痘疤痕的脸上堆满笑容,眯着眼睛望着严小满说:"给我一张纸擦擦手。"严小满说,好好,又抽出一张纸巾来递给他,脸上有一点点发烧,赶紧转过身走出去作为掩饰。大冯跟着她出来,赶上一步问:"你有什么打算?"严小满不由扭头看他一眼,实在没想到会有人这样问自己,心里就是一阵酸楚,想笑,眼睛却模糊了。

"你要愿意去新单位，我可以给领导说说，肯定还会招聘新人，怎么说你也比他们熟悉业务。"大冯笑眯眯的眼睛很深邃。

严小满的眉毛就扬了起来，大额头堆起浅浅的皱纹，心里的快乐直接从眼睛里飞了出来，跺跺脚跟叫道："真的吗？！"

大冯把手掌在她眼前摆摆说："嘘——，别叫唤！"他收敛了笑容，严肃地抿抿薄嘴唇说："这样吧，晚上我请你吃饭，咱们再商量。"他的口气不容置疑，严小满也没有丝毫犹豫就答应了。

2

有些人等不到楼上的会议结束就提前下班走了，他们有更重要的事情要去做，比起上班来，自己的生意对生活更重要一些。留下的人占大多数，像平时一样对自己的人生并没有主动的想法，他们习惯了等待单位和领导的安排，这个时候，他们的心情少见地有些激动，那些个平时还算亲切随和的领导，此时在他们的想象中都庄重而值得信赖，他们愿意把自己的命运交在这样的人手里去安排。这么多人没走的原因有两个，一个是确实还没到下班时间，另一个更重要的原因是有两个人坐着没动，这两个人都四十左右的年纪，瘦瘦高高有些端着肩膀的是办公室主任张新民，他天生不长胡子，脸颊瘦削皮肤松弛，而且像初中学校的教务处主任一样饿纹入嘴，留着大众的三七分头，眼神温和，稍微有点三角眼，从表情上看一点都没有做领导的威严。事实上，这一下午他一直坐着大家中间，一点也不起眼，而且比别人说的话少很多；那个留着长发微微有些发福的是艺术总监老姜，上唇刮得铁青，下巴上留着一簇短须，脖子上有两道可疑的抓痕,并排贴着两条创可贴。大家都愿意相信这两个人会比其他人得到可靠的信息,于是像一片被磁铁吸引的铁屑,看似没有规律,实际上都是围绕着他们俩坐着,连眼神都是被磁化了的。

严小满和大冯回来后,老姜出去接了个手机,回来表情凝重地看看大家,用一种非常淡泊的语调宣布:"我朋友打电话来说,咱们新单位的领导,可能会从上级主管部门空降。新单位也要事业编制企业化管理,走还是留,你们自己拿主意吧!"大家都诧异地嗡嗡起来,张新民对他如此轻率地散布传言表示不满:"楼上的会还没有结束,老姜你从哪里听来的小道消息?"老姜轻蔑地笑笑,看了他一眼说:"信不信由你吧,我还有个饭局,先走了。"

大家惊恐地目送老姜出了门,又一起望向坐着没动的张新民,吴姐带头问:"张主任,你说咱们该怎么办?"

"怎么办?哼哼!"张新民冷笑两声看看他们说,"自己拿主意吧,我也说不好。"

大冯一直倒骑着椅子笑眯眯地观望着这一切,他打个哈欠站起身来,慢悠悠地走出门去,走到门口站住,转过身来,抬起一只手,对担忧地望着他的严小满勾勾手指头。严小满脸上有些发烧,收回目光看了半天斑驳的桌面,没敢抬头看有没人注意到自己,突然挽起包来就往出走。大冯在楼梯口站着,看到她出来,径自先下楼去了。严小满听见吴姐在嚷嚷着骂:"大冯,你个油痞,这个时候还有心思勾引人家没结婚的小姑娘!"她背上的肌肉就是一紧,仿佛被谁狠狠地推了一把,脚步踉跄着往前冲。

出来单位大门,严小满朝街边张望一眼,看见大冯已经拦住了一辆黄色的面的,正拉着车门对她招手。严小满尽量从容地走过去,耳朵里还回响着吴姐那句话,脸上笑容就有些牵强,但她还是惊讶地打量了一眼大冯说："打的呀？不远的话走过去吧，好不好？"大冯扳住她的肩膀，有些蛮横地说："别啰嗦了，这算个啥！"把她推进车里。大冯关上车门，坐在严小满对面，严小满看看他，忍不住笑，问道："去哪里啊？不贵的话我请你吧？"大冯不屑地摆摆手，摸摸下巴上浓密的胡茬说："在省城还没有我冯刚玩不转的地方，你听我的安排就对了。"

车往北走，行道树都是高大的垂柳，枝叶在夏末时节油汪汪地滴答着虫子排出的粘液。北城集中着省城的所有首脑机关，这些垂柳都和这些机关的办公大院一样有年头了，显示出一种安逸的颓败情态。穿过几条街巷，拐进省政协所在的那条大街，世纪之交的内陆省城，文化休闲风气方兴未艾，这条街是著名的茶社和酒吧集中的地方。他们在两层楼的"清新雅韵"茶楼前下了车，大冯扔给司机一张十块钱，没等找钱，跳下车就走。严小满下了车，看看大冯的背影，没动脚，回头看看司机，司机也看看她，司机探头望了望茶社的招牌，结合刚才在车上听到的对话，大概思考清了他们的关系，就坚定地说："小姐，请帮忙关上车门。"

大冯等在茶楼门口，帮她拉着门。严小满闪身进去，低声对大冯说："其实我一点也不饿。"大冯没搭理她，对迎上来的穿红旗袍的服务员说："老地方。"服务员看一眼他身后的严小满，严小满扭头去看旁边鱼缸里的金鱼，服务员笑着做了个请的手势说："好的领导，您跟我来。"

严小满以为要从中间的宽楼梯上楼，却被领着顺旁边的窄楼梯下了地下室。地下室装修得古香古色，走道两边的墙被挖出一排壁龛，里面摆放着盆景还有仿制的古董瓷器。垃圾箱上还点着熏香，发出一种幽幽的说不出来的古怪香味。服务员把他们领进一个宽敞的包间，有一张仿古的棋牌桌，还有一张宽大的榻榻米，榻榻米上是一张小茶几，两边摆着海绵靠墩。大冯进门就踢掉皮凉鞋上了榻榻米，盘腿坐在茶几旁边，严小满有点不知所措，她想走过去坐到棋牌桌旁边的椅子上，犹豫了一下，还是在榻榻米边上坐了下来。服务员站在地下笑吟吟地问大冯："领导看要点什么，给女士要点什么呢？"大冯侧了侧身，把手伸进屁股后面的裤兜里，他扭曲着半边脸，仿佛屁股后面有个硬邦邦的东西硌得难受，然后他很费劲地把那个东西拽出来，扔到了面前的茶几上，是一摞还被纸条捆扎着的百元大钞。他没有看严小满的表情，只望着服务员说："那什么，我存的好茶还有吧，我们就喝那个。嗯，你给拿几盘小吃吧，开心果葡萄干什么的。另外，再拿一瓶'XO'吧。"

严小满就像被蝎子蜇了一下，赶紧给服务员摆手："别别，不要酒不要酒，我不会喝酒！"她试图站起来，却被大冯探身过来拽得歪坐下，大冯皱着眉头说："酒是我要喝的，你慌什么！"严小满红了脸，打他一下说："去去，我是不想浪费钱，洋酒太贵了！"大冯拿起茶几上那摞钱，高高地抛起，看也不看它落在哪里，不屑地说："钱是什么？钱是王八蛋！"严小满翻他一眼，忍不住笑了，在头顶的灯光照射下，她光亮的大额头在漂亮的脸孔上投下淡淡的阴影。

服务员走后，大冯让严小满脱了鞋坐到榻榻米上来，严小满没动弹，大冯抬抬屁股吓唬她："你不脱我就替你脱呀！"严小满剜他一眼骂道："讨厌！"自己脱了鞋，先把包甩到榻榻米上，跟着自己爬了过去，坐在茶几的另一边。

服务员端来沏好的茶和调好的酒，把几样小吃摆在茶几上，微笑着说："两位慢用，有什么需要请按桌上的呼叫器。"大冯说："出去把门关上。"他给自己倒上酒，看看严小满，给她面前的杯子里倒了一点点说："你尝尝，不让你多喝。"严小满剥着开心果，翻动眼皮看了大冯一眼说："说好的去吃饭，带我来这种地方！"大冯举着酒杯说："这地方怎么了，多有文化品味，说话也方便。"他鼓励她端起杯子，"你尝尝，跟饮料没什么区别。"严小满鼻子里哼了一声，还是端起杯子来和他碰了碰，小心地送到唇边去，舔了舔，果然甜丝丝的，就笑起来："这就是'XO'啊，比我小时候喝过的红葡萄酒还甜，——我上初中的时候过年喝过一口葡萄酒，到第二天还是晕的。"大冯说："可不就是，这是调过的酒，相当于饮料。"他看着严小满把那点酒喝完，又给她倒上半杯。

严小满着急言归正传，把玻璃酒杯举在手里玩着说："谢谢你啊大冯，碰上这种事，方芳不在我也没个商量的人。再说了，人家方芳和我不一眼，还有老……"自觉说漏了嘴，不好意思地去望大冯的脸色，大冯哼哼着说："这都是明摆着的事么，方芳当然和你不一样，她比你来得早，又和老姜有一腿……"

严小满打断他说："别说那么难听，我觉得方芳是真心喜欢老姜。"

这话惹得大冯发笑："算了，别和我说爱情，老姜孩子都上初中了，他是典型的婚外恋！至于方芳，不就是个第三者嘛，你别以为他们有多高尚。"

严小满若有所思地笑了，就在一周前，老姜的老婆冲进单位，当着所有人的面对方芳连打带骂，把方芳的半边脸都打肿了，还揪下了她几绺头发。老姜拦在中间，脖子上也被抓了好几把，贴着两张创可贴遮羞，还要把衣领竖起来。"我想晚上去看看方芳，她不知道好点没有，能不能上班了。"严小满轻轻叹口气。

大冯冷笑着说："先顾你自己吧！听说你爸身体不好，你妈妈脑子有问题？"他习惯了这样直不愣登毫无遮掩地说话，从来不考虑对方的感受。"你一个小姑娘，怎么养活他们啊？"他直盯着严小满的脸。

严小满扑扇扑扇长长的睫毛，眼泪挂在下眼皮那里，咬了咬下嘴唇，没说话。大冯清楚地看见她的牙齿把嘴唇咬得一会儿没了血色，一会儿又红润起来，严小满嘴唇上那排浅浅的牙印让他的心跳加速，他明显地感觉到自己的心脏像长了脚一样狠狠地踹了几下胸腔，他俯身捡起刚才抛在一边的那摞钱，"啪"地拍在严小满面前的茶几上："拿去寄给家里吧，不够再跟我说。"严小满惊惶地去推他的手："不行不行，我不要！"大冯直起身来瞪着眼睛嚷："啧，别跟我这样，我大冯没别的，就是讲个义气，——不怕，不叫你还！"

严小满定定神，轻轻地抽动嘴角："我不能花你的钱，我自己能挣钱。"大冯逼视着她："你说，你一个小姑娘，凭什么挣钱？你说！"

"那我也不能花你的钱啊。"严小满翻起眼皮看大冯一眼。

大冯嘿嘿笑起来："就算你陪我喝酒，我高兴，行了吧。"他举起酒杯说："来，妹子，干一个！"

洋酒甜丝丝的，严小满很享受这种味道，自己也想喝起来，一会儿感觉身子有点发飘，心情也出奇得好了，大冯讲话很风趣，她就不停地笑，嘴像盘子里的开心果一样合不拢。大冯受到鼓舞，试探着给她讲些酒桌上听来的黄段子，严小满听得双颊发烧，不停地拿葡萄干砸他。正热闹，严小满包里的手机响了，她拿出来，侧过身去接。大冯没想到她会有手机，多少有些诧异，坐在一边目光沉静地研究着她。

地下室信号不好，但听筒的声音显得很大，大冯清楚地听见有个男人不耐烦地问："你在哪里？……我去接你。"严小满撒谎了:"我和同学在一起,明天再联系啊。"她匆匆挂了电话,看大冯一眼,笑笑,扶着墙穿好鞋,歪歪扭扭去开门。

大冯问:"你去哪儿?"她脱口而出:"你别管!"大冯就知道她是上厕所去了。

严小满上完厕所回来,说了声头晕,鞋也没脱,就歪倒在榻榻米上。大冯跳起来,迈过茶几,到了她这边,探身把门关好,跪下来拍拍她的脸,笑道:"不是吧,喝醉了?"

严小满面色绯红,闭着眼睛笑笑。大冯把她抱起来,嘟哝着说:"你放心,以后有事就找哥我!"严小满又笑笑,鼻腔里呼出热乎乎的酒气。

3

方芳靠在沙发上,妈妈坐在她旁边,用手里握的一把核桃钳子夹核桃,母女俩正在看电视。晚饭后爸爸照例去地下室的暗室里冲洗他白天拍的相片去了。方芳拒绝回答父母她一个星期没去上班的原因,老两口相信女儿从小锻炼成的独立能力,也没有深究,——冒失地打电话到女儿的单位去问个究竟,这样的事情不是他们的作风。严小满来过家里一次,方母也问过一句,严小满嘻嘻哈哈地说:"没什么没什么,就是同事之间闹点矛盾。"竟然搪塞了过去。

方芳眼睛看着电视,心里一点也不平静,老姜老婆来单位闹,她一点也没有害怕,甚至当时有些木然,仿佛事情是发生在别人身上。可就在这节骨眼上单位要分离出去,逼着她不得不考虑自己接下来该怎么办，要不要借着这个机会离开老姜，比如说老姜要留在老单位，她就去新单位；老姜要去新单位，她就想办法留在老单位，这样跟他撇清了，开始自己的新生活。待在家里这几天，她一直在思考是否有避开世俗生活烦恼的必要，因此举棋不定。最后父亲遗传给她的那一点艺术气质帮了她的忙，她最后的决定是随它去，如果上天仍然把她和老姜安排在一个单位，那她将继续坦然面对自己的爱情。

楼下的街边是个夜市，炒菜的"滋啦"声和那些个光着膀子的人喝着啤酒的吵闹声混响着，时而又清晰地分离开来，在"滋啦"声和吵闹声的间隙里出现一种出奇的宁静。就在这时，方芳听到有个熟悉而奇特的嗓音喊了一声："严小满——！"她侧耳细听，虽然街市上声音很吵，她还是又听到一声同样的叫喊，而且马上就判断出这是同事大冯的声音，全单位只有他一个人喊人时拖着那种奇怪的抑扬顿挫的音调。方芳的第一反应是大冯和严小满在楼下夜市吃饭，她从客厅去了厨房，从阳台打开的窗户朝下望，一团团的树冠下很多人坐在白炽灯的光芒里吃饭、说笑、碰杯，烤羊肉串的香味和炒豆芽的烟味交织在一起，让她的眼睛有些发酸。她探出头去，用戴着隐形眼镜的圆眼睛，先是朝下，然后左右看看，没发现什么熟悉的身影。

她刚在沙发上重新坐下，门铃响了，节奏紧凑显示着门外的人急火火的个性。妈妈看了女儿一眼，没动窝，方芳站起来过去打开门，严小满就挤了进来。严小满问了声阿姨好，就拉着方芳去了她的卧室。打开灯，方芳关上门，严小满已经把自己扔在了她的床上，她躺了一秒钟，又弹起来瞪着眼睛打量好朋友："没事了吧你？"方芳站在对面正研究她，面无表情地说："我刚才听见大冯叫你，你是不是和他在一起？"严小满像听到一个天大的笑话，哈哈地笑起来，就差弯着腰滚到床下去了。方芳站着没动，看着她搞怪。严小满抬起脸来，仍旧乐着，撇撇嘴说："我怎么会跟他在一起！"方芳说："你别不承认。"严小满说："我就不承认！没的事我承认什么？"

严小满看了一眼方芳下垂的乳房，转移话题："单位的事你都知道了吧，你打算怎么办？"方芳把椅子上的一个毛绒兔子抱起来，坐到椅子上说："随便，我就是个搞美术设计的，在哪里都一样。"严小满挑挑细细的眉毛，大额头上又堆起了密密的纹路，低声说："老姜和你联系了没有？"方芳直盯盯地看着她摇摇头。严小满有些怀疑地审视着她。方芳说："你今天住我这儿吧，咱晚上说说话。"严小满赶紧摇头："别了吧，我今天回去要洗澡。"觉得说漏了嘴，又哈哈笑起来，问好朋友："你明天去上班吧，看样子明天要开会。"方芳迟钝地点点头。

"那好，你还是骑车到我楼下，我在老地方等你。"严小满站了起来，拎起她的包。方芳也站了起来，两个人没有马上出门，又站在那里面对面说了半天话。

4

方芳骑着二八坤式自行车来到严小满租住的小区门外，看见严小满正站在离公交车站牌不远的地方等她。严小满也看到她抻着细长的脖颈、顶着染成浅红色的蘑菇头过来了，冲她扬扬手。方芳来到严小满跟前下了车，严小满把自己的包交给她，抢过车把说："走吧，你坐后面。"方芳推让一下说："今天我来带你吧？"严小满说:"不用,我比你劲儿大。"

朝晖从行道树的缝隙里投射到省城匆匆的上班族身上,严小满穿着红底白点的连衣裙骑着自行车,后面驮着穿牛仔短裤和白背心的方芳,两个人说说笑笑地混迹在自行车流里。方芳不时地提醒她:"到十字路口提前看有没有交警,叫我下来啊。"严小满脚下使着劲,满不在乎地说:"没事,我抛个媚眼儿什么都解决了。再说,咱交警里有朋友。"两个人乐个没玩。

和她们路线一致的403路公交车从后面追了上来,相对静止地运动着。方芳抬眼看到车厢里有一对年轻男女正望着她们,男的穿着咖啡色的西装,戴着金丝边眼镜,肩膀上挎着背包;女的穿着一件浅粉色的线衣,面颊狭长,颧骨和眼眶靠得很近,她脑后扎着短辫,头上别着乡下人惯用的那种黑色的钢丝发夹,两鬓各别着好几支,她正眼神茫然而好奇地望着骑着一辆自行车的方芳和严小满,看到方芳也在望着她,赶紧扭头对她身边的年轻男人羞涩地笑了一下,那个男人一手拉着吊环,一手揽住了她的肩膀。方芳惊讶地发现她脑后还别着一根带小碎花的发夹,她推测他们一定是从北方的乡下来的,那里的天气已经有些变凉,所以他们穿着那样的装束下了火车,来不及换衣服就融入了省城依旧炎热的夏末里。

到了单位,严小满已经是满头细汗,体温蒸腾着她身上的香水味,她很开心地把方芳的自行车推进车棚里锁好,笑着过来和好朋友一起上楼。严小满舍不得买一辆自行车,更不愿意花一块钱坐公交车上班,她算过一笔账,每天上下班坐公交车的话,一个月就要六十块钱,这些钱就会让当油漆工的爸爸好几天的汗水白流了,虽然他只是他的养父,但他从小照顾着她和妹妹还有脑子有毛病的妈妈,爸爸是这个世界上她认为最可怜最让人心疼的那个人。因此她愿意每天骑着方芳的自行车,带着好朋友上班,这让她觉得每个月多赚了六十块钱，成为一件非常令她开心的事情。

两个姑娘一路说笑着上了楼，一走进楼道，严小满就发觉气氛不对，跟昨天乱哄哄吵成一片不一样，楼道里很安静，路过各个办公室的门，都会发现里面的人神色很严峻，像是发生了什么大事情。方芳好几天没来，对这一变化很木然，严小满赶紧拉着她走进了大办公室。吴姐板着脸坐在办公桌后面，抬眼看了看她们，仍旧低下了头去。严小满刚要问怎么回事，大冯跟在她们屁股后面进来了，他像一条优种猎犬闻到了猎物的味道，笑嘻嘻地俯视着满脸茫然的严小满和方芳，用幸灾乐祸的语调宣布："嗨，这下可好了，谁也用不着吵吵走还是不走的问题了，人家万众一心要叫咱们扫地出门啦。"原来本单位的兄弟部门联名给领导上书，拒绝那些不愿意跟着新单位分离出去的人员安插到本部门，以免那些资历老的人留下来影响到本部门原有人员的提拔。

这个消息一传出来，一种同仇敌忾的情绪迅速从每个人心里被激发了出来：既然人家联合起来堵死了咱们的退路，咱们就要团结起来破釜沉舟开创一番新事业给他们看看！领导们发现，做了很多天动员大家去新单位创业的工作，在这个早上取得了意想不到的好结果。

当天就召开了新单位筹备情况通气大会，会上宣布了新单位的名称："化雨传媒文化公司"。果然像之前传说的那样，新成立的传媒公司在用人性质上采用老办法和新办法相结合：原先在编的人员，依然占事业编制，原先不占编制的和即将新招聘的人员，采用聘用制，档案在人才市场托管。严小满和方芳都属于后者，她俩坐在一起，手挽着手，严小满盯着主席台上一个可疑的生面孔，那个人的肩膀比他旁边的人要宽厚很多，脑袋也要大上一圈，稍微有点酒糟鼻，但目光很清亮和友善，正微微歪着脑袋打量着台下的每个人；方芳也望着主席台，但目光空洞，别人不知道她在看谁，她也不知道自己在想什么。

会场里响起一阵疏密不齐的试试探探的掌声，主席台上那个魁梧的酒糟鼻站起来给大家鞠躬，果然他就是"民间组织部"早就认定的那个从主管部门空降下来的新单位的负责人。今天他往主席台上一坐，很多人就明白传言是真的了，只不过就像对待上了超市货架的商品，只等着贴上标签才能正式出售罢了。很多人之前都认识这个叫曹全军的人，只是熟悉程度不同，交情也有深浅，因此从听闻他要从主管部门的综合处副处长空降到新单位当一把手，到他真的成了自己的顶头上司，有些人欢呼雀跃，有些人暗自神伤，也有些人不以为然，更多的人只是感到陌生和新鲜。大会主持人宣布，请"化雨传媒"总经理曹全军同志给大家讲话，掌声就像机关枪声一样激烈了。大冯和吴姐并排坐在台下第一排，老姜坐在吴姐另一边，他鼻子里发出两声轻微的哼哼，不屑地看了一眼正笑眯眯地对新领导行注目礼的办公室主任张新民。吴姐悄悄在老姜腿上拧了一把，低声说："你得意什么，不就是传了个小道消息吗，又不是你自己当了领导！"老姜故意粗门大嗓地回答她："给我当我也不稀罕！"吴姐没想到他会这么大声，吓得吐了吐舌头，看看台上领导们的脸色，赶紧坐正了身子，半天后无声地嘟囔一句："神经病！"

严小满坐在大冯后面，用鞋尖狠狠地踢了一下他从椅子下面勾回来的小腿，大冯收回了他的腿，脑袋没有动，脖子依然挺得很直，后脖颈上有一个带脓尖的火疙瘩很惹眼。

5

　　403路公交车绕了大半个市区，它的起点是城北的火车站，终点是城西的体育馆。钱婷跟着尹南平走出拥挤的火车站，在站前广场找了个地方整理了一下带的大包小包，又挽着手走向街对面的公交车站牌。虽然之前来过两次省城给尹南平送她织好的毛衣，但对于一个在小县城长大的姑娘来说，偌大的省城对于她依然是两眼一抹黑，她只能亦步亦趋地跟着尹南平，这个她深爱着和依赖着的年轻男人。相对于小县城长途公共汽车的挤成一团吵成一片和难闻的汗腥味，省城的公交车环境让钱婷第一次感受到了大城市的美好，车窗竟然那么大，那么干净明亮，当垂柳的枝条拂过宽大的车窗，钱婷心里涌上一种幸福感，为了她竟然能和窗外大街上那些骑着自行车或者走在树荫下的人行道上的人一样生活在这个大城市。而这一切都是尹南平、这个她深爱着的人带给她的，也是她五年来对他忠贞不渝的爱情所换来的。让她脸上冒出一层细汗的，不是省城的酷暑，也不是身上不合时节的浅粉色的线衣，而是新婚宴尔的幸福感和即将和爱人在这个大城市双宿双飞的心底暖流。

　　尹南平穿着婚礼上的咖啡色西装，拉着车顶的吊环，钱婷拉着他悬在空中的胳膊，他们的行李就在脚下放着。钱婷看了看车厢里悬挂的两排吊环，低声问尹南平："哎，车里挂这么多圈圈是干什么的？"尹南平看看她无辜的眼神，扑哧一声笑了，钱婷的脸腾就红了，她知道自己是闹笑话了，可又不知道错在哪里，执拗地望着他等待回答。尹南平俊秀的脸上浮现出因为爱怜而生发的忧伤，他低声告诉新婚的爱人："傻瓜，这都是给那些站着的乘客当扶手拉的啊，像我这样。"钱婷的脸更红了，她无法释放自己内心强烈的羞怯，悄悄地拧住了尹南平胳膊上的肉。尹南平龇牙咧嘴地笑着，承受着这幸福的痛苦。

突然，钱婷发现车外一个坐在自行车后面的女孩在盯着她看，那个女孩像电视上木偶剧里面的演员一样染着浅红色的头发，穿着比胸衣大不了多少的白背心和刚刚能搂住屁股的牛仔短裤，短裤的裤边好像刚用剪刀胡乱剪开，毛边的。前面那个骑自行车驮着她的女孩穿一件白底红点的连衣裙，光亮的额头在朝阳的光辉里堆起细细的皱纹，她起劲地蹬着车子，脸上洋溢着快乐的笑容。钱婷心里一动，她在一闪念间想象着自己染着后面的女孩那样浅红色的头发，像前面的女孩那样无拘无束地大笑，但她赶紧摆脱了这种不切实际的想法："我是个正经的女子，怎么可能像她们那个样子呢！"因为羞涩，她下意识地攥住了尹南平的衬衫前襟，把脸埋进了他单薄的肩窝。

他们回到尹南平租住的住处，按照钱婷妈妈的嘱咐，给门窗上都贴了"囍"字，然后简单洗漱了一下，换上符合季节的衣服，就匆匆地出门去超市购买生活用品了。

怎样一结婚就把妻子带到省城，结束自己漫长的单身生活，过上温汤热水的幸福日子，是尹南平在结婚前夕思考最多的问题。钱婷在故乡的小城有着一份稳定而不错的工作，她是地税局的征税人员，这在当地是有点小权力的，而且钱婷的爸爸开着饭店，她的工作显然是爸爸认为最理想而且对家庭有贡献的。那么，要想把钱婷带到省城去，给她找一个什么样的工作就成为至关重要的砝码，尹南平为此绞尽脑汁。直到婚期到来前的一个星期，尹南平才想到一个在报社做记者的朋友,他的哥哥是省城最大的民营书店的老板,通过他把钱婷介绍到书店里去做营业员应该还是有一定把握的。尹南平为此欣喜不已,对于刚刚在社会上立足的年轻人来说,这是他唯一可以利用的社会关系了。他兴致勃勃、自信满满地回老家去结婚了。

按照家乡的风俗,结婚后的第三天,尹南平带着妻子去岳父母家吃回门饭。钱婷的爸爸是个生意人,凡事都喜欢提前有个设想和谋划,而且老汉喜欢通过谈话观察对方的人品性格。那天摆的是真正的家宴,就在他们家客厅里吃,在座除了岳父母,就是钱婷的弟弟钱海。二两酒下肚,岳父就开了腔,他先是笑眯眯地看了自己的婆娘一眼,暗示以下的谈话是他们夫妇共同商议的结果,然后他又和女婿碰了一杯,用商议的口吻说:"南平,我和你妈都觉得,你现在还在发展阶段,让婷婷跟着你去省城,倒是可以照顾你的生活,可是话说回来,她的工作不是说找就能找下的,说到底还是会成为你的负担。嗯,就为这,我和你妈觉得,还是先让婷婷和我们生活在一起,等过上几年你发展得好了,给她找下工作,再接她去。你觉得呢?"当父亲的说完先看了一眼女儿,钱婷的眼圈已经红了,虽然昨天晚上尹南平已经给她打过预防针,她还是对父母的决定感到委屈——她知道爸爸的家底很厚,不需要过多地考虑女儿婚后的生活问题——如果他们是为了女儿的幸福着想,就不该给女婿出这样的难题,她有一肚子的委屈要反诘爸爸。但是尹南平抢先开口了,他仿佛早就在等着岳父和他讨论这个话题。

"爸,妈,我正要跟你们说哩,婷婷的工作我已经找下了。"他笑眯眯地望着二老,用清亮的眼神证明自己不是在说大话。

这回是岳母沉不住气了,她虽然习惯于听从丈夫的,但作为女人,她更能理解女儿迫切地去过自己幸福的小日子的心情,为此她打破禁忌，在丈夫之前开了腔，一脸的高兴问道："这好么，是什么单位？"

这个时候尹南平才意识到书店营业员是要穿着高跟鞋每天站立八个小时的，这个尚未落实的工作，实在不是很值得在人家的父母跟前夸耀的。他收敛了愉快的神色，有些哀伤地说："我一个朋友的哥，在省城开着一家最大的民营书店，我和他说好了，先让婷婷去那里干着，等我给她找下更好的工作……"

岳父打断他："一个月能挣多少钱？"这是他最关心的。

"八百吧。"尹南平犹豫着说。

"比在咱们这里挣得多一倍，到底是省城的工资高。"岳父开始惋叹小城市和大城市的收入差距。

岳母更高兴了，她兴奋的理由和丈夫不一样："在书店工作有好处，能多看书，是个学习的机会。"

"就是每天要站八个小时。"尹南平揽住钱婷的肩，心底对她的疼爱让他的眼睛有点发潮。

岳母却不同意他的看法："年轻哩，多吃点苦有好处。我和你爸刚结婚的时候，他在白班当维修工，我上夜班看机床，星期天有时候还要加班，在一个床上睡，一个月见不了几面，不是也过来了？"

岳父笑吟吟地看了婆娘一眼，"你和孩子们说这些干什么。"

尹南平没有想到就这样轻易地说服了岳父母，看来他们并不是真的想让女儿女婿过两地的生活，还真的是怕女儿增加女婿的生活负担。他并没有为此喜出望外，相反心里却平添了一层哀伤，——他真的舍不得让新婚的妻子每天穿着高跟鞋站上八个小时。

但事情只能暂时这样了，他们如愿以偿地双双来到省城，开始他们全新的家庭生活。

尹南平没有急于和那个当记者的朋友联系，他想先把这事情放一放，享受一番小家庭的快乐和幸福，或许能想出别的好办法来呢。但这件事就像一个创可贴牢牢地贴在了他的心上，无论他是不是去想它，它都在那里影响着他的思维，甚至有时候左右着他的说话和行动。

从超市买了一堆锅碗瓢盆回来，尹南平又跑到楼下街面上的五金土产店，买了一根三米长的煤气灶输气塑料管和一个红色的塑料大盆。钱婷一边起劲地忙着打扫卫生，一边好奇地看着他在开着门的卫生间里鼓捣。尹南平踩着凳子，给卫生间的墙上粘了一个双面胶塑料挂钩，把煤气塑料管的一端用绳子固定在挂钩上，让悬挂的管口冲下，又把塑料管的另一端用一个橡皮接口连接到洗手池的水龙头上。他顾不得擦满头的汗珠，慢慢拧开水龙头，挂在高处的那个管口就开始出水了。他对这个自制的淋浴器非常得意，大声地喊钱婷过来。钱婷带着橡胶手套跑过来看，只见尹南平把那个塑料大盆放在挂在墙上的塑料管口下，三下两下把自己的衣服扒光，踩进盆里去，探身拧开水龙头，一股清凉的自来水就流出来钻进了他浓密的头发里，又从额头上流下来，顺着脸颊和下巴流过他的身体。钱婷的目光从水龙头沿着水管一直看到墙上的挂钩，再顺着水流看到站在盆里手舞足蹈的尹南平，她的嘴角浮现快乐的微笑，接着就哈哈大笑起来，捂着肚子指着尹南平的怪样子叫喊："看你那傻样儿，你可真是个天才，什么好办法都能想出来！"尹南平叫她脱了衣服试一试，钱婷坚持要干完活儿再洗。

干完活儿天已经黑了，钱婷裸露着饱满的身体走进卫生间，站在尹南平自制的淋浴器下的红色塑料盆里，由于新婚的快乐和对新生活的憧憬，她一直笑个不停。尹南平怕凉水冰坏了她的热身体，小心地把水龙头拧开了一点点，只让一股细细的水线落到妻子身上。把钱婷的身体浇湿后，尹南平帮她打香皂，然后用手把香皂沫抹均匀，香皂沫很滑腻，钱婷的皮肤也很滑腻，尹南平的双手很享受地游走着，钱婷小孩儿心性大发，飞快地扭动着肩膀和身体，好像在跳印度舞。她欢快调皮的样子让尹南平快活又哀伤，他暗暗命令自己，一定要努力混出个样样儿来，让她过上像样的好生活。尹南平站在钱婷背后给她背上抹香皂，钱婷站在红色的塑料大盆里扭着腰肢跳舞，两个人故意哼着没词的乱弹调儿，嘻嘻哈哈地洗完了来到省城的第一个澡。

6

严小满被分配在新单位的综合办公室，收发工作之外，还兼任打字员。但她的五笔输入不太熟练，为此差点耽搁了一份重要的会议文件，一向脾气很好的办公室主任张新民竟然瞪起三角眼狠狠地说了她几句。严小满心里不爽，抽空跑到新成立的图片部去找方芳诉苦。方芳仍然和老姜分到了一个部门，而且老姜是图片部的主任，——好在新单位用的是现代办公模式，复合材料制成的写字台取代了原来的木头桌子，蓝色的隔板把每个人都分割在一个独立的格子里，不站起来谁也看不见别人在干什么。严小满拉把椅子挤在方芳的格子间里，刚叨叨了没几句，升任人事部主任的吴姐就满面春风地进来了，身后跟着一个穿一件黑色圆领衫、男式大短裤，戴着白框眼睛的女孩。吴姐穿着一身白色的短袖西装，红色的高跟鞋，小腿的肌肉绷紧，径直走到抽着烟的老姜那里去，从他手里把烟头夺过去按在烟灰缸里，嗔怪地命令："办公室不准抽烟，曹总再三强调过的,你都当成了耳旁风!"老姜瞅瞅她,又瞅瞅跟在她身后的女孩,鼻腔里哼出一股气,没吱声。

"这就是咱新分配来的大学生焦俏俏,小焦。——曹总早上跟你说过的,以后她就是你的兵了。"吴姐挑挑修得很细的眉毛,用手轻轻地挽着那个女孩的胳膊,把她往前拉了拉说:"来,俏俏,见见你们主任。"

焦俏俏面目清秀,轮廓和神情有点男孩子的阳刚之美,她对老姜笑笑,鞠了一躬,没说话。

老姜显然没料到她会给自己鞠躬,赶紧站起来摆手:"不敢当不敢当,都是同事,没什么领导不领导的!"

出于礼貌,同事们都站起来对吴姐和焦俏俏行注目礼,方芳木然地看着这一切,严小满使劲地盯着焦俏俏,想把她研究透的样子。

老姜介绍方芳和焦俏俏相互认识,方芳冲她点点头,焦俏俏冲她笑一笑,没鞠躬,也没说话。

严小满借故溜了出去,一会儿又钻回来,附在方芳耳边嘀咕她刚刚打探到的消息:这个焦俏俏来头很大,竟然是上级主管部门一把手安排进来的,而且不是通过招聘,居然是带着一个编制分配进来的。"就是说,咱俩是聘用的,人家是正式的事业编制!"严小满做出一副哀伤的苦相悲叹自己的命运。但是她即刻又眉飞色舞起来,趁着焦俏俏出去的当口,拉着方芳来到落地玻璃窗前,指着楼下花坛边一辆白色的小轿车说:"看见没,那就是焦俏俏的车,——她爸爸一定是个大老板,说不定还是个煤老板!"方芳看了一会儿,低声说:"关我什么事儿?"她的眼神悠远空洞,视线越过焦俏俏的白色小轿车,停留在街对面省城最大的民营书店的门口,有一对年轻的男女正站在那里,看样子像是在等人,男的带着金丝边眼镜,一头浓密的黑发,女的脑后扎着短辫,头上别的发夹在阳光下反着光。方芳看了一会儿,拉一拉身边喋喋不休的严小满,指着街对面书店门口的年轻男女说:"你看那两个人,我怎么觉得那个女孩那么面熟呢?我们是不是在哪里见过她?还有那个男的。"严小满瞥了一眼,不耐烦地说:"操什么闲心,这个世界上长得像的人多了。"

大街上驶过一辆巨大的双层巴士公交车,挡住了方芳的视线,巴士车身上刷着巨幅广告语:迎接千禧年群星演唱会购票火热进行中……

2016年8月19日于《山西日报》社家中

忌 口

1

尹先生身量不高，小雅悄悄目测了一下，也就一米七上下吧，跟自己穿上中跟鞋差不多。可他的身材比例很好，站在那里的时候很匀称，走动的时候又很协调，所以没有高个子站在他身边对比的时候，就很有些玉树临风的意思。小雅偶尔看一眼他的背影，无端地就会觉得这个人很风流，让她想起上大学时在图书馆看到《西厢记》里写张生的一句话：自有一种风流体态。不过尹先生可不是惯常见到的那种浮浪之人，他举止得体，表情庄重，从穿着到气质都是一致的温文尔雅，只是不能笑，他微笑的时候眼睛里总是荡漾着一种说不出来的温情，每次小雅和他对视的时候都会把眼神慌慌地逃开，她做得很自然，只不过总得偷偷屏住呼吸。

尹先生是喜欢让小雅助餐的客人之一，不同的是碰上小雅在忙的时候，别的客人就会换餐厅里其他的女孩助餐，而尹先生不会，他会让领班悄悄跟小雅说一声，然后要一壶红茶来慢慢地喝着。他不怎么玩手机，如果领班告诉她小雅还要好一会儿，他就会拉开皮质柔软的黑色皮包的拉链，掏出一本厚厚的书来放在面前的桌面上，又拿出一个轻薄的笔记本电脑来，轻轻地放在左手的桌角，两只手卸下眼镜，搁在电脑上，把书翻到正要看的那一页，左手手指压住书页，右手轻轻地握着茶杯，低下头看书，直到小雅过来微笑着和他轻声打招呼。他一个人的时候吃饭很简单，通常是一两道菜和一盘意粉，不开车的时候会喝一杯红酒，必不可少的是总要叫一盅汤，酸辣口味的居多，乌鱼蛋汤或者是菌汤类。这家高档私家餐厅赚口碑的法宝是给熟客建立口味档案，第一次给尹先生助餐的时候，小雅照例微笑着问道："先生请问有什么忌口吗？"尹先生抬起头来，笑一笑，注视着她的眼睛说："没有，我百无禁忌。"

"那您是看看菜单，还是我给您推荐一下今天的特色菜品？"

"都可以，你给我介绍一下吧。"

"请问您是一个人用餐还是一会儿有朋友来？"

尹先生一直在看着小雅，笑意在眼睛里荡漾，语调轻松地说："我一个人，简单一点，晚上吃多了不舒服。"

除了眼睛所看到的，小雅对尹先生其他的都一无所知，助餐生是不允许和客人聊天的，除了要戴手套，如果客人有要求，还要戴上口罩。小雅是在尹先生刷卡签字的时候知道他姓尹的，他把名字写得龙飞凤舞，其他两个字小雅认不出来。

再来的时候，尹先生看着小雅戴着白色手套用不锈钢勺子给自己的餐盘里布菜，他放下筷子，用餐巾擦了擦嘴角，眨眨眼睛笑模笑样地望着小雅说:"我能不能给你提个要求?"

"可以呀!"小雅放下餐具,下意识地从缀着皱褶花边的围裙口袋里拿出口罩来,准备撕开塑料薄膜包装,"您是不是想让我戴上口罩?"她望着尹先生笑意盈盈的双眼,等着他的点头或者默许,但她看到尹先生乐不可支地把身体靠到椅背上,头和下巴向后扬去,笑出了声来,把脸都憋红了。很快他收敛了自己,又坐得端端正正,只有眼睛还在笑着,用开心的口吻低声说:"你误会啦,我是想让你脱掉手套!我小时候身体不好,经常到医院去打针,看到白大褂、白口罩、白手套就条件反射,——你带着白手套给我布菜,我哪有心情吃饭!"他对着有些不知所措的小雅做了个鬼脸,继续笑眯眯地望着她。

"可以呀!"小雅笑一笑,侧过身去,把手套轻轻摘下来,叠好了装进围裙口袋里,她觉得暴露在空气里的两只手从来没有过的舒适,好像暮春的黄昏在河边散步时微风拂在脸颊上一样的惬意。她从服务员的托盘上捧起汤盅来,放在尹先生餐盘边,用拇指和食指的指肚捏起盅盖,汤里的热气微微升腾的那一刻,她听见尹先生轻轻地赞叹了一声:"多么漂亮的手啊!"

2

尹先生第一次带女人来,是一个小雅认识却不认识小雅的女人。那个女人在这座城市里很有名气,她是电视台一档综艺节目的主持人。看上去他们是老朋友了,坐下来的时候尹先生帮她脱外套,她把一个漂亮的烟盒扔到桌子上,又拿起来拔出一支细细的女士香烟来,微微启开红唇衔住一点烟嘴,等着尹先生给她点上。尹先生坐着没动,扬扬眉毛,示意给她看墙上禁止吸烟的标识牌。两个人默契得像是在演卓别林的黑白默片,而小雅就是旁边负责举台词牌子的剧务。

小雅用训练出来的站姿候在一边,保持着适当的距离和得体的微笑,等着他们准备好了点菜。也许是灯光幽暗的缘故,她发现女主持人的肤色并不像电视上看到的那么白皙,她的皮肤带有一点浅浅的棕色,好像东南亚人种。说话也不是主持节目的时候那种甜丝丝有些发嗲的腔调,这个时候她的笑声和表情都很放肆,好像故意地要活动一下在镜头前变得僵硬的五官。但不管言谈举止多么粗鲁,她还是美的,她那双剪纸一样的大眼睛,整个晚上只盯着尹先生,从来没朝小雅看过一眼。

餐厅的墙上、楼道间挂满了老板和演艺明星、世界冠军的合影,名人在这里不是稀罕物儿,小雅还管得住自己眼睛和心情,她微微欠着腰低声问女人:"请问您有没有什么忌口?"

"等等啊,等等啊!"女主持人探身拿过自己巨大的手提包来,把头埋进去翻找着什么,嘴里念叨着:"去哪儿了?去哪儿了呢?"她长而蓬松的头发把包完全遮住了,卡座里本来就不够明亮,她把所有可以到达包里的光线都给遮没了。

尹先生笑着对小雅说:"没关系,她没什么忌口,她跟我一样,百无禁忌,什么都吃……"

"谁说我什么都吃?"女主持人把脸从头发里露出来,翻了尹先生一眼,埋怨道:"我不吃羊肉,你不知道?!"

尹先生笑眯眯地望着她,反问道:"你怎么会不吃羊肉?你不是草原上长大的吗?不吃羊肉你怎么长大的?"

女主持人用牙齿轻轻咬着薄嘴唇,费劲地把包的拉链拉上,放到一边，长吁一口气坐好了，支叉着两只手整理着头发，假作嗔怒地说："草原上长大的就非得吃羊肉吗？除了羊肉就没有别的可吃的了？"

小雅有些奇怪，她费这么大劲钻进包里折腾半天，居然什么都没拿出来。

"我不是这个意思。"尹先生眨眨眼，"我记得你是吃羊肉的啊，上次我们不是还去吃火锅了吗？"

"哼哼！"女人把嘴角撇上去，薄薄的鼻翼也被扯动了，她盯着尹先生连连冷笑："记错了吧？露馅了吧！说，你把谁错记成我了？你跟哪个骚货去吃火锅了？从实招来！"看尹先生居然还在笑，她气哼哼顺手拿起小毛巾来朝他砸过去。

"别闹别闹，有孩子在旁边呢！"尹先生接住毛巾，看了一眼旁边的小雅。小雅笑了笑，她看到女主持人表面生气，眼底一直泛着笑意，知道她在和他打情骂俏，当不得真，微笑着没有出声。

给客人面前放红酒杯的时候，小雅注意到女主持人看了看自己的手，不知道为什么手就哆嗦了一下，好像有火星溅到了皮肤上，她用眼角的余光不经意地扫了一眼尹先生，尹先生保持着他泰然自若的神态，正和他带来的女伴聊得兴起。

"你有专业功底，嗓音条件又好，怎么就不唱歌了呢？主持人是个人就会做，歌唱家可得有天分，我真是替你感到惋惜。"他在夸赞她。

"是吗是吗？"女伴眼睛里闪着亮光，她身体前倾，乳房几乎要搁到了桌边上，高兴地拿自己的红酒杯碰了碰尹先生的杯子，"很多人都跟我这么说过，包括那个谁谁谁，就是那谁么，在作曲界很有名气的那个老头儿。"

尹先生收敛了笑容，认真地看着她问："为什么？"

"唉，"她惋叹一声，黯然神伤起来，像个小女孩一样嘟起嘴来说："现在说啥也晚了，我都三十多岁的人了！十年前我年轻，嗓音条件好，功底好，人也漂亮，可就是脾气不好，谁要敢借着让我上节目的机会占我便宜，老娘大耳刮子就上去了，我才不管他是导演制片还是阿猫阿狗！后来就没人找我了呗，大的晚会上不去，下乡走穴又太辛苦，正好有个机会，我就离开歌舞剧团到了电视台，——也算混了个脸熟吧，比我唱歌那会儿有名气多了。管它那么多，怎么开心怎么来！"她安慰着自己，说完话静静地望着尹先生，等着他表态。

尹先生跟她碰了碰杯，无声地笑笑，若有所思地说："我喜欢你的个性，很多人为了出名什么都可以不要，无所不用其极，你真的不容易。"他呷了一口酒，看了女伴一眼，笑起来，"不过每个人的人生价值的实现还是要把生命都投入在自己热爱的事业上，你放弃唱歌，肯定会越来越后悔的，年纪越往大走越会后悔……"

"嗨，嗨，嗨！你能不能说点让我高兴的？还能不能愉快地聊天？知道你是教授！"

"我是实话实说，你看你，又不是外人，我哄你有意思吗？"尹先生喝上酒就会变得有点嬉皮笑脸。

"哄你个猪头！"女人伸过筷子来打他的手背，尹先生躲开了。小雅在一边偷笑，背过身去拿起红酒往醒酒器里倒。

尹先生起身去上洗手间了。单独面对女主持人的时候，小雅发现自己突然就很紧张，她用左手轻轻拿住右手的手背搭在小腹前面，看着她，不知道该不该问问她还需要什么。好在女主持人一直在忙着给人发微信，直到尹先生回来她才骂骂咧咧地放下手机，怕尹先生误会，哂笑着曲起瘦长的手指，用装饰着晶片的指甲敲了敲手机屏幕。

看到尹先生回来，小雅一下子放松下来。尹先生看看她的眼睛说："菜撤了吧，把我存的红茶来一壶，我们消消食、聊聊天。"
　　女主持人朝尹先生飞了个媚眼，站起来跺跺脚说："我去洗手间补补妆啊。"小雅赶紧说："我带您去！"女主持人没说好，也没说不好，只是跟着小雅抬起的右手走。到了洗手间门口，有服务生替她打开门，小雅站了一下，看着她进去，这才返回来，她发现自己心里有了一点小小的委屈，赶紧对着空气微笑了一下。
　　尹先生看到她回来，有些难为情地笑着说："让你见笑了！"
　　"哪有，"小雅觉得脸颊有点微微发热，赶紧转身去端茶壶，倒好茶，飞快地看了尹先生一眼说："原来您还是位教授！"
　　"那你以为我是做什么的？"尹先生饶有兴味地望着她。
　　"我以为您是位记者或者作家呢。"
　　"哈哈哈！"尹先生开心地笑起来，他整了整自己额前的头发，直到女伴回来之前，他一直在意犹未尽地乐着。
　　"你傻笑什么呢？我哪里不对了？"女主持人有些莫名其妙，低头检点着自己的穿着，又拿起手机来照了照自己的脸。
　　尹先生笑着摆摆手。
　　那天他们走得很晚，女主持人一直在轻声地唱着一些女歌星的成名歌曲，每唱完一首都会问尹先生一句："怎么样，比原唱唱得好吧？"尹先生用一个很舒服的姿势靠在椅子里静静地倾听，听完了会赞叹一句："好，真好！"可能是因为平时抽多了烟的缘故，她的嗓音有些沙哑迟滞，这使她在浅吟低唱的时候发出的声音像饱经风霜的草木一样瑟瑟发抖。小雅开始的时候被她突然变成了另一个人而困惑，渐渐地觉得身体像泡在水里的糖一样慢慢分解飘散，心神被那塞壬一般的歌声所俘获，站在一旁听得如醉如痴。别的卡座的客人渐渐都走完了，灯光也越来越暗，但那个女歌唱者的皮肤却越来越白皙，五官越来越精致，她的表情也越来越温柔，整个人焕发出一种月光下的白莲一样的美来，美到震颤着小雅的心魄，她真的忘我了。

女主持人忘我地唱着，小雅忘我地听着，好像在开一场只有一个观众和一个演员的演唱会。直到消失在空气里的尹先生提醒道："我们该走了，小雅累了一天了，快点休息吧。"小雅只是摇头，说不出话来，看着女主持人挽着尹先生走下楼梯，她才意识到已经把他们送到了楼梯口，而自己竟浑然不觉。

3

有时候不到用餐的时间，或者等朋友来，尹先生会到餐厅的茶室喝茶。他喝茶，也只要小雅做茶道。当此之时，尹先生就会显得很健谈，不断地发出开心的笑声，小雅发现他跟人说话的时候总是很专注地望着对方，而当尹先生低头看手机的时候，她又发现他的头发不长也不短，而且总是干干净净，从来没有显得油腻，小雅猜想他一定习惯每天早上起床后洗澡吧。

就是在茶室喝茶的时候，尹先生第一次问起小雅的名字："小雅是你的真名吗？""当然是真名。"她回答得不像助餐时那么客气，单独和他隔桌相对的时候，她保持着茶艺表演的姿势和表情，但心情和眼神都是放松的。尹先生把端到嘴边的茶杯停了下来，有些惊喜地睁大了眼睛问："是《诗经》那个小雅吗？"

"就是那两个字。"她低眉顺眼地摆弄着茶具，很意外没有听到通常那些中年男人别有用心的询问，多大了，哪里人，想换个好点的工作吗等等。

"那你父母一定是有文化的人，他们也是教师吗？"

"他们不是，我的名字本来是女字旁一个亚洲的亚，这是后来我自己去派出所改的。"小雅看了一眼他，微笑着。

"哦，好啊！你是大学毕业吧，学的是古代汉语？"尹先生把茶杯搁下，研究着她。

"我大学学的是西班牙语。"她有意使语气显得漫不经心。

"是吗？西语是大语种啊，这几年越来越热了！"他几乎是喊了出来，"那为什么没去翻译机构工作，要来这里打工？"

"我还不想去上班，打工自由，我想攒点钱再去考研究生。"

"挺好，挺好！"尹先生兴致高涨起来，"你对古典文学感兴趣的话，可以考我的硕士。"他伸手去拿自己的包。

"我一般般吧，想考比较文学。"小雅眼皮也没有抬，心里有一点点失望：绕来绕去他还是落了俗套，要给名片留联系方式了。

尹先生停止了动作，手抚在包上不动了，他刚才大概真是想拿名片给她。"哦，这样！"他收回了手臂，坐端正了，端起茶杯呷了一口，放下杯子问她："你刚毕业吧，应该是'90'后了？"

"我二十一了，夏天刚毕业。"

"那我正好大你一倍。"尹先生笑起来。

小雅给他添上茶，"您有四十岁了吗？怎么这么年轻啊！"她没有恭维他，他看上去确实只有三十出头的样子，除了青色的胡茬，皮肤保养得比女人还要好一些。

"哪有，我大概跟你爸爸差不多大吧？"尹先生用一种温和而哀伤的眼神看着小雅，小雅发现他笑的时候眼角是隐隐出现了鱼尾纹，——之前怎么就没有发现呢？

领班出现在门口，她轻声说："对不起尹先生，打搅您了，您的客人到了。""哦!"尹先生站起来转过身去。小雅抬起头来,看到一个穿粉色大衣的女孩笑吟吟地站在门口,乌黑的直发垂过腰际,头上别着一支黑色的璎珞发夹,有两绺头发不经意地搭在胸前,把她的脖颈衬托得雪白。女孩望着尹先生笑,不说话,淡红的唇缝露出白玉般的牙齿,眼睛很黑睫毛很长,她微微含着胸,两手并在身前提着一只白色的坤包。小雅想,这女孩看上去比自己大不了几岁,应该是尹先生的学生吧。

尹先生迎上去站在女孩面前,柔声问:"饿吗蔡薇?喝会儿茶还是去吃饭?"女孩望着他,眼睛弯弯盛满了笑:"我都可以的尹老师,你跟我这么客气干吗?"

"那好吧,先去吃饭。"尹先生回头看看小雅,小雅已经站起身来。

领班还在门口,招呼尹先生和女孩:"这边请,尹先生还是老位置吧?"她关照了小雅一声:"小雅我先带客人过去,你准备好了就过来啊。"

小雅答应着,对着尹先生的背影做了个"阴险"的鬼脸,心里得意起来:"哈哈,果然是他的学生,被我猜中了,耶!我可以去报考心理学专业了。"她几乎是跳着去更衣室换衣服,自己也不清楚到底在瞎高兴什么。

站到餐桌旁小雅才发现女孩的脸盘端庄大气,和那些五官精致小巧的时尚女孩不同,她的鼻子挺直,嘴形很周正,笑起来既含蓄又大方,是典型的唇红齿白、有一双水汪汪的大眼睛,符合中国传统审美的古典面庞,而且她敢肯定女孩绝对没有整过容。小雅照例先问女孩:"请问女士有什么忌口吗?"

"我不吃韭菜,其他都可以。"女孩用她含笑的眼睛望着小雅,夸赞道:"小妹妹你长得可真好看!"说完还在恋恋不舍地研究着小雅。

"姐姐才漂亮呢！"小雅由衷地回报她，她觉得自己心里的快乐在成平方地增长。

女孩不喝茶，她把红酒当水喝，每和尹先生碰一下杯她都会喝完。

"少喝点酒吧，多吃菜！"尹先生担心地劝她。

"没事，高兴，我想喝点，好喝。"她对尹先生温柔地笑笑。

过一会，尹先生又忍不住劝她："蔡薇，少喝酒，多点喝热水，天气干燥。"小雅看出他的眼神是真的心疼她，她不知道该不该给女孩倒酒了。

"水喝多了眼睛会肿的，你就别劝我了尹老师！"女孩端起杯来让小雅倒上，很爽利地举杯，"来，我敬尹老师！"

尹先生喝完了，把杯子放下，对小雅说："来一小碗泰国香米吧，让她吃完再喝。"

"我不要，我吃不下去！"女孩看着小雅说："不要了。"

尹先生微微皱起了眉头，语气坚决地说："不行，必须吃！小雅你去拿吧。"

女孩不说话了，她低头夹菜，拿起手机来边吃边看，很惬意的样子。尹先生也开始看他的手机。直到服务员用托盘把那碗香米端过来，尹先生才放下手机，亲自从小雅手里接过来，放到女孩面前，看着她。女孩没有抬头看他，右手拿起勺子开始吃米，左手还在举着手机看。尹先生就自己端着酒杯慢慢地呷着，正午的城市就像一幅风光照片，他很少见地打量起窗外的楼群和天空来。

女孩吃了小半碗米，又端起红酒杯。尹先生和她碰了一下，用悠闲的目光看着她，问道："什么时候不吃韭菜了？从小就不吃吗？"

女孩兀自笑起来，看了看旁边的小雅。小雅问她："需要我回避一下吗？"

女孩赶紧摆手："没事没事，没什么不能说的。小妹妹你有男朋友了吗？"

小雅微笑着摇摇头。

"一定有很多人追你吧？"女孩眼睛亮亮地打量着小雅。

"我有过男朋友，他回国了。"小雅告诉她。

"她是学西班牙语的。"尹先生一直在饶有兴味地看着她俩说话，这时候插了一句。

女孩没有像尹先生刚听到那样表现出惊讶，她把目光回到尹先生脸上，笑着说："我原来是吃韭菜的，上大二的时候有个男生约我晚上出去看电影，回学校的路上他突然抱住我强吻……"她平静地说了一句粗口："妈的他晚饭吃的是韭菜饺子，把牙缝里的一片叶子粘在了我牙上！"

小雅惊讶地瞪大了眼睛，尹先生已经笑得趴在了桌子上。

女孩自己喝了一口酒，面无表情地说："我硬撑着回到宿舍，冲到洗手间吐得昏天黑地，胆汁都快出来了。从那以后我再也不吃韭菜了。"她眼神平静，好像在讲别人的故事，讲完又恢复了她那无所谓的神情，转头看看周围，问小雅："这里不让吸烟吧？"

小雅下意识地摇摇头，然后才感到一点点惊讶。尹先生已经脱口而出："你还抽烟呐？"

"说不上，我只是喜欢夹着烟的时候，烟雾缭绕辣到眼睛的感觉，这让会我感觉自己很成熟，很有女人味儿。"女孩依然一副无所谓的神情。

尹先生笑了："你要的是风尘感吧？这我真没想到，不过女人抽烟是很性感。"

"有什么不好吗?"女孩看看他,神情淡然。

尹先生笑一笑,和她碰杯,没发表意见。小雅却觉得女孩一下子亲切起来,好像她俩真的是熟悉的好姐妹。

4

餐厅打烊就接近午夜了。和一起打工的女孩楠楠回到合租的住处,她们把餐厅里剩下的叉烧包带回来做夜宵。两个女孩进门把外套扔一边,歪倒在小客厅的沙发里,右手拇指飞快地刷着手机屏上的微信朋友圈,左手拇指和食指夹着叉烧包有一下没一下地小口啃着。离开工作环境,她们身上的泥壳慢慢碎裂,褪去,恢复了本真的个性,落落寡欢的神情渐渐回归并凝聚在小雅男孩一样浓密的眉间,她把自己蜷曲进沙发里,顺手把手机扔到茶几上,看着天花板上淡黄色的羊皮纸吸顶灯,若有所思地说:"那个尹先生,今天又带了另一个女的来餐厅,他每次都带不同的女人来,每一个看起来关系都很暧昧,你说他为什么这么做,他心里想的都是什么呢?"像在问楠楠,也像在问自己。

楠楠像个机械人一样一格一格地转过头来,瞪圆了两只大眼睛望着她的样子,眨巴眨巴眼试探着问:"跟我,说话,呢?"

"没听见就算了,我去洗澡了!"小雅弹射起来,趿拉着拖鞋去了卫生间。

楠楠用咏叹调冲着她的背影问:"你不会是喜欢上那个尹先生了吧?——我天!"

小雅先打开淋浴,又坐到马桶上,托着腮盯着对面的白色瓷砖墙冷冷地看了几秒钟，扭身拽下一块纸巾，把自己擦了擦，飞快地甩掉身上的衣服，走进了淋浴间。水很烫，她站在莲蓬头下微微仰着脸，闭着眼睛让水线冲刷着自己，感觉自己像一条晒太阳的蛇，慢慢地集聚着热量，恢复着活力。从小，她就怕冷，总是比别的小孩多穿一件衣服，裹得像个粽子，妈妈偶尔注意到会问一句："你怎么穿那么多？"她固执地站在那里不动，妈妈的思维已经被自己接下来要干的事情转移过去了，只想着赶紧把女儿送到学校去，匆匆忙忙地冲她招手："走吧走吧，别磨蹭了！"她不紧不慢地跟在她后面，妈妈自顾走路，有时候会把她甩下老远。爸爸偶尔才回来，扔下一把钱给妈妈，说一句："需要给孩子买什么就买吧。"在学校里，那些调皮的男生给她起了个外号"冷血动物"，她从来不理睬他们的恶作剧，小小年纪脸上的表情越来越冷漠，眉宇间总是挂着落落寡欢的神情。

　　她闭着眼睛让滚烫的水流漫过身体的每一个细节，像橱窗里的塑料模特被放置在雨中，很长时间才让身体适应了水的温度，变得舒适起来。她抬起右手，摸了摸自己小巧紧致的左乳，乳房下的心跳让她感觉到了体内澎湃的青春能量和心中越来越坚定的自信。她不知道别的女孩是什么情况，她自己是随着身体的变化开始产生自我意识和对外界的感知的。十四岁的时候她上初中二年级，一个下午的自习课上，突然觉得小腹里闪电一般铮然剧痛了一下，差点叫出声来，然后一股细细的热流开始从体内慢慢往下蜿蜒。她没有惊慌失措，从书包里拿出一包面巾纸装进裤兜里，轻轻地起身去了厕所。片刻之后，她脸色微显苍白、神情自若地回到了教室，在自己的座位上坐下继续看书。晚上回家后她没有告诉妈妈，把那个脏了的内裤用纸巾包起来扔进了手纸篓里，用淋浴把自己冲洗了一下，垫上了放学路上在超市买的卫生巾，那个牌子之前听班里发育比较早的女同学悄悄说过，适合少女用。

　　初潮以后，她不但没有像一般女孩那样变得举止娇弱、内心自恋，反而像一株把根须深深扎入土壤里的青藤，从心灵到身体都感觉日甚一日地蓬勃起来，那颗心像渐渐成熟的坚果壳一样越来越厚，越来越硬，身体里的能量和激情却与日俱增。在感受到自己潜滋暗长的信心的同时，她也注意到了自己在男同学眼里的变化，她更加高扬的下巴和跳跃式走路的姿势不再招来他们的嘲笑，他们看她的眼神开始变得怯懦和闪烁；她也注意到自己在成年的男人和女人眼里的变化，那些年纪和衰老程度不同的男女看她的时候，眼神好像刚刚听到了一则不大不小的新闻，这里面有对蓬勃的生命力的美好回忆，也有对美好的青春的温柔呵护。唯一没有注意到她的变化的，是爸爸和妈妈，她变得光洁和红润起来的小脸儿，他们没有看出和孩提时有什么不同。

　　初中毕业那年暑假，她被常在一起练舞的本校舞蹈社团的那个高中男生带去了他家里，草草结束了自己短暂的少女时代。那个男生她很喜欢，她视他为自己的初恋，他却因为事后的恐惧而装病好长时间没有联系她。她并没有对他产生过多的思念和依赖，她感激他带给自己的那一点点慰藉，那件本来可以是件大事的事情，带给她的只是出奇的平静。那以后，她第一次告诉自己，自己的命运要自己把握，不可以依赖其他的任何人。

　　小雅从卫生间出来，发现楠楠已经回自己的房间去睡了，她和小雅不同，可以睡前不洗澡，抓紧一切时间睡觉，然后把节省下来的时间花在第二天早晨的化妆上。

　　小雅回到自己的房间，躺下来，插上耳机听美国歌手阿姆的说唱歌曲。在阿姆激愤的音乐中，她慢慢地进入了梦乡。奇怪的是，她没有梦见和阿姆在一起开演唱会，却梦见自己被尹先生背着在海边奔跑，她那么快乐，好像自己是他的女儿。

问题是，他有女儿吗？

5

"您有没有女儿呢？"

小雅想在尹先生下次来餐厅的时候找机会问一问他，在此之前，她一直练习和调整着说出这句话的语调和表情，想尽量做得轻描淡写，避免出现误会和尴尬。有时候她会在为别的客人服务的时候，把面前的客人想象成尹先生，嘴里悄悄地念念叨叨；有时候觉得信心十足，不过就是熟人之间的聊闲天嘛，问问又何妨？过一会儿又感到勇气都消弭了，这样冒冒失失地问话，万一人家没有孩子，或者干脆还是单身，那不是自讨没趣吗？

纠结着，纠结着，尹先生来了，小雅既失望又如释重负，因为他不是一个人来的，像惯常那样，带着一个女伴。小雅没见过这个女孩，和之前那些职业特征明显的女人不同，这个女孩的衣着打扮看不出来是做什么的，她个子高挑，穿一身米黄色的运动装，高高地扎着一条马尾辫，阳光、干净、健康、充满活力，但脸上的笑容却是羞怯的，尤其当她眼波流转望着尹先生的眼睛时候，就像一只洁白美丽的小羊羔。尹先生把小雅介绍给女孩，女孩扭头冲小雅很灿烂地笑了一下，她的笑容像窗外的阳光一样明媚，小雅心里不由一动，——她太漂亮了，有那种让女人都心动的笑容。小雅觉得她似曾相识，想了想明白过来，这女孩酷似影星高圆圆，大眼睛，高鼻梁，大嘴巴，是那种五官大方而精美，组合起来清爽养眼的大气素颜美女。

小雅把菜谱放在女孩面前,她顺手就推到了尹先生面前,望着他发出咯咯的笑声,歪着脑袋说:"我不会点菜,还是你点吧。"

尹先生扬扬眉毛说:"好吧,我来点!"

小雅微微欠着腰微笑着问:"请问女士有没有什么忌口?"

女孩再次对她绽露明媚的笑脸,旋即又望着点菜的尹先生,有些娇气地告诉他:"我不吃蒜,所有菜里都不要放蒜。"

"哦,多亏我没有点蒜蓉西兰花。"尹先生开心地笑起来。

"其他的菜也都不放蒜吗?"小雅再次向她确定。

女孩没有回答,笑吟吟地望着尹先生。尹先生看一眼小雅,微微点头说:"那就都不要放,小雅麻烦你叮嘱一下厨师吧。"

"好的。"小雅记在了菜单上。

"喝点什么酒?"点完菜,尹先生笑眯眯地问女孩。

"我不喝白酒。"女孩说。

尹先生看看小雅,"来一瓶波尔多吧,都醒上。"

"你不开车了?"女孩笑着提醒他。

"下午没什么安排,一会儿我们就在附近休息一下,酒劲过了再走。"

"嘻嘻。"女孩笑了,她其实一直在望着尹先生笑,仿佛他的脸是一台正播放韩剧的电视机。

小雅转身去厨房的时候,听见女孩对尹先生说:"我太崇拜你了!"不知为什么脑子里就蹦出了"傻白甜"三个字眼,赶紧轻轻地甩甩头。

往桌子上放菜盘的时候,小雅注意到女孩有一瞬间脸上没有笑容,那太阳般的面孔一下子变成了月亮,有一点点灰白和可怕——一张总是绽放着甜美笑容的面孔,当笑容消失的时候,原来是这样的让人难以接受。接下来的情形就跟女孩笑容消失的那一个瞬间一样让小雅觉得别扭，女孩端起杯子来闪露着快乐的笑容和尹先生碰了一下，继续笑吟吟地望着他的脸。小雅给她布菜，女孩扭头看看她，客气地说："谢谢你啊小姑娘，你去忙吧，我们自己可以！"

小雅还没反应过来，尹先生扑哧笑了："小沈，你不知道，小雅是专门为我们这一桌助餐的，这是这家餐厅的特色服务，你让她走了，是要砸餐厅的招牌吗？"他可能觉得玩笑开得有点大了，替女孩遮掩说："你之前没来过这样的餐厅吧？"

女孩的脸还是羞红了，她颖长光洁的脖颈变成了粉红色，想笑，有点气恼尹先生，没笑出来，嗔怪地朝他翻了翻眼睛。

尹先生乐不可支，拿起公筷来，亲自给她夹菜。女孩没有吃，她把筷子放好，坐得端端正正，继续望着尹先生笑，有些娇气地说："我就是喜欢听你说话，你说，我听着。"

"边吃边说吧。"尹先生端起红酒杯来和她碰。

小雅给女孩布菜，女孩笑着指指尹先生说："你给他吧，看着他吃我就高兴。"

尹先生放下筷子，望着女孩说："专门请你到这里吃饭的，怎么成了我吃你看了？"

女孩只是笑，不说话。小雅看到尹先生低头吃饭的时候，她脸上的笑容就会消失片刻，等他抬起头来，看到的仍是她可人的笑脸。她担心女孩餐盘里的菜凉了，对她说："给您换套餐具吧？"

"不要了，我不习惯吃饭的时候有人站在旁边看，你去休息一会儿吧，有事情我们叫你。"女孩笑吟吟地望着小雅。

尹先生抬起头来看看女孩，微微地皱起眉头，小雅抢在他开口之前微笑着说："那两位慢用，我去厨房看看。"她慢慢地转过身去，眼角的余光看到尹先生在望着她，这种事以前也遇到过，但从没有过委屈的感觉，这一次走路的时候感觉腿都不是自己的，脖子僵硬到不能转动。

小雅来到后厨，问厨师长："你们确定6号桌的客人的每道菜里都没有放蒜末吧？"

"没有啊，我亲自在旁边看着他们炒的！"厨师长对她的质疑有些光火。

"我最讨厌和客人之间发生这样的事情了！"小雅的心情低落到了极点。

穿过休息厅往回走的时候，小雅碰上了上洗手间的尹先生，尹先生轻轻拉住她的小臂，把她牵到了一株橡皮树的后面，他温和地笑着问她："小雅，你什么时候有时间？"

"干吗？！"她瞪着他。

那种温存的目光又荡漾在尹先生的眼睛里，他笑着说："想请你吃个饭？"

"轮到我了吗？"她没头没脑地问了一句，就在尹先生愣神的时候，她已经转身离开了。

6

她还是接到了尹先生打来的电话，她没有存过他的号码，可是看到那个号码的时候就预感到一定是他打来的。尹先生说："那天的事情，我想向你道个歉，你什么时候有时间？我们一起坐坐。"

"没必要，我习惯了。"她拒绝了他，他在电话里看不见，她已经潮红了眼睛，语气却更加的斩钉截铁，她从不向任何人绽露自己的委屈，也从不接受任何人的安慰，甚至从不向任何人表示好感。

然后尹先生将近两周时间没有再来餐厅，他的规律是一周来一到两次，这么长时间不来，领班和经理都觉得不正常，他们相继找小雅了解情况。

"我不知道，那么多客人，我怎么可能都去打听人家的隐私？"小雅没有掩饰自己听到这种询问的不高兴。和经理阴沉的面孔不同，领班和颜悦色地问她："尹先生上次来有没有说他这段时间要出差什么的？"

"不知道，没说过！"小雅冷漠地望着墙上的壁纸，那里绣着一朵咖色的大郁金香。

摆脱领班的纠缠，她从楼梯上到了楼顶的露天平台，靠在储水池外面裸露的管道上，点了一支烟来抽。斜阳把对面楼群的一侧涂抹成了金色，城市变成了金字塔的丛林，汽车喇叭声在空气中升腾，好像大海里喧嚣的泡沫。她拿出手机来，在通话记录里翻找到尹先生那天打来的号码，把它存储为"尹先生"，手指飞快地编辑了一条短信息："你到底是神马意思？"想了想，没发出去，删掉了。

那天尹先生还是没有来。

下班回到家，洗过澡出来，看到手机上有一条添加微信好友的提醒，她觉得有些心血来潮，一边用毛巾擦头发，一边点开看，对话框里写着：

"小雅，我是尹南平。"

"原来他叫这个名字！"她没来由地冷哼了一声，嗤之以鼻，没有通过他的申请。刚把手机扔茶几上，楠楠从她房间出来了，盯着她的脸问："你脸红什么？"

尹先生再次出现在餐厅是将近一个月后的事情了，不是一个人，也不是两个人，是三个人，他和一个女人带着一个瘦小的男孩来的。坐下来，那女人一边整理自己身上的名牌衣服，一边不住呵斥小男孩，尹先生一直在端详孩子，不时在他头上摸一把。因为尹先生很长时间没来，领班过来打招呼，看见是一家三口的样子，就没有多说，只是叮嘱小雅做好服务。尹先生笑着说："出国开了个学术交流会议，刚刚回来，带家里人来吃个饭。"

小雅没有朝他看，摸了摸小男孩的头，孩子仰着脸大声说："阿姨好！"

女人看看小雅，数落儿子："瞎叫，叫姐姐！"给小雅递上一个赔礼的笑容，光线不够亮，也还是能看到她眼角细细的纹路。

"没事儿！"小雅又摸一摸孩子的脑袋，"你叫什么名字呀？"

小男孩正在生他妈妈的气，嘟着嘴不吭声。尹先生接过小雅递过来的菜谱，抬头问太太："想吃点什么？"

"你看着点吧，别太辣，小孩不能吃。"

"我不怕辣！"孩子宣布。

他妈妈没搭理他，把手机放在桌角，看着小雅说："小姑娘给来一壶白水吧，小孩不能喝茶。"

"要热水吧？"

"热水吧。"

小雅拿来一壶热水，太太接过去说："自己来吧。"她把桌子上所有的筷子、勺子和刀叉都收起来，插到一个杯子里，倒进热水去烫，又用热水把三个杯子都涮了一遍。

"我去倒吧。"小雅接过她手里的杯子来，去洗手间把水倒掉了。她回来时，太太拉着儿子去洗手间给孩子洗手了，尹先生已经在菜谱上点好了菜。小雅接过菜谱来，努力地露出一丝笑容，问他："他俩有什么忌口吗？"

"应该没有吧，没事，我没点什么特殊的菜。"尹先生望着她，笑得很轻松。"干吗不加我微信？"

"我去下菜单了。"小雅转身去了。

小雅很喜欢那孩子，他的一双眼睛亮闪闪的，嘴巴也甜，不住地出脑筋急转弯来叫小雅回答。他竖起一根小小的食指问她："姐姐，为什么贝多芬弹钢琴的时候从来不用这根手指？"

"是不是他有点残疾，右手没有食指啊？"小雅睁大眼睛望着他。

"不对，因为这根手指是我的，不是贝多芬的。姐姐你真笨！"他得意地笑起来，在椅子上滚来滚去。

"能不能好好吃饭？！"他妈妈呵斥他，但是这时候他不是那么听话了。

尹先生出面调停，对太太说："这小子今天吃得不少，大概看到这个姐姐漂亮了，把小雅布给他的菜都吃光了。"

太太冷哼一声说："他就是个人来疯！"

小雅把牛肉羹汤上了，尹先生对太太说："小孩喜欢吃这个，我就点了，你尝尝，这里的牛肉羹做得很地道。"太太先给孩子揭开盅盖，探身看了看里面，半晌没有放下盖子，眉头渐渐皱了起来。

"怎么了？"尹先生问。

"我不吃香菜。"太太淡淡地说。

"我去让厨房重新做一道。"小雅看一眼尹先生，弯腰去收太太面前的汤盅。

"不要了，我吃不下了。"太太把勺子放下，拿起了自己的手机，面沉似水，过于饱满的胸脯起起伏伏。

尹先生温和地劝他:"时间还早，重做一道吧，很快的。"

太太把手机反扣到桌子上，盯着他说:"你不知道我不吃香菜？你点菜的时候心思都跑到哪里去了？"

"我记得你开始吃香菜了啊？"尹先生依然笑呵呵的。

"我什么时候开始吃香菜了？香菜是半辈子菜，你咒我死啊？"太太单方面开始火力升级。

小孩敏感地觉察到气氛的变化，他果断地下达了命令:"爸爸，你给我妈妈道歉！"

"好啦好啦，我道歉，就是一道菜而已，公共场合注意形象啊。"尹先生看看小雅，半开玩笑地告诫太太和儿子。

"对不起，是我的服务工作没做好，您喜欢喝什么汤，可以赠送一道汤给您的。"小雅也给太太道歉。

尹先生紧着摆手:"不用了小雅，你那会儿问过我他们有什么忌口的，是我忘记了，不能怪你。"

太太谁也没搭理，拿起自己的手机翻着，不再说话，手机屏的亮光让她的脸上泛着青光。

"小雅，你去帮我们安排个果盘吧。"尹先生笑吟吟地说。

小雅刚离开，太太把手机拍到了桌面上，盯着尹先生问:"你注意形象？你注意形象一晚上和一个女服务员眉来眼去、打情骂俏？"

尹先生顿时成了木雕泥塑，指指孩子说:"小孩在呢，你不要乱说话。小雅是打工的大学生，还是学西班牙语的，——就算人家只是个服务员，也跟咱们是平等的，你对我有气，不要伤害别人好不好？"

"你心疼啦？就算我说的不对，你急什么？看看你那个做贼心虚的样子！一晚上胳膊肘往外拐，是她伺候我们还是我们伺候她？"她拽起孩子来，"走，我们回家去，他爱到哪到哪去吧！"

孩子乖乖地让妈妈穿上衣服，跟着走了，低着头，一眼也没有朝爸爸看。

小雅回来的时候，只剩尹先生一个人坐在那里，他抬头看看她，略略有些凄楚地笑着说："对不起，给你添麻烦了。"

"小孩真可爱！"小雅安慰他，把果盘放下。"我一直以为你有个女儿的。"她说。

7

小雅做了一个可怕的梦，梦见尹先生的太太在前面跑，他在后面追，太太跑到十字路口，被一辆白色的车撞飞了，尹先生喊叫着跑过去把她抱在怀里。很多人围成一圈看着，其中就有小雅自己。尹先生的太太浑身是血，她哀伤地望着丈夫问："你还爱我吗？""爱，我爱你！"尹先生哭了，使劲地点着头。他太太说了最后一句话："你能不能像现在爱我这样永远爱我？"头就垂了下去。小雅尖叫一声醒了过来，大汗淋漓，心跳得快碰到天花板，她呼吸急促地掀开湿漉漉的毛巾被，探头看了看窗帘的缝隙，好在外面天光已经大亮了。

小雅没去餐厅上班，借口身体不舒服，打电话向领班和经理请了两天病假，和一个追求她的大学同学一起去了远郊的度假山庄。他们坐长途公交车去到离山庄不远的镇子上，然后徒步走向山庄，在外人看来，就像两个年轻的背包客恋人。说心里话，她跟他是亲近的，他从大二就开始追求她，是个性格开朗带着一点点书卷气的男孩，会逗她开心，人长得也帅气，并且不像有的"90后"男孩那样性别模糊、男女莫辨，——她特别受不了那些长得比女孩还漂亮，皮肤比女孩还好，神情举止比女孩还妩媚的"伪娘"男生，他算是班上甚至全年级比较像个男人的稀有动物了。

　　大三的时候，她在酒吧里结识了一个来自英国的大四留学生，并且很快成为了男女朋友，他为此而失落和颓废，几乎一个学期都不怎么和她说话。但是寒假结束回到学校，他跟春天一起回到了她的身边，以一个男性朋友的身份恢复了和她的友谊，他跟她和她的外国男朋友相处融洽，他们一起去野游，一起到处品尝中国的地方小吃。他们的友谊和天气一起升温，盛夏到来的时候，那个英国留学生毕业回国了，留下他来安慰她失恋的哀伤。那段时间里，她天天戴着耳机一遍又一遍地听台湾女歌手娃娃演唱的《漂洋过海来看你》，摘下耳机就和他讨论毕业后去英国找他的计划，他平静而负责地给她出主意，提建议，不自觉地把自己定位到了她"闺蜜"的角色上。

　　就在他为她的精神状况而担忧的时候，她忽然交往了一个"印度阿三"，他和其他认识她的男生都震惊了，这一次他没有能够保持住风度，怀着恶意把他们嘲讽她喜欢"大鼻子"的癖好转述给她，她也斜着眼睛，嘴角挂着不屑的笑意对他说："他们想说什么就说什么吧，就算'大鼻子'体味重，也好过那帮'娘娘腔'吧！"说是这么说，尔后她并没有和那个人有进一步的发展，不过在一起吃吃饭，聊聊天，有时候也会叫上他。大概从那个时候起，她和他就成了超越性别和爱情的好朋友了，她不是不知道他的心思，只是自己也拗不过自己的任性，就是不想如他的愿。

　　但是现在她突然改变了主意，一心要在这次郊游中和他确立恋爱关系，她甚至在化妆包里偷偷放进了两片安全套。并肩走在乡间公路上，她看着他毫不知情、侃侃而谈的样子，心里充满了隐秘的快乐。他们在一起总是轻松而愉快的，他习惯于对她言听计从，他们之间无话不谈，她甚至会和他讨论自己经期的提前或者推后，而他也会适时地充当妇女保健专家的角色。

登记房间的时候，他要开两个单间，她说不用浪费钱了，登记一个标间就好。他眼睛里闪过一丝的犹豫，然后照办了。"你先付了吧，回头我红包转给你我那份儿。"她得意地对他做个鬼脸儿。上楼梯时他变得有点沉默寡言，她不断地催促他，"走快点，走快点，我着急出去玩呢，多久没出来了，都快憋死我了！"把行李扔到房间，简单轻装了一下，她就拉着他疯跑出了旅馆。

她像出笼的鸟儿一样快乐，并没有被刻意强调田园风格的度假景区影响到一丁点儿兴致，他心事重重地跟着她，充当她的摄影师。他们漫无目的地疯跑，中午来到一家偏僻的农家乐里吃土饭，她蹲到关着几只即将成为盘中餐的兔子的铁笼子前面，为它们的可爱和悲惨命运纠结，一切都是一个纯情少女的天性使然。吃饭的时候，她淘气地用训练有素的表情和语调问他："先生，请问您有没有什么忌口？"他愣了一下，青春的面孔笑起来，回答说："不要太辣就好，我就怕辣！"正好她要的一大盆麻辣小龙虾端了上来，她凶狠地盯着他不说话，他吐吐舌头，两个人突然就爆发了大笑，笑得快滚到了地上，引得其他桌的客人侧目。

然而午后她忽然像变了一个人，步调明显慢了下来，轻佻的步子变得自信而有力，也不再傻笑，恢复了自己落落寡欢的一贯神情。他担心地问她是不是不舒服，上午还高高兴兴的，怎么一下子就不开心了？

"没有。"她说，"我本来就是这样子的，那个人不是我。"

他开始茫然不知所措，更加得小心翼翼起来，展开导游地图，建议她还有几个好玩的地方应该去一下。"那就去吧。"她加快了步伐，好几次把他甩到了身后。到了一处老门楼跟前，她拿过他的手机说："这里不错，我给你拍张照吧，用你的手机，省得浪费流量发给你了。"他站在那里摆了一个古代门神的动作，她举着手机给他拍，就在那一瞬间，她看着镜头里这个高大帅气的男孩，突然就明白了自己为什么对他爱不起来，——他比她还大着一岁，但是她总觉得他是个需要自己去呵护的孩子，她自己并没有指望被什么人呵护，她只是渴望有一个能够和自己平等的人，不必呵护，能给自己一点人生的建议，能解答自己心里的困惑就好——而眼前这个男孩让她觉得不平等，她仿佛比他要大着很多岁，在他面前，她觉得自己的心灵很苍老，苍老到想去摸一摸他的头说："What a lovely little boy!"

晚饭前，她推翻了自己行前拟定的所有的计划，他们退了房，搭上了回城的最后一趟末班车。夜幕从山谷里升腾弥漫开来，她扭头看看他，他坐在她旁边，因为一整天的疲惫而昏昏睡去。她平静地打开手机上的微信通讯录，翻找到尹先生发来的那条等待通过好友验证的信息，手指轻轻地触碰了一下"通过验证"，并把他的昵称"荒原"改成了"尹先生"。她扭头望向窗外，天地已经模糊起来，远处的灯光和星光连成了一片。她往后靠靠，闭上眼睛想休息一下，手机来了一个微信提醒，是尹先生发来的：

小雅，你在哪里？

她懒懒地动着手指回复："你还有别的吃饭的地方吗？随便哪里。"

"当然有。你在哪里我去接你。"

"不用了，告诉我地址，一会儿我自己去。"

"好的，我到了微信给你发个位置。"

"但我要AA制，你要尊重我。"

"好的，随你，一会儿见！"

他发了一个愉快的表情，还有一个握手表情。

"神经，你以为这是外交谈判呢！"她露出了嘲讽的微笑。

8

出来长途汽车站，她和男孩告别，男孩去坐地铁，她打了一辆出租车在城市的光影里循着尹先生微信发来的位置穿行。

见了面，她疲惫的样子让他感到惊讶和担忧。"我去开个房间，你先去洗个澡，然后我们再吃饭。"他建议道："我在餐厅点菜等你。"

她点点头，看着他那焦灼的样子，忍不住冷笑了一下。

他给她倒了杯水，去了酒店的总台，很快回来，拿着一张房卡递给她，告诉她楼层和房间号码。她看看他，露出一丝讥讽的笑，没有说话，接过房卡来背起自己的包走向电梯。

他目送着她进了电梯，略有些显大的鼻子在白皙的面孔投下蓝色的阴影，沉思的眼神使他显得表情严肃。他在餐厅坐下来，没有急于点菜，怕她来了之后菜品凉了，只要了一瓶红酒，全部醒了出来，给自己和她的杯子里都倒了一点，端着杯子小口呷着，若有所思。那会儿他刚带着另一个女人到了小雅的餐厅，领班告诉他小雅请假了，他不好当着别人的面追问小雅请假的原因，正在失落，手机屏亮了一下，小雅通过了他的微信好友验证。他马上问她在哪里，和小雅约好后立刻找借口告别了那个女人，匆匆赶到这家酒店。和他预想的一样，小雅的状况让他感到担心，他并不知道这一天在她身上发生了什么样的事情，他知道的是她这个时候需要他，一个她并不知底细的"陌生人"。

　　没有耽搁多长时间，她从电梯里出来了，套着一件灰白色的毛线衣，衣服上的风帽戴在头上，遮着她小小的脸，有两绺湿漉漉的头发贴在脸颊上。她走过来，冲他咧了咧嘴角，他起身过去给她拉开椅子，扶住椅背让她坐下。

　　他回到自己的座位上，端起乳白色的茶壶来给她的杯子里倒茶，她把风帽撸到脑后，露出刚刚洗过澡而红润的脸蛋，伸出手去说："我来吧？"

　　他温柔地看看她，笑着说："这不是在你的餐厅，今天没有顾客和助餐生，只有一位女士，和很荣幸能为她服务的绅士。"

　　她被逗笑了，哼一声说："你随便吧！"拿出自己的手机来玩。

　　他叫过服务员来点菜，捧着菜谱问她："你点还是我点？"

　　"你点吧，付账的时候我们AA制就行。"她看着手机说。

　　他冲服务员笑笑，开始翻阅菜谱。她抬起头来，看着他在那里认真地点菜，用毫无感情色彩的嗓音告诉他："我不吃海鲜啊！"

　　"啊？想不到你也有忌口！"他露出很惊讶的样子。

　　"怎么啦，我就不能有忌口吗？我又不是猪！"她很忿。

　　他警告她："说话注意点啊，不要伤害别人！"

　　"对不起，我忘了你百无禁忌了！"她翻了一下眼睛，"你点吧，我不说话了。"

　　点好菜，他端起红酒杯和她碰，问道："听说你请假了，出什么事情了？"

"我能出什么事情，一个助餐生！"她露出讥诮的笑容。

"是不是感情出了问题，和男朋友闹别扭了？"

"差不多吧，如果他算是我男朋友的话。"她打量他一下，发现他笑的时候眼睛下面的卧蚕很好看，不知道为什么就想虐他一下。

"吵架也是甜蜜的爱情啊，你还小，将来就知道人年轻的时候有多么的美好了。"

"我最讨厌别人把我看成小丫头！年纪小就说明内心和思想不成熟吗？"她按计划发飙了。

他始料不及，有些愣神，认真地研究着她的神情，有些结巴地说："我不是这个意思，我是说你有大把的年华可以用在体验人生的美好，你……"

她有些于心不忍了，决定放过他，打断他说："我找你没别的意思，就是有些人生的困惑想请你解答一下。"

他不能判断她真正的用意，感到桌面上正在出现一条巨大的鸿沟，那就是年龄差距造成的代沟了。他觉得自己正在慢慢变小，开始有些仰望她的感觉。

"谢谢你不把我当个什么都不懂的小屁孩。我想问问你是怎样成为一个成功人士的，为什么我无论怎样努力，身边的人都把我当个孩子看？我不想花父母的钱，想自己打工赚钱上研究生，我爸妈和所有亲戚都说我是在大城市待得心野了，贪玩不会回乡；我给餐厅经理和领班提出改进服务的建议，他们反过来劝我不要着急升职，安心把助餐生做好；我跟同学讲想考比较文学研究生，毕业后争取去驻外文化机构做翻译工作，他们都劝我不要好高骛远，先找一份稳定的工作养活了自己再说！为什么他们都不相信我，就是因为我年龄小，就认定我是个不值一提的小丫头吗？"她神色平静地说完这些话，脸上的红晕开始向着脖颈蔓延。

他认真地倾听着，等到她说完，和她碰了一杯，用惯有的庄重神情和温情眼神望着她，问道："先不要管别人，你相信你自己吗？"

"有时候吧。"她说。

"那就足够了，只要你自己相信自己，按照自己的想法去做，其他的都不重要。因为你要实现的是自己的理想，和别人没有关系，干吗那么在乎别人相不相信你？我二十八岁的时候应邀成为一个精英俱乐部的成员，兴致勃勃去参加大会，结果发现越来越不对劲，那些成员里，要么是年少得志的官员，要么是全国有名的演员，就连那帮比我小很多的"80后"姑娘，递过名片来都是公司的老总，更不要说身价数十亿的富二代！面对他们，我越来越失落，越来越灰心，越来越不自信，后悔死来参加这个俱乐部了。但当聚会活动结束后，回到正常的工作和生活当中，我很快又恢复了按照自己的理想奋斗的状态，离开那个场域，那些压力和自卑都荡然无存了。十年后，我成为全国有名的学者，再看当年那些风光无限的人物，有的破产了，有的锒铛入狱，有的消失无踪，当然也有依然风光的，但更多的止步不前。于是我明白了，人们临时聚集在一起的时候，都习惯把自己的优势最大化，把自己最好的一面展示出来，面对那么多人优秀的一面，是个人就会感到压力和自卑，但那些人头上的光环未必都能够持久，一时的风光与否毕竟只是短暂的假象，我们还要依赖离开后在自己的生活和工作中按部就班地前行，最后的优秀和胜出靠的是自己坚定的信念和强大的自信。"他端起杯子来敬她，扬扬眉毛说："哪有浮云能遮皓月？一时的不被人理解和认可完全可以转化为奋斗的动力。Believe in life, believe in yourself！"

她想一想，端起杯子回敬他："你说的好像有道理。"杯沿快要沾到石榴花一般的嘴唇时，她停下来看着他问："你相信自己吗？"

"我做事情只寻找一种支持，那就是自信。"他专注地望着她，"而且，我相信你！"

她笑了："我用不着你相信我！"

服务员把菜放到了桌子上，他亲自给她布菜。"不用你，我自己来！"她把自己的餐盘端得高高的拒绝他。

"好吧，你年轻多吃点。"他放下筷子，把菌汤盅放到她面前，"多喝点汤吧。"他替她揭开盅盖，抬起头时却发现她把头后仰靠在椅背上，闭上了眼睛。他以为她嫌他啰唆才这样，就没说话，自己开始喝汤。喝了两勺觉得不对劲，推开椅子走到她身边去，蹲下来低声问她："小雅，你怎么了？不舒服吗？"

"我是特殊体质，不能喝酒。"她微微睁开眼睛看他一眼，又闭上了。餐厅里依稀播放着李宗盛的《漂洋过海来看你》，她觉得自己被这首歌击中了，一动也不能动。

"啊？怎么不早说！要去医院吗？"他紧张起来。

她抬起一只手掌来轻轻摆一摆，低声说："没事，老这样，休息一会儿就会好的。"

他这才发现她从脸到脖子都变得通红，好像被热水烫过，赶紧招手叫过服务员买单，把自己和她的手机都装进包里，扶着她站起来，向电梯口走去。她推开他，用一只手拽着他的袖口，执拗地保持着步态的稳定。他按下电梯按钮，电梯开了，两个人走进去，她"哐"一声就靠在了轿厢上，依然不让他来搀扶。到了楼层，她又先走出电梯，一边低着头走，一边在口袋里摸着房卡。

"我来开门吧。"他伸出手去。她把房卡给她,靠在门边等着,一边眯缝着眼睛打量他。

进来关门的时候,她已经在门廊里顺着墙壁溜了下去,抱着头坐在了地毯上。他把包和外套远远地扔到了沙发上,蹲下来抱起她。"不要抱我!"她挣扎了一下,他已经把她轻轻地放在了床上。

"我冷。"她瑟缩着说。

他拽过被子来给她盖上,又走过去把空调热风打开。

她躺在那里,身体一直在发抖。听见他在吧台那里开启纯净水往热水壶里倒,发出各种声音来。过一会儿,他来到了床边,把一杯兑好的温水放在床头柜上,站在那里默默地望着她。

"要喝水吗?"他问她,嗓音有些干涩。

她闭着眼睛躺在那里,双颊通红,鼻孔里呼出灼热的酒气。他站在那里望着她,听见自己的腕表发出"嚓嚓"的声音,清晰而响亮。

良久,他慢慢俯下身子,轻轻地吻住了她那两片滚烫的嘴唇。

她微启薄薄的嘴唇迎合他,她嘴唇的生涩令他印象深刻。就在他将要抬起身子时,她伸出胳膊来揽住了他的脖子。"我好冷。"她抖动得更加剧烈了。

"等等。"他有条不紊地脱去她的外套、内衣,把她裹进了被子里,又飞快地脱去自己的衣服,撩开被子一角钻进去,把她滚烫的小身体紧紧地抱在自己怀里。她慢慢地放松下来,脖子上的红潮渐渐消散了,睁开眼睛看看他的脸,伸出手臂去紧紧地箍住他的腰。就在他要进入她的时候,她突然从他怀里滑出来,抱着自己的膝盖吩咐他:"你去洗手间把我的化妆包拿过来。"

他笑着看看她,在她嘴唇上亲了一下,跳下床去了洗手间。他把化妆包递给她，钻进了被子里，她在被子里露出两只手来，用细细的手指拉开拉链，拿出两片安全套递给他。他愣在了那里，睁大眼睛问："你身上怎么会带着安全套？！"

"原本不是给你准备的！"她露出顽皮而凄楚的苦笑。

9

她用浴巾裹着自己，下床去洗手间，腿一软坐到了地上，自己笑起来。他探身把她拉起来，叮嘱道："不要光着脚跑，把拖鞋穿上！"她不听话，光着脚跑去了洗手间。

回来，他们开始聊天。她审视着他说："你应该不仅仅是个教授吧？我看我们学校的教授没你这么多的交际啊。"

他笑笑："我还担任一家挂靠政府机构的学术交流中心主任，之前我是在政府部门工作的，后来才调到高校当教授。"

"怪不得你身上有公务员的那种劲儿，我不喜欢！"她对他耸耸鼻子。

他在她额头上亲了一下，她盯着他滚动的喉结，听见他瓮声瓮气地说："宝贝，你能不能告诉我，你为什么那么孤傲？我怎么觉得你是个缺少关爱的孩子，从小你父母不关心你吗？"

"你猜对了！"她毫无感情色彩地回答他，他的话让她脸上还不牢固的温顺瞬间消散了，恢复了那种落落寡欢的神情。

"怎么回事，你爸爸妈妈离异了吗？"他抱紧了她。

"没有也差不多吧，他们太忙了，根本就顾不上我！"她并没有抱怨的语气，像在说一件和自己无关的事情。

"你也要理解他们,这世上真正幸福的家庭有几个呢?绝大多数都是为了孩子在努力维持着。"他轻轻地叹口气,拂动了她额前的散发。

"那你呢?也是这样吗?"

"你不是看见了吗?"他苦笑。等了等又说:"总有一天,你父母会后悔的,他们会补偿你的。"

"哼哼,他们已经后悔了!"她鼻子里发出嘲笑。

"可是已经来不及了。"

"当然来不及了,我已经不需要在他们身边,也不可能在他们身边了。"

"你还可以给他们一个机会。"

"没机会了,他们自己把机会错过了。"

他越抱越紧。"我快喘不过气来了!"她抱怨道,"你要把我嵌进你的身体里去吗?"他低低地回答:"我心疼你得不行,我要把你嵌进我的胸膛里,像呵护我的心脏一样呵护你!"

"你对我这是一种什么样的感情?"她挣开他,冷冷地看着他问。

他叹口气:"我要有个女儿的话,差不多跟你这样大了。"

"草泥马,你变态啊!"她推开了他。他去揽她,但是她已经坐了起来,用一种研究的眼神审视着他,皱起眉头说:"我怎么觉得你不是个真实存在的人,你是我是梦魇!是的,你不是个人,你不应该存在,你是我做的一个梦!"她莫名惊骇地跳到了床下,双臂紧贴着身体,一直向着窗帘退去。

他的心被深深的怜爱攥得生疼,跳下床去一把揽住她,不住吻着她的发丝,轻声低语:"宝贝,我愿意成为你的一个梦,在你梦醒的时候消失不见。就让我消失不见吧!"

她却笑起来，轻轻推开他说："我跳个舞给你看吧，这些年我唯一没有放弃的就是跳舞了。"

他回到床上去，把地毯让给她。她扬起下巴，舒展双臂，踮起脚尖来做了一个旋转的动作，但是旋即又娇羞地扑到了床上来。重新抱住她的那一刻，他全身都洋溢着幸福的快感。

她偎在她的怀里，忍不住亲了他的脸颊一下，想起什么来，拉开点距离望着他的侧脸问："我可以问你一个问题吗？"

"说吧。"他因为怜爱她娇小的身体想把她抱得更紧一点，她执拗地用胳膊支撑着、抗拒着，有些撒娇也有些赌气地说："哎呀，你先回答我的问题！"

他转过脸，望着她星星般闪烁着的眼睛。

"你到底有过多少女人？"

"我不知道，没有数过。"

"你为什么要这样，不累吗？"

他轻轻笑了一下，好像还叹了口气，望着天花板说："我在寻找人的生命里最不可缺少的一样东西。"

"漂亮女人吗？"

"不是，是爱情。"

"我能不能把这看成你找女人的借口？"她快要冷笑起来，准备背转身去了，但他用有力的臂弯钳住了她。

"我在四十岁之前，追求过很多东西，成功、事业、权力、金钱、幸福、名誉、地位、女色、乐此不疲，也还算慢慢都得到了吧，但是就在一两年之前，我突然发生了一次精神危机，觉得自己为之所奋斗的这一切，都不是生命里永恒的东西，都不是我真心想要的，我变得苦恼和忧郁，对一切都丧失了兴趣。直到有一天我在陪老婆、儿子看电影的时候，被一个镜头击中，突然醒悟到人的生命里最不可或缺的是爱情,而爱情也是我们为了得到其他东西时最习惯牺牲的,——绝大多数人的人生就是个买椟还珠的过程,为了那些物质层面的东西,那些虚荣的东西,把最宝贵的东西忽视和牺牲了。我很困惑,我们是如何做到没有爱情也能活着的?"

他注意到她的安静,扭头看看她稚气未脱的精致面孔,她正圆睁着眼睛,嘴里轻轻地嘟哝着。

"你在干什么,小宝贝?"他问。

"哎呀!"她翻翻眼睛有些羞涩地笑了,"我不由自主地在心里把你刚才说的话翻译成了西班牙语,都怪你的语速正好合适翻译,让我产生了职业的条件反射!"

他忍不住亲吻了一下她花朵般的嘴唇。她舔了舔自己的嘴唇,问:"那你找到了吗?"

他又叹了口气:"我不能确定,有时候我觉得那是爱情,可很快又会觉得不是那么回事;有时候我觉得自己找到了,但很快又失去了。我不知道,也许爱情就是在不断地得到和失去中存在的吧。你呢,你们'90后'怎么看待爱情?"

"喜欢就是了吧。"

"那你喜欢我吗?"他不知道为什么要问她这一句,在说这句话的时候他鼓了鼓勇气,并且预见到自己听到否定回答时暗自沮丧的心情。

"要听实话吗?"她调皮地朝他眨眨眼。

"当然,说吧,没事。"

她突然很娇羞地钻进他的臂弯里,在那里瓮声瓮气地说:"你从一开始就很吸引我,但我不喜欢你白天的样子,你的表情,动作,说话的语气,我都不喜欢;我喜欢你现在的样子,你在床上很温柔,我喜欢你在夜里抱着我,抚摸我,和我做爱。"

"那你不是很分裂？喜欢和一个自己不喜欢的人上床？"他忍住揪心的隐痛，和她开玩笑。

"才不是，我觉得夜里的你和白天的你根本就不是一个人，从来没有把你俩统一过。"她伸开手臂紧紧地抱住他，"你知道吗，我觉得现在的你根本就不是经常来餐厅吃饭的尹先生。"

"那怎么办，我们不能一见面就上床吧？"他开了一个凄凉的玩笑。

"我喜欢我俩像这样抱在一起，但我会突然想不起你是谁来，你是谁呀？"她用一种无辜的眼神望着他。他看着他，胸中再次澎湃起柔情来，转身揽住她，轻轻地压在她身上，开始和她做爱。

她那么柔情，像一道清亮的小溪流淌过他胸膛化作的山谷，有那么一刻，她睁开迷蒙的眼睛，用无限美妙的声音问他："你是谁呀，我怎么不认识你？"

他一下子抱紧了她，把脸埋进她头边的枕头里，让滚烫的眼泪渗入枕头，借以保留他作为一个男人的尊严。

有一会儿他快要睡着了，她俯在他脸畔的枕头上，对着他的耳朵轻轻说话，气息微微地吹拂着他的耳廓，他仿佛听见她在低低地说："有时间你带我去冰岛看看好不好？小时候我最大的梦想就是想去看一次冰雕展，可是我爸爸妈妈老是顾不上……"

"什么？去哪里？"他朦朦胧胧地问了一句。

"没什么，你睡吧。"她在他的脸颊上亲了一下，像只小猫一样瑟缩到他的臂弯里，他下意识地搂住了她，沉沉睡去。

尹先生醒来的时候，小雅已经不在他身边了，洗手间的灯亮着，他以为她在里面，就轻轻地喊了她一声，没有人回答。尹先生走进洗手间去，没有看到小雅在里面，他在镜子前面站了站，转身出来，从床边走过去拉开窗帘，想确定一下自己是不是做了一个梦。

　　到底是自己梦见了和小雅在一起，还是小雅梦见了和自己在一起？或者正像小雅在梦中说的那样，他本身不是一个存在过的人，他只是小雅的梦魇？他不能确定。

　　白昼的光芒从乳白色的纱帘里透射进来，尹先生不由眯了一下眼睛，他背转身去，看到床头柜上的便签纸上有两行字。尹先生走过去拿起来看，是小雅留给她的，上面只有一句话：

　　Believe in life.
　　如果有一天我对这个世界失去了热情，记得告诉我这句话。

2016年11月19日初稿于太原
2016年12月11日改定于太原

玫 瑰

1

孟小桥打了一个哈欠,嘴巴张得老大,又打了一个哈欠,几乎发出声音来。她赶紧用一只手掌尖捂住自己的嘴,笑着扭头望孙开。孙开假装没看见,手扶着茶杯,看窗外的落雨。我去一下洗手间啊。孟小桥说着站起来拎起包离开座位。孙开忍俊不禁,望着她的背影笑,寻思这女孩真是可爱得很。

孟小桥关上洗手间的门,先望了一眼镜子里的自己,打开包拿出香烟来,娴熟地点上一支,惬意地抽了一口,把烟吐在镜子上,马上又扬手把镜子前面的烟雾驱散。她对着镜子里的自己做鬼脸,笑,想到孙开的寡淡,笑个不停。她把烟头扔进垃圾筐,凑近镜子仔细审视自己的脸，真的很白哟，像羊脂玉，左眉梢外有一颗小小的痣，让她很自然地想起白璧微瑕这个好成语。

她拉开门，轻声问站在门外的服务员要了一个纸杯，关上门，从包里翻出一把用纸袋密封的一次性牙刷，把那管小牙膏挤在上面，开始很响很迅速地刷牙。完了把嘴漱干净，从包里翻出包面巾，抽出一张来擦擦嘴，又拿起口红，啵一声拔开，把脸贴近镜子，微微张开嘴，很仔细地涂着口红。

最后，她把右手掌伸展在鼻子前面哈气，确认没有烟味后，麻利地把拿出来的东西都扫进包里，拎起包拉开洗手间的门走出去。

孙开似乎还在欣赏窗外的落雨，听见脚步声，扭过头来望着孟小桥微笑。孟小桥就觉得他的眼神很像自己的父亲，于是也笑了，坐到他身边去。去洗手间之前，她坐的可是他的对面。

孙开笑笑，孟小桥扭头打量一下他，嘴角动动，眼里是不以为然的神情，带着孩子气的故意：我坐这里你心里不爽啊，怕别人说我是你女朋友？她翻翻眼睛，又低下头去看自己的手指。孙开乐道，我求之不得呢。孟小桥就笑了：美得你！

继续聊天。孙开问，小桥你属什么的？孟小桥说，猪，怎么了？孙开愣了一下，笑了：还以为你骂人呢。孟小桥鼻子里哼了一声：骂你？有意思吗！

没见你男朋友来咱们学校啊，还没有吗？孙开望着孟小桥。孟小桥悄悄地笑了，两个嘴角弯上去，带着点自得说，理论上说有。孙开不能理解，微微皱起眉头。

就是说我还没有决定委身于谁。孟小桥看孙开一眼。后者附和道，是得慎重一些，不过也别把自己最好的时光错过，当然，总得找个自己喜欢的。孟小桥马上说，喜欢的还有几个，不过身上都没有我想要的东西。她的思维太快，孙开又不能理解了，他问，你要的是什么？

一颗强大的内心。孟小桥端起咖啡杯呷了一口。

孙开的头不由低下去、低下去，就在孟小桥这句话脱口的时候，他清晰地感受到了自己玻璃般脆弱的内心，他几乎要趴在桌子上了，——原来语言能产生这么大的压力，让一个人直不起腰、抬不起头。

孟小桥打量着孙开，很不解地问，你怎么了，怎么突然不说话了？孙开眨眨眼睛，认真地说，我不大会和有才华的女人说话，有心理障碍。孟小桥马上嗤之以鼻：得了吧你！回过味来又说，什么女人不女人的，女孩好不好！

孙开望着她，心里觉得一阵阵的可乐，他算彻底被她打败了。

孟小桥是副教授孙开的第一个硕士研究生。孟小桥送给导师的拜师礼是一包玫瑰花，不是鲜花，是一包用蜂蜜泡制的花瓣，能吃，很甜。孙开不喜欢很甜的东西，想开个玩笑说你不如送我一包茉莉花茶，怕让小女孩下不来台，就笑笑了事。

同一个办公室的两位女老师却很喜欢，不停地把食指和拇指伸进塑料袋里捏起那些可怜的花瓣往嘴里扔，很残忍地把它们嚼碎咽下去，吃得两片嘴唇鲜红，眼睛也亮了，像两个女妖精。她们一边吃一边赞美孟小桥的容貌和衣着，认为她的皮肤很白、五官精致，像个东欧女孩，而且她的衣着很有古典与现代交融的美感。孟小桥的笑容很安静，很有满足感，她把那袋花放在两位女老师并着的桌子上，双手插在宽大的九分裤裤兜里，微微侧着身子眼神有些羞涩地望着孙开。孙开一直望着她们笑，他的第一印象这个叫孟小桥的女孩家庭环境一定很优裕，她的脸上看不到一丝生活的印记，清亮得就像一块Ice。

孙开的判断很快被证明是准确的，在其中一位叫刘璐的老师好奇地问孟小桥用的什么化妆品时，她的回答暴露了她的不谙世事，她竟然说，我从来不用化妆品，我这个年纪就开始用化妆品也太可怕了吧！她的眼神很无辜，这更加伤害到了两位徐娘半老的女老师，她们作为大姐的热情迅速退潮，为人师表的神情慢慢爬上了嘴角，又通过眼神释放出来。

后来两位女老师一起出去了，孙开就委婉地提醒孟小桥要讲究点说话艺术，孟小桥不屑地说，我是故意打击她们的，问个没完，烦都烦死了！孙开本来想问问她父母的情况，于是作罢了。孟小桥有点伤感地说，那袋玫瑰花本来是送给你的，结果全让她们吃了，我就不高兴。她的孩子气让孙开心里一动，安慰道，没事，我不喜欢甜食。

那可以让您爱人和孩子吃啊，女人和小孩都喜欢吃的。孟小桥撅着嘴，很不高兴。

孙开笑了一下，说，我没有小孩，而且我离婚了。孟小桥飞快地瞥了一眼孙开，把脸扭到一边，仿佛孙开是个怪物，她不敢看。

孙开看了一眼孟小桥，此刻她正望着窗台上的一盆花草，侧面的轮廓有点像演《罗马假日》时的奥黛丽·赫本。孙开猜想孟小桥或许在后悔没有提前对导师的背景作一个调查，以至于不幸碰到了一个离了婚的家伙。在孙开看来，孟小桥过于稚嫩，不符合自己心目中的美女形象，但她依然让孙开感到了压力。对自己的第一个研究生，孙开是有想法在先的，那就是一个热爱诗歌并且外形俊雅的小伙子，可以戴眼镜或者不戴眼镜，他从没想过会是一个女孩子，而且会是孟小桥这样的女孩子。孙开不想带女孩子的原因，不是因为自己离了婚，只是从心里希望是一个男孩子来读他的研。事到如今，也只能先这样了。

两个星期后，孙开带着孟小桥在图书馆查阅"五四"时期的文学报刊，孟小桥不想吃食堂的饭，提议去校门口的上岛咖啡吃意大利面，他们就出来了。刚坐下不久，外面下起雨来。孟小桥喝着她的咖啡，孙开要了一杯俄罗斯红茶，等着雨停。

从洗手间回来，孟小桥挨着孙开坐下，立刻把一股暖流送进了孙开的体内。孙开努力地保持着平静，显得没有留意孟小桥的位置变化，他不动声色地和她聊天，他猜不透孟小桥这一举动的含义，是学生对老师的殷勤，还是女性对男性的亲昵，或者只是一个小女孩在长者面前的娇纵。他不能判断，相对还陌生的孟小桥，此刻已经模糊了她的年龄，只是让孙开觉得她是个美丽的异性。

孙开扭头看看正在莫名其妙地自己得意洋洋的孟小桥问，你刚才说女孩什么意思？孟小桥惊讶地望着孙开说，我啊，我是咱们研一唯一的女孩啊，除了我还会有别的"女孩"吗？孙开望着她坦然的表情，心里有点明白了，他说，不容易，现在，现在真的不容易。他现在明白她所谓的"理论上的男朋友"是怎么回事了，孟小桥的坦率给了他把这个话题继续下去的勇气，而且看样子这正是她想要的。孙开淡淡地笑着说，恋爱总谈过吧？孟小桥说，我身经百战了，从来没有失去过阵地。孙开哈哈大笑，他不知道该怎样把话题继续下去了，但他多看了一眼孟小桥，发现她不是很漂亮，但有一种让人心疼的可爱。

2

现在办公室里只有女教师刘璐和孙开两个人，刘璐把胳膊搭在椅子靠背上，笑着问孙开：这两天没见你的小赫本啊？孙开正在发手机短信，抬头问，谁？随即笑了：哦，你说孟小桥啊，你也觉得她长得像赫本？刘璐不满地说，好像我是电影盲似的！

孙开发了短信，把手机放在桌子上说，这不刚给我发了个短信。

刘璐意味深长地说，孙开，抓住机会啊，学学鲁迅和许广平。

孙开笑了，摇摇头说，没的事，我把她当孩子看。

千万别，现在的女孩子，你要把她和你平等看待，否则人家会觉得你不尊重她。再说了，她不也到法定结婚年龄了吗，这要在农村，孩子也有了。刘璐说。

至少她得把我当老师看吧？孙开这样说着，想到孟小桥的神气，自己先觉得没了底气。

你这个人，天生是要让女人追的，哪里会懂得女孩子的心思？有机会我给你探探孟小桥的底，这么好的女孩，别便宜了别人。刘璐补充说，她也就这几年是最好的时候，过不了几年就跟我们这样了。她在慨叹，可能还记着孟小桥那天的揶揄的话。

孙开急了：千万别，我求你了，让我保持点师道尊严吧，我就剩这点东西了。

刘璐又摇头又苦笑，换了话题说，你们的几个硕士生想搞个文学沙龙，王院长说让我给他们当个主持人，嘿，什么时候我成学术领头人了？我问王老师，这相当于副教授吗？你猜他怎么说？——他说，你不能趁机要挟我啊！——真是笑死我了。

两个人笑得东倒西歪，完了孙开问，你答应了吗？

刘璐说，玩笑归玩笑，我挺喜欢跟这帮孩子在一起。她突然想起什么，指着孙开说，你、你得帮忙啊，你不是说有个学生当大老板吗，我们的活动经费就靠他赞助了，你不能推辞，否则我就不要你的小赫本了。

孙开板起脸说，你这个人，怎么总是喜欢要挟别人？

两个人又笑。孙开说，这样吧，虽然是我学生，我也不好张嘴问人家要钱，我这个学生开着一家茶楼，我给他打个招呼，你们搞沙龙去他那里，喝茶啊、吃水果啊，一切免费。剩下的，你找院长解决。怎么样？

行行行，刘璐喜笑颜开：看来要挟总是能达到意想不到的效果啊。

有人敲门，刘璐说，请进。进来个黑瘦的小伙子，笑容很腼腆，问两位老师好。孙开见过他，是谢教授的研究生董志勇，跟孟小桥都是研一的，这两年用笔名在《散文》发了不少作品。董志勇低低地问刘璐：刘老师，谢老师说西安那个研讨会和咱们的课题方向接近，除了我最好能再去一个研究生，您是带队，他让我来问问您。

刘璐侧身问孙开：怎么样，让孟小桥去吧？你通知她吧。

孙开说，还是你通知吧，你代表院领导。

刘璐说，这不得先征得导师的同意嘛。

孙开很得体地笑笑，有学生在，说话和举止都得注意些。

自从爱开玩笑的刘璐带着两个研究生去了西安，办公室就清净得像个寺院。这天午后孙开整理自己的书架，发现了一本旧杂志，目录中有自己的名字，孙开翻到那一页看到了那首长诗，附着一张黑白照片，那是他刚刚大学毕业时照的，照片上的那个少年英气逼人、笑容灿烂。孙开望着照片里的那个自己，觉得那个少年无论从外表还是才气都值得孟小桥去爱，甚至他们是绝佳的一对，郎才女貌、金童玉女，——但那跟现在的孙开没有关系。有那么一刻，孙开冲动地想把这张照片找个机会拿给孟小桥看，但他的脸马上开始发烫，在心里狠狠地骂了自己一句。把从前漂亮的青春形象拿给女孩看，以博得她的芳心，这是多么老套过时的伎俩，这样浅薄的冲动，不应该发生在追求内敛的孙教授身上。孙开在书架的玻璃上照了照自己，那张脸古板、寡淡，隐藏着经历过苦痛和迷乱的沧桑气氛，像被乌云遮住阳光的阴沉的天气，像失去绿色的草地，这样的气候和土地已经不适合生长爱情之花。

记起那天刘璐拿他和孟小桥开的玩笑，孙开有些想入非非，这不好，他想，应该在心里早早给孟小桥一个定位，当然，她是他的学生，这是他们合理的关系，但他要定位的不是这个，他要定位的是今后该把孟小桥看作一个女人还是一个孩子？这很重要，因为这将决定他对待她的态度、言语，更重要是一个什么样的性质的亲密关系。他知道自己是喜爱她的，问题是这爱是男女之爱，还是一个长辈对孩子的那种爱？他想下一个决心取舍，最后他发现他不能，他做不到。

手机响了，几个从前的学生，老糠和海鹰他们来接他去洗桑拿，车已经到了学校门口。孙开跟着他们来到温泉水疗馆，泡在热水池子里，他发现他还在想着孟小桥，但是他不能想起她的面容来，仿佛根本没见过这么个人，这真是奇怪的感觉。老糠和他说话的时候，他正在思考孟小桥所谓的"强大的内心"是什么意思，——这肯定不是她的创造，她应该是从某个人的书上看来的，但是是谁的书呢？根据自己的教学经验，孙开知道文学院的女生一般会喜欢两个外国女作家的作品，一个是玛格丽特·杜拉斯，另一个是弗吉尼亚·伍尔芙，看样子孟小桥喜欢的应该是伍尔芙。但是除非教学的需要，孙开从来不去读女作家的作品，他正是觉得她们没有男作家那么强大的内心世界。孙开不理解"强大的内心"这样并不新鲜的话语从孟小桥嘴里说出来，怎么就那么有震动感呢？

老糠知道孙开目前单身，洗完澡要给他安排"按摩"，孙开说过两天要去外校搞个讲座，要回去准备资料。其实，他回到家里只做了一件事情，就是把书架上伍尔芙的书都取下来，泡好一杯茶，准备翻阅一遍，他想，或许，可以搞一个有关伍尔芙的讲座。

3

不知道在西安发生了些什么，回来后孟小桥和董志勇就形影不离了，孙开留意到孟小桥看董志勇的眼神是热切的，他体会了一下自己的内心，并没有起什么波澜。也是，自己的研究生孟小桥和谢教授的研究生董志勇正在一起搞文学沙龙，成双人对是正常的，进一步说，即使他们在谈恋爱，也是正常的，这个似乎和导师无关。唯一让孙开不解的是，董志勇到底好在哪里？又黑又瘦，笨嘴拙舌，孟小桥到底看上他什么呢？难道是这孩子有一颗"强大的内心"？孙开被这个想法逗笑了，暗自摇头，他最担心的是孟小桥对男人的无知导致她的无尺度选择。

孟小桥和董志勇跟老师们道别，孙开点点头，没看他们。两个学生出去后，孙开一抬头，看见刘璐正意味深长地望着自己笑，似乎刚才的摇头被她看见了，而且心思也被她看穿了。他笑着问，刘老师有事吗？刘璐说，我正想问你呢。孙开说问吧。刘璐并没有提出什么问题，而是笑吟吟地说，这俩孩子挺般配。孙开就想到在西安发生了些什么，刘璐一定清楚，于是他说，你就造孽吧。刘璐假意着急地辩解：没我什么事啊，我是清白的！孙开望着她嘿嘿地笑，若有所思地说，我看董志勇配不上孟小桥，他们根本就不是同一种材料制成的。刘璐说，那当然，贾宝玉早说了，孟小桥是水做的骨肉，董志勇是泥捏的。两个人哈哈大笑。孙开说，在我眼里，孟小桥就是个孩子，没有性别。

刘璐突然不说话了，对着孙开眨巴眼睛，孙开就有些心慌，刘璐却没有说他什么，她扑哧笑了，说，你这个研究生她可真是个孩子！孙开望着她做聆听状，刘璐抑制着笑意说，在西安开会的时候我们俩住一个房间，聊天啊，这孩子突然对我说……她卖了个关子，问孙开：你猜她对我说什么？孙开默默地摇头。

她竟然告诉我她还是个处女！刘璐抖出包袱，乐得花枝乱颤。

孙开有点懵，问道，她跟你说这个什么意思？

刘璐摇着头，只顾笑。老半天，她看见孙开不笑，也正了正表情问，你信吗？孙开想想说，感觉像。他没有说出孟小桥也对自己表露过这个"秘密"，是不是就是从那个时候起他开始觉得孟小桥是个与众不同的女孩？

刘璐说，你说我又不是个男的，她告诉我这个干吗？

孙开说，你要是个男的，她还敢告诉你吗？

孙开想，问题是孟小桥似乎想让每个人都知道这个"秘密"，这是多么危险的事情，要知道这个世界上的好人并不是想象中那么多。还有一个问题是,孟小桥把这个"秘密"告诉过董志勇吗?

孟小桥再来的时候,刘璐就逗她:小桥,你有男朋友了吗?

孟小桥说,有啊,怎么了?

上学还是上班?

上学啊,怎么了?

也读研吗?在哪个大学?

国外留学呢。

当时董志勇不在,孙开在,他不知道刘璐信不信孟小桥的话,反正他不信,觉得这孩子一定在编故事。

刘璐和另一个女教师出去后,孙开把身子往椅子背上靠靠,对孟小桥说,星期三师大文学院请我去做演讲,你有时间的话一起去吧,讲伍尔芙。孟小桥雀跃道,好啊好啊,我最喜欢她了。孙开说,你喜欢她什么作品,散文还是小说?孟小桥说,都喜欢。孙开说,哦。

孟小桥说,把我们沙龙的人都带去吧,我知道很多人都喜欢她的。

孙开说,人去多了不好。

孟小桥说,那就我和董志勇去吧。

孙开说,好,你和他联系吧。

孙开坐在讲台上,来听演讲的师大学生把学术报告厅坐得满满的,他看见孟小桥和董志勇坐在最后一排的中间,他们俩没有望着他,而是在那里交头接耳,孙开突然就把准备好的开场白忘记了。

4

在海鹰的茶楼举行了第一次沙龙聚会，相当热烈，孙开被特邀参加。刘璐还叫来了晚报副刊的记者，那个戴眼镜的姑娘表示要刊登讨论纪要，她不知从哪里听说孙开曾经是著名的高校诗人，还出版过诗集，就要求他留下来做个专访。当时孟小桥在旁边，她惊讶地问，孙老师，你还写过诗啊？孙开就决定接受专访，他知道孟小桥会留下来听。后来刘璐领着学生们都走了，董志勇也走了，孙开让海鹰找了个小雅间，和那个女记者交谈。孟小桥坐在旁边听，但在这个过程中她一直在玩手机，孙开眼角的余光能看到她尖尖的手指，指甲是宝石蓝的，右手食指戴着一枚镶蓝宝石的戒指。但这并没有影响他的谈话，她坐在身边给他很舒适的感觉。谈话有一个冷场，孙开看到孟小桥朝窗外看了一眼，嘟囔道，董志勇也走了啊。

晚饭海鹰请客，趁着孟小桥和女记者去洗手间，他涎着脸问孙开，孙老师孙老师，这个小师妹真是把人馋死了，我能不能下手？孙开推他一把说，去，师父的行你也敢蹭？！海鹰马上就明白了，打自己一个嘴巴说，知道了知道了，师娘的主意我怎么敢打！孙开嘱咐他：一会儿说话注意点啊，人家是小女孩，不是小姐。海鹰嘎嘎地笑。

孟小桥不肯喝酒，海鹰举着瓶子劝：一点点一点点，这是师兄倒的酒啊。孟小桥就有些不悦，但她并不向孙开求助。海鹰就把瓶子给孙开：孙老师倒吧，看来我面子不行。孙开就说，倒一点意思一下。接过来给孟小桥倒了个杯底。孟小桥用蓝指甲的手指握着杯子，转动着，几乎就一扭头的工夫，她就和女记者起劲地聊起化妆品和背包，直到结束，还是那一杯底酒。

海鹰要开车送他们，孟小桥抢着说，你送记者吧，我和孙老师打车回去。海鹰暧昧地望着他们嘎嘎地笑，说，好吧好吧，我不当电灯泡了。

上了出租车，两个人都坐后排，孟小桥激烈地说，那个海鹰是什么人啊，不停地说他是我师兄，真恶心，他真是我师兄吗？孙开笑笑说，你别和他计较，他是我实习的时候教过的学生而已。孟小桥说，那怎么能是我师兄啊，他是本科生我是研究生，根本就没可比性嘛！孙开说，对对。孟小桥说，他怎么那么俗气啊？孙开说，人在社会上混就是这样，你以为这是在学校啊。孙开很高兴孟小桥对海鹰的反感，这说明她还是有自我保护意识的，于是他放心地对她说，其实海鹰还是很有文化品位的，你看他能赞助你们的沙龙就很不容易。孟小桥哼一声说，他那是看你的面子。孙开无声地笑笑，扭头望了一眼孟小桥，在流动的光影中，她的轮廓的确很像少女时代的奥黛丽·赫本。

孟小桥不再说海鹰，问孙开：把你的诗集送我一本好吗？孙开于是说，办公室没有，一会儿先到我家去，我拿给你。孟小桥马上说，算了，我要赶回去看《必胜，奉顺英》，你拿到办公室吧，明天我过去拿。孙开说，你看韩剧啊？孟小桥望着他，眼睛亮亮地问，怎么了，不行啊？孙开说，肥皂剧。孟小桥不满地说，我喜欢！

孙开默默地笑了。

车到学校门口，孟小桥就叫司机停车。孙开说，走吧，太晚了，先送你。孟小桥有点急：不用，真的不用，我一个人大半夜还出来跑呢。孙开不看她,对司机说,走吧师傅。车又开始跑起来。孟小桥说,那谢谢了,孙老师!完了望着窗外,老半天没吭气。孙开也不说话,他有点气闷。终于孟小桥转过脸来,问他:你看过董志勇的诗吗?他写的也挺好的,他很有才。孙开说,没看过,我基本不读活人的诗歌。孟小桥少见地接不上话了。

孟小桥在南城住,路还很远,这样冷下去不是个事情,孙开故意不主动说话,他享受着这小小的尴尬。意料之中,孟小桥先说话了:你那会跟记者说你所有的诗都是上大学时写给一个人的,是真的吗?孙开笑着说,是,毕业后我几乎再没写过诗。

她叫什么名字呢?是谁啊?是咱们学校的吗?孟小桥显得非常感兴趣。

孙开说,不是,她是外省人。

谁啊?你告诉我。孟小桥推推孙开的胳膊,撒娇:快告诉我,快点!

孙开扭头望着她:都是很久以前的事情了,你想听吗?

孟小桥欢呼:想听想听,你快讲,我最喜欢听八卦了!

孙开眯起眼睛说,她叫红枫,和我一样都是从农村考上大学的。

"孙开你去不去枫林?"

我刚走进教室,路过红枫的座位,猛不丁她抬头问了一句。顺手把长发往耳后捋了一下。

"跟谁?"我在她对面坐下来,把手里的《三国演义》拍在她桌子上。

"废话!"红枫白了我一眼,"有没有心情?"

"逗我!"我笑了一下,翻开《三国演义》:对酒当歌,人生几何,譬如朝露,去日苦多。是我的文学偶像曹操的名句。

"哎呀,你少来这!"书被红枫啪地合上了,夹疼了我的手指。我大吃一惊,看见她已经站了起来,一脸愠怒俯视着我。

"真去呀?"我小心翼翼地问。

"废话!"红枫瞪我一眼,长发一甩,咯噔咯噔头也不回地走了。

我看看周围,没几个人,也没人注意我。

"就这么着去?没道理!"但我管不住自己的腿,夹起《三国演义》,越过一排排的课桌,走出教室。红枫还没走远,清冷的夜气中分明还有一丝她淡淡的馨香在游动。

走过图书楼的时候,我抬头望了一眼三楼最边上亮着灯的那个窗户。李离兄,你在做什么?

李离曾像个女人般幽幽地对我说:"红枫,多么诗意的名字啊!"但你不要以为红枫她老爸是个诗人,这家伙连个本分的农民也不是,在镇上做小生意,主要特长是"双打":晚上打麻将,白天打老婆孩子。红枫哥出生的时候,她爸正在隔壁铺子打麻将,有人告诉他:你婆娘生了个带把儿的,起个名字吧。她爸刚好单钓红中自摸和了一把,兴致高处就顺口说:红中,就叫他娘的红中,叫红中他爸就能发财!红枫哥就不幸成了"红中"。生红枫时,她爸又在打牌,还是单钓红中自摸和了,就大叫:红中,女子也叫红中,越红越发财。对家骂他:鸡巴人,儿子、女子怎么全是红中?她爸就沉吟了一番,放出个狗屁来：那就叫红凤，红中算是中凤嘛，就红凤，反正红了就成，和了我就高兴。红枫又不幸成了"红凤"，兄妹俩，一张麻将牌。后来她哥早夭，她妈又生了个弟弟，还是叫红中。

红枫刚进大学那一年，适值我们中文系"红枫文学社"成立，《红枫》社刊向全校征稿，广告、海报贴得到处都是。社长、主编都是我本人，指导老师是著名青年评论家李离副教授兼中文系教研室主任。红枫陪一位女同学来报名，李离见她窘迫得厉害，就主动搭腔道：你叫什么名字？红枫红着脸说："红凤。"李离一笑，拉过一张纸，龙飞凤舞地写下两个大字"红枫"，推到红枫面前，问道：这两个字吗？"红枫说不是，没有那个木字旁。李离恍然大悟："哦，不是！"我忍不住笑，也问红枫："知道红枫文学社的名字怎么来的吗？"红枫微微红着脸，笑着说："因为图书楼后面那一片枫林吧？"李离微微笑了，一副灵犀相通的模样。后来这俩人真的好上了，他给她改名为"红枫"。我觉得，李离兄真是把前程看得很淡。李离毕业于本校中文系，后来由学院委培读完研究生，获取文学硕士学位后，按照合同留校执教五年。去年合同期满被聘为中文系现代文学副教授，不久又兼任中文系教研室主任，时年二十七周岁，可谓少年得志，前途远大。所以我认为他跟自己的学生谈恋爱，纯粹玩火。要知道，我们的老校长是多么传统，我们的书记是何其正派呀！我真担心李离会出点事，那样的话，全国有品位和影响的文学理论刊物就要少一位中坚作者了。但我不敢当面提醒他，此人多疑，准以为我吃醋。——为一个傻乎乎的丫头片子，值吗？

红枫和李离的事，大体就是这样。

红枫约我出来，这不是第一次。第一次没去枫林，那里不是我们这种关系的能随便去的，我们去了操场。操场上谈话的全是"真正的朋友"。操场上总是月光很好，所有的谈话者都保持着恰当的距离，大家聊着走来走去，只有影子偶尔会亲密地挨在一起。那天晚上我的心里像月光下的操场一样坦荡，根本就忘记了李离兄的存在。但我们不住地谈起他，——谈论文学，著名青年评论家李离是个必不可少的话题。我能看清红枫的面容，她始终在微笑着倾听，脸上的轮廓明暗有致，娴静妙曼。有一会儿我们不知道该说点什么了，一开口，发现她在望着我，我也在望着她，都不好意思地笑了。红枫说："你家里很有钱吗？"我说："怎么了？"她说："没事，随便问问，看你穿的衣服都挺潮流，以为你是个花花公子。"我大笑："这些衣服都不值几个钱，都是些仿名牌，我这个花花公子是假冒伪劣。"红枫也笑了：

"你妈是做什么工作的？"

"农民。"

"你爸呢？"

"公仆。"

"局长？"

"副镇长，其实还是农民。"

"为什么不把你妈'农转非'？"

"我爸那人实诚。"

我们都笑了。

红枫把双手都插进风衣的兜里，低下头，看着自己的脚尖碰来碰去，一边问我：

"家里每月给你多少零花钱？"

"我有稿费，上大学后就没花过他们的钱。"

"写散文还是小说？"

"都写，我是个杂家，想到什么写什么。"

"都能发表吗？"

"能吧，他们还以为我是个老中文教授，我用的是李离的信箱。"

"李离的稿费比你多吗？"

"当然，他写研究文章，又是特稿特酬，每月的稿费比工资多好几倍。"

红枫叹了口气，很轻，但我还是听见了，问她："怎么了？"她回答："你们男的就是好，那么有事业心。"

后来红枫歪着脑袋问我："你那会儿傻看我干什么？"

我笑了："你不看我怎么知道我看你？"

红枫又叹了一口气："你怎么可能喜欢农村来的女孩子。"

我一愣："你怎么是这样的思想？农村怎么了？我也是农村来的啊！"

红枫抬起头，双手把头发捋到耳后，看着我说："回去吧，我有点冷。"

我送她到女生楼，她头也不回地上去了。

有天我到图书楼找李离，红枫正在那里，眼圈红红的。我说怎么了，空气这么潮湿，好像刚下过雨呀。李离说没事，你吃过了没有？红枫说："你们坐一下，我给打水去。"拿毛巾擦了擦眼睛，又理了理头发，提上李离的暖水瓶出去了。李离关上门，叹了口气说："她爸和她妈离了。"我说："离就离了，跟着个'双打'男人，把她妈也快累死了。"李离说："没那么简单，接下来的问题是谁出钱供她上大学。"

我说："她爸呀。"

"他爸早就不管她了，跟一个女人跑了。"

"她妈呢？"

"这么多年他爸借下的债，她妈还不知道怎么还呢，他爸一跑，人家都追着她妈要。而且，她还有个正上高中的弟弟。"

我看看他："你呢，你不愿意？"

李离兄苦笑一下："我怕她不会花我的钱。"

"不花你的钱她就只好退学了。"

"怎么给她说？"

"那是你们之间的事，别问我，我每月给你五十，你一块儿给她；你钱多，给一百五吧，她一个农村来的女娃娃，也花不了多少钱。"

李离说："怎么能花你的钱。"

我一笑："你别太多心了，我只是古道热肠，尽一个朋友的义务。"

李离兄拍拍我的肩膀，感慨地说："你他妈真是个侠客，我就欣赏你这一点。"

我说少来这一套，结业考试时就看你的了。

红枫提着暖瓶回来，已经是满脸喜色了，大声说："楼下有卖盗版书的，五块一本，你们不下去看看？"

她就是这样一个不由你不爱怜的女孩子。我看看她，觉得这个红枫跟操场上的那一个，判若两人。

孟小桥评价道，师生恋，真恶心！

孙开心里一震，忍不住问，你很反感师生恋吗？

孟小桥说，也不是，我就暗恋过我大学的一位老师，可是不能来真的啊，来真的就没意思了。

孙开笑了。

孟小桥说，哎，这里面没你什么事啊？红枫不是和你们老师好上了吗？你别告诉我你是第三者插足啊，太恶心了。

孙开笑道：有这么跟老师说话的吗？！

孟小桥不服气地说，我这是出于义愤。不过我支持你插足，不能让他们师生恋成功，这个任务就交给你了。

就到了孟小桥住的楼下，她说，下次再讲吧，我还要听。孙开说好。出租车只有一边门能开，孙开坐外面，他先下来，让孟小桥出来。孟小桥一出来就说，再见。孙开想说一句就这个单元啊，孟小桥已经转过身，歪歪扭扭地跑到亮灯的单元门口去了。孙开以为她直接就进去了，她又在门口站住了，在灯光里扭过头来望着孙开说，你快回去啊！孙开只好朝她挥挥手，上车了。等他再从车窗回头看，门口已经没人了。

5

　　早上，刘璐邀请孙开继续参加他们的沙龙活动，孙开稍有些犹豫，她强调说，孟小桥肯定会参加。孙开被她逗笑了，说，我不是这个意思，我从来不去游乐场，玩不了那些转来转去的东西，头晕；再说，我是个老师啊，跟一帮孩子去"快活林"玩，不合适吧。刘璐说，得了，我这可是给你创造机会啊，去不去由你。孙开说，好吧，我陪你。刘璐就开始对着他冷笑。

　　孙开把一个白色的大信封放在自己的桌子上，夹起包去阶梯教室上大课，路上给孟小桥发了一个短信：诗集在我桌子上的白色大信封里。快下课的时候放在讲桌上的手机亮了一下屏，孙开知道来短信了，他上课通常把手机设置到静音。学生们都走后，孙开站在讲台上打开那条短信，是孟小桥发来的：书收到，谢谢。

　　下午在大楼门口集体乘车，孙开性子慢，最后一个上车，路过孟小桥的座位，她看了他一眼，有些惊讶的样子。孙开本来打算坐刘璐旁边，看到她身边有个女生坐着，只好跟孟小桥坐一起。他以为孟小桥会跟董志勇一起坐，但董志勇却和一个男同学坐在最后一排。开车之前，刘璐清点人数，看到孙开和孟小桥坐在一起，她不易觉察地给了孙开一个笑的眼神，孙开假装没看见。

　　孟小桥少见地有一点拘谨，她低声问孙开：你也去啊？孙开才明白她并不知道自己要去的事，——这个刘璐，他在心里感激了她一下。车一开，孟小桥就说，接着讲呗。孙开明知故问：什么？

你第三者插足的故事啊！孟小桥轻描淡写地说。

孙开说，你低声点，被人听见了不好。

孟小桥说，行，你说吧。

孙开发现自己并没有讲述的欲望，但孟小桥显然在等待着，他只好说下去。

那天晚上我在昏黄的路灯下跟着红枫走过图书楼。枫林里七零八落有几张长椅，还有几张白色的石板桌，赶上红枫的时候，她正站在一张长椅不远的地方。林子里很昏暗，她站着不动，很像一棵小杉树。我猜她是在听长椅上有没有人，她的眼睛近视得厉害，听觉就很灵敏。我走到她背后，朦朦胧胧看见长椅上躺着两个人，一个人的手已经伸进另一个人的裙子里去了。我拉了拉红枫，我们走得远了一些。红枫靠在一棵枫树上，我抱着《三国演义》站在她对面。我看得见她眼睛里的亮点，一眨一眨，很像星星。红枫冷笑一声说："看不出来你哪里喜欢我。"

我很认真地回答："心里。"

"那你去外面租间房子，我跟你住一块儿。"

"不行。"

"哼，你觉得对不起李离？"

"不是，我没钱租房子。"

"你混蛋！"

红枫骂完了，扑过来抱住我，她很有劲，但胸脯很柔软。操，怎么会这样！我想推开她，她的胸压在我抱书的手臂上，我使不上劲。后来我出了一身汗，浑身发冷，红枫扬起下巴吻我，发出很响的声音。背后仿佛有人在笑，我更动弹不了了。

　　李离找我，弄出一脸虚伪的笑来，前所未有。我觉得很别扭，就问他出什么事了？李离说没什么，通知一下你，今后不要到食堂打饭了，红枫说她可以给我们做饭。"这怎么可以？她又不是小保姆！"我有点鄙视李离的做法。

　　"是她要我来通知你的，三个人在一起吃饭不是很快乐吗？"

　　"我一个人自由惯了。"

　　"那你每个月也得给她一百元，你给我，我给她。"

　　"什么意思？"

　　"她拒绝我们给的钱，要用劳动挣工资。"

　　"给我们当小保姆？！"

　　"她妈妈死了……"

　　"怎么会这样！那把她弟弟接来上咱们的附中吧，就说是你小舅子，学费你出。"

　　"不行，功课肯定跟不上，最多做个旁听生。再说，我现在还住图书楼。你让他住哪儿？"

　　"你一个月给她多少钱？"

　　"她说咱俩一样，每人一百。"

　　"你怎么能跟我一样？你得二百，我不吃饭，给一百。"

　　"你不吃饭她肯定不要你的钱，你还是来吧，咱们一块做饭，这样热闹。"

　　也只好这样了。

见到红枫，她胳膊上果然戴着黑纱。前些日子没喜欢的课，我去拜访了几位写诗的朋友，她可能也是这期间回家的。吃过饭，李离去上课了，我就陪红枫去外文书店给她弟弟买短缺的课本。红枫在午后秋阳的光辉里灿烂地笑着，有那么一点成熟女人的魅力。她挽着我的臂在大街上走，不停地和我说话，像一对甜蜜的恋人。路过一家婚姻介绍所，非要拉我进去报个名。我们在门外笑闹了一阵，红枫说："改天咱们再来，一前一后，我先把你的基本情况作为我的要求条件输进电脑，你再把我的基本情况作为要求输进电脑，把他们全吓一跳。"我说："那先把李离吓死了。"红枫就大笑，悬在我的胳膊上往下出溜，真是个疯丫头。

我去女生楼找红枫，她那个戴眼镜的男老乡正坐在对面的床上，眉飞色舞地讲述他勤工俭学的传奇，哪次在哪儿赚了多少钱，哪次又赔进去了。红枫坐在那里嗑着瓜子微笑着听他瞎吹，另外几个女生爬上爬下，不知在找什么东西。宿舍门大开着，我站在门口，一股暖烘烘的少女体香混杂着香皂味抚摸着我的脸，带着一点点阻力，使我很乐意站在那里看着室内的平和景象。红枫的老乡正好把脑袋晃过来，看到了我，马上又转过头去看红枫。但红枫已经站起来了。"进来吧，你站在那里干什么？"她有点奇怪地笑着说。那几个女孩也笑容灿烂的吵吵："哎呀，稀客么，进来进来。"我引起的这个小高潮使红枫的那个老乡有一点尴尬，他朝我别扭地微笑着。

我走进去说："你老乡呀？"

"嗯，教育系的，我们一个乡的呢。"红枫说。

"不像，他这气质我还以为是个开公司的。"我半揶揄半捧场地夸了一句。

他给我递烟，我接了。一时找不到话说，那几个女孩就给我们剥了几个桔子，清爽带一点刺激味的桔香在甜暖的空气中游动。她们都挺高兴，站在那里问我这段时间去哪里了，怎么不见影儿？我说看朋友去了，顺便跑了几处名胜。她们问我买什么好东西了没有？我说买了一架变焦照相机，改天天气晴朗了去枫林给你们照几张。她们就欢呼起来，要跟我拉勾，说骗人是小狗。红枫老乡孤独地坐在烟雾里，做出一个笑的表情，看来想走，又找不到机会。后来红枫把他叫到门外，站在楼道里说了几句话。我被这帮丫头们环拱着，看不见她们的表情，但我也不在意。

闹了一阵，女孩子们都识趣地找借口走了，剩下我和红枫两个人。她过去插上门，坐到我身边来，偎进我的怀里。我说刚才那个眼镜儿是不是想追你？红枫把嘴贴在我脖子上，吹气若兰地说："他外号叫大能，我们在高中就是同学，——追我好些年了。"

我说："他常来吗？"

"他很忙，但有空就来，今天是给我送钱来了。"

"你花他的钱？"

"什么呀，他家里才穷呢！我没要，叫他寄回家里去。"

我把手放到红枫胸前，轻轻地抚摸。她闭着眼睛，一动不动，突然又问："你还不打算跟李离说清楚？"

我把脸埋进她的头发里说:"我怕他受不了。"

"那他的钱我还要不要?"

"要,我现在还没处找钱,算借他的,完了我还他就是。"

"他昨天中午抱我,还要吻我,我躲开了。"

我一阵心烦,想把红枫推开,终于忍住了。她的头发遮着眼睛,没有看见我的表情。我说:"南方的报纸稿费高一些,我多写点东西,总有办法的。"

红枫拉了拉我,我们躺到床上,彼此用手抚弄着对方。红枫闭着眼睛,强忍着呻吟。这里随时可能会有人来敲门,我说去枫林吧。红枫不说话,不依不饶地抱着我,呼吸越来越急促。我紧紧抱着她,感觉她脸上粘粘的,出了不少汗。

孟小桥突然说,那个红枫一定不是处女了,我敢肯定。

孙开笑笑说,不知道,我这个人晚熟,直到大学毕业都没和哪个女人真正发生过关系。

孟小桥不屑地说,她和李离一定有过。

孙开说,不会,她只是觉得李离对她好,根本就不喜欢他。

然后车就到了快活林游乐城的停车广场。

6

孙开想等别人都下去了再站起来,孟小桥推推他:快走啊。孙开只好站起来往外走。一下车孟小桥就站到董志勇身边去了，挽着一个小包，望着董志勇。董志勇正把手搭在一个男生肩膀上和他说笑，只轻轻地看了一眼孟小桥。孙开只好站到刘璐身边去，他没有朝孟小桥看。

刘璐招呼大家：等一下拿上票，喜欢刺激的就去坐过山车和跳楼机啊，反正是通票，想玩什么都可以；高血压的，心脏病的，胆子小的，可以坐小火车观光啊。孟小桥挽住董志勇尖叫：我要跟着董志勇，我要跟着董志勇。孙开望着她笑，可孟小桥并不看他。

快活林很大啊，每个游乐项目门口都排着长长的队伍，孙开就有些后悔来了。刚进来都觉得新鲜，没人提坐小火车的茬，孙开一个人也不好去，先跟着大伙儿溜达。他注意到董志勇并不想带着孟小桥，他把双手插在裤兜里只顾走，一点也不顾及对他亦步亦趋的女孩。每当董志勇站下来，孟小桥就站到人家身边去，可董志勇说走就走，轻易就把孟小桥甩下了。孟小桥把自己置于了一个尴尬的处境。孙开看得出来，董志勇并不喜欢孟小桥，他一点都不在意她的存在。孙开的心里就有些悲凉，他很想装作不经意地走到她身边去，像一个高贵的骑士一样把她从尴尬中解救出来，但他只是这样想了想。孙开猜想：也许，看到孟小桥浑身都是名牌，来自农村的董志勇怕养不起吧。

孙开一直和刘璐走在一起，学生们一定也觉得两位老师一起走很合适。

刘璐提议大家玩激流勇进，董志勇说，没意思，弄一身臭水。他和那个男生肩并肩走向观光塔台，两人很亲密地说着一个话题。孟小桥动了动脚，终于没跟过去，她彻底落单了。孙开并没有从她脸上读出落寞来，她只是有些迷惘地看了看周围的人们，然后走向给脸上画彩妆的大阳伞下。几个女生喊她去坐太阳神飞轮，孟小桥说，不去，晒死了。刘璐大声说，我去我去！扭头问，孙开你去吗？

孙开笑着说，我从来不玩这些东西。

刘璐对他挤挤眼说，那你在这里等着，我们去了。又对孟小桥喊，小桥我们走了啊，你看着你导师，别把他老人家丢了。

孟小桥低声嘟囔了一句：烦不烦。

孙开站在原地，无所适从，心情低落到了鞋跟。他望望孟小桥，觉得这个孩子可怜又可恨，他摇摇头，走向她。

孟小桥左边脸颊画了一朵蓝色的兰花，她皮肤白，就有点惊艳的感觉。她问孙开：好看吗？孙开说，还行，小孩子都爱玩这个。孟小桥反唇相讥：跟你们中老年男人根本没有共同语言！孙开笑笑问，你想去玩什么呢？孟小桥翻翻眼睛说，不跟这帮疯子玩，去坐小火车吧，我要听你讲故事。孙开看看她有点陌生的脸，心里觉得很温暖。

小火车要另外买票，孙开去排队，孟小桥说，我先去尿尿。把孙开逗笑了，这孩子怎么这么大大咧咧。看到孟小桥去了洗手间，孙开突然想起来应该买点小食品，于是先跑过去买了两瓶鲜橙多、两根烤肠，还有一袋瓜子。

小火车是仿欧洲早期的蒸汽机车的样子制造的，动力当然用的是电，车厢是开放式的，一排排木制的靠椅都刷成了红色，很有欧陆风情和怀旧气氛。孙开和孟小桥在座位上等着开车。不知怎么孟小桥就说起了刘璐的坏话，举着一根烤肠，一边吃一边喋喋不休。孙开微笑着倾听，并不发表意见。后来孟小桥说，开始吧，把你的故事讲完，不然我今天晚上又得失眠了。孙开望着她笑：不至于吧？孟小桥说，我这人就是这样，看一本书老想知道结局怎么样了，不然老想这事，就要失眠了。孙开说，那我得赶紧讲完了，不然影响你的睡眠。孟小桥说，就是就是，抓紧时间讲吧。

三个人在一起吃饭，红枫总是显得很快活，李离一副老样子，我却越来越咽不下饭去了。有一天趁红枫不在，李离突然坐到我的面前来，摆出一副正经八百的表情说："跟你谈个事。"我马上就有一种被人拆穿骗局的绝望感。但我只能说："你说吧。"

"你跟红枫确定关系吧，我退出。"他的表情很平静。

"什么意思？"我找不出更合适的词儿了。

"我正在破格评审教授职称，不想让人家抓我把柄，你们的关系一挑明我就没负担了。"

我不说话，无话可说。

"我不怪你，真的，我和红枫本来就不合适，看得出她的心里只有你，她从不让我吻她的嘴。"李离那样沮丧，但他又拍拍我的肩膀很振奋地说："我相信我的决定，我至少是个学者，你只是个学生，学生要听老师的话。"他又说："其实你们不该瞒我，我至少比你多吃几年盐吧。"

我依旧无话可说，对面是我的朋友、兄长，更是我名正言顺的老师，但口头上的辩论，他这是第一次胜了我。

"红枫的钱我照付。我比你挣得多，还是我二百你一百。咱们三个人还要在一起做饭吃饭，你替我劝住红枫，我们还是老样子过。"

"我会还你钱的。"我说。脑袋像个冰葫芦。

那一段时间,尽管我尽了最大的努力,还是开心不起来。李离兄说:"老弟,你要是想跟红枫住到校外去,我替你租房子。"我不回答,他又去找红枫说。红枫说:"你是不是嫌我们烦了,赶我们走?"李离笑了:"我怕你们离开我,提前打个预防针。"虽然他这么说,我还是觉得愧疚,胸口堵得厉害。每次吃完饭,我就跑出去了,有时候红枫跟着,有时候一个人。

学校保卫处有个副处长是我老乡,也是个诗歌爱好者,但他不行,只会写打油诗,顶多算个"铁杆票友"。以前他老找我聊诗歌,我嫌他没水平,就给他拉家乡事,挫伤了他的积极性,就不大找我了。这段时间我无所事事,想找个解闷的地方,就想到他。我去保卫处找他,请他去校内那一溜饭馆喝啤酒。他兴奋得很,大声嚷嚷:"你一个学生家请什么客,只要你肯找我赐教,我每天请你。"我就每天去找他,给他侃一些诗人和编辑的事。我们每天喝啤酒喝到很晚,大多是他付账,有时候我也付,但他不高兴。有一个晚上我们喝到学校熄灯的时间,老板也过来凑热闹,说今天他请客。于是又多开了几瓶。喝得正开心,听见宿舍区喊声大作,我老乡跳起来就往外跑,我赶紧跟了出来。跑到宿舍区,迎面碰上几个保卫处的,我老乡问出了什么事?他们说是有个坏蛋撬开了女生宿舍的门,爬到一个女生身上摸;一叫喊,从一楼楼道尽头的窗户上跑了。门房报告了保卫处,说跑到枫林那边去了。

我们就向枫林跑去。

以前也出过这类的事,坏蛋一跑就往枫林钻,那里边一年四季有谈恋爱的学生,夏秋两季甚至有露宿的,容易跑掉。保卫处的也爱往那边追，弄不好就逮俩衣衫不整的。我们呈扇形闯进了枫林，保卫们特制的手电筒雪亮的光束剑一样刺穿了黑暗，在枫树们身上砍来砍去。果然就"惊起一滩鸥鹭"，到处是穿衣服的声音，有的罩在光柱里不知所措，有的干脆低着头保持着原来的姿势一动不动。保卫们大声喊："看见一个人跑过了没有？"没人吭声，他们哪里顾得上别的。保卫们偏要把光束在每一对的脸上扫来扫去，在他们衣服上扫来扫去，说："不好好学习，跑到这里来玩什么浪漫。"语调里满是嫉妒，没一点正义感。我跟着老乡搜遍了整个枫林，没发现可疑的人。准备离开的时候，看见林子里最深处好像还站着两个人，我老乡拿电筒一照，女孩有点慌张地扭过头去，但我还是看见了她的半张脸，怎么好像是红枫！这时我又听见我老乡低声嘟哝了一句："李离老师！"然后他迅速掐灭了手电，对我说："走吧。"我们就离开了枫林。

孟小桥瞪大了眼睛望着孙开，用手推推他的胳膊，着急地问，然后呢，然后呢？

我一夜没睡着。

第二天我没去李离那里吃饭，买了两个面包几根香肠在图书馆泡了一天。他们想不到我就在图书楼里，找了一天。黄昏时候红枫才在图书馆里找到我。

我去街上吃饭，红枫挽着我，看上去我们还是像从前一样心心相印。吃饭的时候，我一言不发，红枫微笑着看着我。完了我们又去溜马路，空气污浊，雾一样的尘埃使霓虹灯光看上去分外柔和。红枫轻轻地偎着我,柔声责怪我:"你怎么这样傻!"我不发一言。停了一会儿,她又说:"我觉得咱们对不起李离,应该向他说清楚。"她又说:"他应该得到一点补偿,我们为什么凭白拿人家的钱?"我说:"那是你们之间的事,与我无关。"红枫气哭了:"怎么与你无关,还不是因为你……"我大声说:"别以为谁是个傻子,你在污辱我的智商!"红枫的眼睛瞪得老大,泪光闪闪,一脸鄙夷地盯着我。我扭过头去。我听见她在强忍着抽泣,我也很想哭,感觉呼吸是那么困难。她突然推了我一把,一个人朝学校的方向跑去了。我站了一会儿,慢慢地往回走。整个身心忽然很麻木,但是奇怪地轻松,仿佛自己不再是一个感情动物。

我照常去李离那里,但红枫不再去了。每月李离把钱给我,我就连同我那一份一块儿给抚养红枫弟弟的她舅舅寄去。我编着自己的诗集,李离也很忙,我们尽量都不去谈论红枫。凡是红枫喜欢上的课,我都不去听,路上见了她,就绕开走。她眼睛近视,不能确定是不是我。这段时间我在南方一家法制报的校园法制版开了一个专栏,每周一篇稿子,每篇一百五十元。我领到第一个月的稿酬,六百整。我在路上碰到红枫同宿舍的两个女孩,托她们把这钱交给红枫。

"她一定不会要的,"她们用一种怜悯的眼光看着我说,"你们是怎么回事,她好像变了个人似的。"

我不想问,但还是说:"她还好吧,你们对她好一点。"

"有人对她好呢,"一个女孩快快地说,"她那个老乡每天……"另一个女孩拧了她一下,但她还是说:"他们经常相跟着出去,很晚才回来。"

"你自己把钱送给她吧。"她们最后说,然后一脸惋惜地走了。

晚上跟保卫处我那个老乡在一起喝啤酒,他问我:"以前老跟你一块儿出去的那个高高挑挑的姑娘是不是你对象?"我说不是,我们一个班的。他哦了一声说:"这一段时间那个姑娘每天半夜都去小广场上转悠,问她干什么,她说睡不着,出来背外语,真是怪。"我说你看清是她了吗?我老乡说:"怎么没看清,早想告诉你,怕是你对象。搞清洁的老鲁两口子还看见她和广场上的石像说话呢。我看是考研压力过大,脑子有点不对了。"我的心一阵阵紧缩,我老乡继续说:"是要考研吧?看见她每天半夜在广场上转悠,真叫人担心,不小心掉喷水池里,那还有命?"我吓了一跳,说:"你先喝着,我出去一会儿。"他愣了一下,我已经跑出去了。

我敲开红枫的宿舍,有一个女孩和她男朋友在里面。我说红枫呢?女孩说:"跟她老乡一块儿出去了。"我问:"知不知道他们到哪里了?"女孩笑着说:"你放心,肯定不是去枫林。"我问:"红枫这些日子是不是每天半夜都出去?"女孩说:"嗯,我们睡着了她就悄悄地出去,天快亮时才回来。有一天我去厕所,看见她床上没人,就把她们全叫醒了,我们等到天亮,她才回来。问她,什么也不说。有人说她跟校外的一些人来往,你要劝劝她。"我的脑子腾就热了,原来她晚上在那里等人,什么跟石像说话！一定是红枫那个眼镜老乡搞鬼，看我不敲断这小子的腿！

　　我回到小酒馆，我老乡还在那里喝着。大概看见我脸涨红着，就说："喝酒的时候别乱跑，看你，上头了吧。"我盘算着红枫和她老乡是不是该回来了，没吭声。我老乡喝多了，短着舌头说："咱这水平也就喝个酒，哪像人家社会上的，没事就逛歌厅，玩小姐。你知道吗，咱学校就有女学生到校外歌厅做三陪的，不少都是家里穷，上不起学，也算'半工半读'吧。"这话像刀子扎进了我心里，我把杯子重重地放在桌子上说："借你武装带用用。"他说干什么，你喝多了？我说没事，我拿上玩玩，明天还你。他就撩起外衣，把皮带外面虚挂的武装带解下来给我，说："出了事情我可不负责任，你自己小心点。"

　　进了学校大门不远有个草坪，我坐在草坪上的长椅上，裤兜里装着那条武装带。我的右手在兜里握着它。我静静地坐在那里，看着进进出出的人。夜空真是迷人，星星眨呀眨的，每一颗都像是红枫的眼睛。快关大门的时候，红枫和他那个老乡回来了。他们看上去很开心，有说有笑的。我远远地望着她，心里滚过一阵阵的酸楚。我悄悄地跟在他们后面，攥武装带的那只手湿漉漉的。夜气清冷，仿佛可以闻到红枫身上的香气，我只感觉到一阵阵的心悸。走到红枫宿舍楼门口，他们站下来说了一会儿话。红枫东张西望的，我以为他们要吻别，但是没有。

　　红枫上楼后，那小子哼着歌儿走过来。这时候，我出现了。

我一直带他到了男生宿舍楼存车棚那里。我把右手插在裤兜里，握紧武装带，准备随时抽他个半死。他不停地扶眼镜，轻声问我："你要干什么，我跟她只是老乡关系。"我看了他一会儿，问："你们去哪里了？"他好像有点冷，颤声说："红、红枫不让告诉你。"我甩手给了他一下。他蹲下来，小声地哭。我有点心软了，也蹲下来，和气地问他："你告诉我，你是不是介绍她做三陪去了？"他赶紧抬起头来，连连摆手说："不是，不是，她想通过婚姻介绍所在社会上找个对象供她和弟弟上学，叫我陪她去相亲，不信你明天问她。"我脑子里嗡地响了一声，这是他妈怎么回事？

　　那小子看见我发愣，站起来说："你、你明天问她去吧，我要回去睡觉了。"他要跑，我一把抓住他，低声说："别走，我凭什么相信你？"他挣了一下没挣脱，突然说："这里这里，我留着她的征婚草稿，幸好我还没丢。"他慌乱地掏出一张叠成小条的纸来，塞到我手里，转身跑掉了。

　　我拿着那张纸，走向红枫林，那里的路灯还没有坏。秋这么深了，还有一只蛾子在往路灯上撞，真是不知时节。我站在那只飞舞的蛾子下面，展开那张纸。昏黄的灯光显影出红枫那曾经被我称赞为颇有阳刚之气的字迹：

　　……要重感情，有一定的经济实力，能帮助我和弟弟完成学业……无论我能否考上研究生，都会和他结婚……

　　我把那张纸慢慢地团起来，攥在手心里，仰头去望那只可怜的飞虫。在它飞舞的昏黄的光之外,星空似有似无。我是那么的羞愧,对于自己的自私和嫉妒。

啊?太离谱了吧?孟小桥的表情很受刺激的样子。

孙开笑笑说,你以为都跟你这么好的家庭条件啊。孟小桥咂咂嘴说,我的家庭条件是不错,不然可能早不是个女孩了。

孙开说,后来我的诗集就套用了舒婷的《致橡树》……

你别告诉我是《致枫树》啊!孟小桥一脸惊恐状望着孙开。

孙开笑笑说,《枫叶集》,就是早上给你的那一本。

孟小桥撇撇嘴说,还没拆信封呢,晚上回去看吧。

7

教师节的时候要在学生餐厅举办各学院的联谊舞会,校方要求在读研究生都要参加,显然是为了舞会上多几个年轻女孩气氛会更热闹一些。每个学院的人很自然地集中在几张挨在一起的桌子上,孙开又迟到了,看到刘璐身边还有两个空位,就坐了过去。很快刘璐找了个借口把孟小桥叫过来坐在孙开旁边。孙开觉得刘璐有点热情过度了。

舞会开始后,总有些矜持的人依然在座位上,孙开是"铁板凳",因为他连简单的"三步""四步"也不知道怎么走。有时候他也跟着老糠和海鹰他们去KTV玩,但那种和小姐抱在一起晃悠的贴面舞显然是不能拿出来出洋相的。孙开很坦然地坐着,好在孟小桥暂时也没有人来邀请,还有个聊天的。孟小桥似乎并不关心舞池里的事情,她把嘴贴在孙开耳边大声说,我读完你的诗集了。孙开点点头,拉开距离看看她的表情,孟小桥也看着他,没什么特别的。

真的都是写给红枫一个人的吗?她问。

孙开点点头。孟小桥只说读完了,没有给出任何的评价,他想听到她的看法,但又不好直接问。

过了一会儿孙开把嘴贴到孟小桥耳朵边大声说,我很奇怪。

什么?她问。

你没有问我红枫后来到底和谁在一起了,这很不正常。孙开望着彩灯闪烁中孟小桥变幻不定的瞳孔。

我就不问,我不喜欢这个人。孟小桥翻翻眼睛。

为什么?

不为什么,不喜欢就是不喜欢。哦,对不起,忘了你喜欢她!

哦。孙开说。他有些后悔给她讲那个故事,——他意识到它似乎破坏了他在她心目中的形象,可是已经来不及了,——看上去她真的很不以为然。代沟,他想,我们那一代和她们这一代有时候无法沟通。

一曲终了,人们说笑着坐回来。刘璐说,孙开,坐着干什么,跟小桥跳一曲啊。孙开还没开口,孟小桥说,我不跟他跳,我嫌他老!孙开笑了,对刘璐说,我根本就不会跳舞,你知道的。刘璐说,学吗,小桥你教教他。孟小桥嘴巴很快地说,我是学生他是老师,只有他教我的份,哪有我教他的道理?在这样的场合,无论说什么都会成为轻松的玩笑,刘璐老师就没往心里去。音乐一起,他就跑去请王院长跳舞了。看到她的行为,孟小桥马上发表评论:她怎么能这样?孙开问怎么了?孟小桥还在扭着头望刘璐,然后很激烈地对孙开说,这种场合只能男的来邀请女的,院长怎么了?——院长也应该主动来请女老师跳,她怎么能跑过去找人家?!

孙开笑着说，院长是长辈。

这时候孙开看到董志勇和两个男生隔着一张桌子坐在那里，正好一个男生朝他们这边看，孙开就打手势示意他来邀请孟小桥跳舞，那个男生刚站起来，就被他旁边的人拉住了。他们再没朝这边望。孟小桥浑然不觉，依然在孙开耳边喋喋，说了些什么，孙开一句也没听清。她说话时嘴里温暖的气体轻轻地拂在他脸上，有一会儿他感到非常甜蜜，他希望舞曲永远不要结束，就这样和她窃窃私语。但很快他又觉得有什么不对劲了。

也许大家都认为孟小桥在跟孙老师说事情，所以没人来请她跳舞。孙开开始陷入一个哈姆雷特式的困惑：走还是不走，这是一个问题：是抛弃这美好的假象走开，把孟小桥留下让她和别人去跳舞，还是就这样和她一直窃窃私语下去，直到舞会结束？这两种选择，哪一种更高贵一些？最后孙开决定折中一下，就在又一个舞曲结束的时候，他选择了去洗手间。孙开站起来，和正走回来的人们笑着打招呼。刘璐惊讶地望望孟小桥，问孙开：孙老师要走？孙开笑笑说，去洗手间。这时候孟小桥也站了起来说，我也去。孙开看看她，感觉自己的眼神很平静。

在洗手间门口，孙开对孟小桥说，完了你先回座位上去，我可能饮料喝太多了，肚子不太舒服。孟小桥说，我不，我等你。孙开看看她的眼睛，觉得那眼睛后面藏着一个淘气的孩子。

磨蹭了半天，出来一看，孟小桥果然站在那里等他，孙开心里很温暖，朝她走去。这时谢教授匆匆走过来，对孙开说，小孙你等等，我有话给你说。孙开马上回答，好的，我等你。谢教授快步进了洗手间。

孙开对孟小桥说，你先回去跳舞，谢教授找我有事。

孟小桥不满地说，为什么要在大家都玩的时候说什么正经事？

但她还是转身去了。

孙开和谢教授说了十几分钟话,回到作为舞厅的学生餐厅,并肩走向文学院那几张桌子。灯光斑斓,坐下来后孙开看到旁边桌子上坐着一个女孩,孟小桥。你为什么没去跳舞?孙开探过身子大声问她。孟小桥看他一眼说,没意思,我想和你探讨关于红枫的问题。孙开觉得心里凉凉的,他悄悄指指身边的谢教授,大声对孟小桥说,你去跳舞吧,我和谢教授聊天。

孟小桥没有回答他。

孙开回过头来低声对谢教授说,下一曲你去请我的研究生跳吧,她好像有什么心事,兴致一直不高。谢教授望望孟小桥,对孙开说,你这个学生太腼腆了,是不是不会跳?孙开恭维道,你是咱们系的舞蹈家,好好教教她。谢教授哈哈大笑说,他们都叫我"舞林"高手,我比不会跳的强点而已。两位教授很开心地交谈着,碰了一杯饮料。

音乐再次响起,孟小桥提着她的包站了起来,也许等不到孙开过去,她决定走了。走过孙开他们桌子的时候,谢教授叫住了她:孟小桥,为什么不去跳舞?孟小桥笑着说,谢老师,没人给我看包。孙开赶紧说,我来看,我来看。谢教授打了个手势,孟小桥就跟着他滑进了舞池。

孙开一直低着头,他没有去欣赏孟小桥的舞姿,他知道她一定跳得非常好。

谢教授和孟小桥还没来得及回来,悠扬的舞曲突然变成了打击乐,灯光飞快地变幻着,开始"蹦迪"了,欢乐激变为狂欢。有人对着麦克风喊:所有的人都来跳舞,座位上不能有人。孙开被快乐的情绪感染了,他的身体跟着音乐的节奏一抖一抖,但他不能提着孟小桥的包上去，就一直坐在那里当着愉快地看客。孙开想，狂欢的气氛多好啊，这才应该是活着的状态。

直到舞会结束，孟小桥才回来，这时候很多人已经离开了。孟小桥没有坐，她表情愉快地拿起她的包，没怎么看孙开。孙开说，很晚了，我送你吧。孟小桥说，不用了，我走了啊。她有些慌张地跑了出去，两肩微微向里缩着，看上去好像有点冷。

她慌里慌张的样子，多像一个孩子。孙开想。

跟着人流走出餐厅，人们在孙开前面和后面发出意犹未尽的笑声，孙开却在悄悄苦笑，他从来不知道，原来爱一个人，还会给她造成伤害。每个人心中都有一朵玫瑰，可是当你把它奉献出去，可能会把被爱的人的手指刺伤。我们总是忽略了玫瑰的刺。有时候付出自己的爱，是一种自私和不负责任的行为。爱一个人会让你处于幸福的感觉当中，并不知道被爱的那个人是否正在承受着煎熬。对孟小桥，孙开充满了感激，多么有忍耐力的一个孩子啊。

有人赶上来拍拍孙开的肩膀说，落单了？孟小桥呢？

是刘璐。孙开笑着说，走了。

刘璐低声说，你要抓紧啊，我看人家好像对小董有意思。

孙开随意但郑重说，孩子们的事情，别去管他们。他有些感慨地说，我要有孟小桥这样一个女儿多好啊，现在这样的女孩子不多了，我觉得我对她充满了父亲般的爱。

刘璐在霓虹灯的光影里眨巴着眼睛，感叹道，孙开，我算是明白你了，闹半天我白忙活了。

孙开说，亲爱的，回头我请你吃饭谢你。

刘璐说，去，谁是你亲爱的，喝多了吧你！

2007年12月18日于鲁院311室

爱无能兮

1

城市的天空在秋天里看上去也很高远。

午后,尹南平开车出来省政府大门,一路狂奔。连着几个路口都是绿灯,到了体育馆十字路口被红灯截住了。他落下左边车窗玻璃,打开收音机,扶着方向盘的那条胳膊肘支在车窗上,有心无心地打量着秋光里那些匆匆走过斑马线的人们。国人的面部表情从来都是一般无二的铅板一块,只是这块铅板上近些年都刻上了一个"忙"字,这个字仿佛就是一把尚方宝剑,每个人都扛着一把,目中无人地闯红灯。因为私家车的泛滥,前些年销声匿迹的广播电台又起死回生,这会儿一个年轻歌手正在里面操着矫情的港台腔,故作沧桑地自我陶醉:"是谁在爱着我——?而我又在爱着谁——?"尹南平冷笑了一下,这就是我们这个时代的文化,废话和梦呓都是艺术品。可就在红灯变绿灯的一刹那,油门将踩未踩之际,尹南平的笑容蒸发了,心被什么冷飕飕的东西击中了,不由发出一声深深的叹息,这首歌分明就是在讽刺自己的现状——离婚几个月以来,他没有人可以爱,更没有人爱着他,——尹南平觉得这真是一件奇妙的事情,全世界六十多亿人,竟然没有一个人爱他,而他也谁都不爱!其实何止几个月以来,这三四年时间,夫妻间早已经连和气的交谈都没有了,老婆这样宣判:"尹南平,你根本就不会爱,你只懂亲情不懂爱情,你就是个爱无能!"这么说,尹南平有生的四十年来,那件奇妙的事情就一直存在着:放眼全世界,他谁都不爱,并且谁也不爱他。

　　也就是在文促会这样的单位,才能因为离婚而请到假,尹南平一直遗憾自己的单位不像政府其他部门一样属于权力机关,现在到底享受到别的单位不可能有的好处了。上午到单位,就是专门请假去的,其实领导对他自以为保密的事情早就有了耳闻,一见到他愁眉紧锁失魂落魄的样子,领导先就劝他:"你好好休息吧,早点把情绪调整过来,这段时间不用上班了,处理你自己的事情吧。"文促会直属省政府文化强省领导组,大小也是个厅级单位,原本是个临时机构,后经省编办审批成为常设机构,全称是"省政府文化强省建设促进会",没有什么行政职能,主要工作就是深入偏远山区指导基层文化建设和组织群众性的文化活动。尹南平是宣传处处长,组织报社和电视台采访的事情归他管,以往下乡,他总是暗暗奇怪其他同事还有记者们度假般的快乐,好像人人都是单身汉似的,而他,不是担心儿子不好好写作业,就是忧心老婆的坏情绪发作,待不了几天先就着急回去,那颗心被挂在一支箭上,弓弦越拉越满，一天紧似一天，直到射进了家门，却发现老婆和儿子对他的离去和归来其实都很漠然。

离婚后下过一次乡，尹南平发现自己更加快乐不起来，却第一次找到了度假的感觉。那些天，在自己单位援建的农村文体广场上，晚饭后，同事们和村民坐在一起聊天纳凉，他一个人抱着篮球在水泥场地上闪转腾挪，直到夜阑人静了，他还在篮球架下"嗵嗵"地砸篮板；天刚亮，他又抱着篮球出来了。十几年没摸篮球，一会儿工夫技术又回到了身上，尹南平把皮球在腰间环绕几周，又在胯下穿来传去，爱不释手，醒悟到其实每个人都喜欢玩，自己也不例外，只是这些年当个小官，应酬太多，误以为自己就是那个忙得根本没有时间玩的人。下乡一周，尹南平把对篮球的热爱找了回来，代价是一双半新不旧的旅游鞋底子全掉了，像两只张着大嘴的鳄鱼，腿和屁股疼到走路迈不开，上车都抬不起腿来，返程时被人抬着才上了车。回来就翻箱倒柜找大学毕业时带回来的那颗篮球，当然是没找到，也不愿意打电话问前妻，就想着什么时候路过体育馆那条路买颗新的。

现在尹南平知道自己为什么舍近求远要绕道体育馆路了，——先到单位请假，然后买颗篮球来锻炼身体、放松心情。一过十字路口，他就拐进了辅路，很幸运地找到一个空着的咪表停车位，只一把就把车倒了进去。看车位的大嫂殷勤地上来帮他刷了卡，还没忘提醒他别忘了回卡。尹南平锁好车，夹着手包走进体育馆旁边的体育用品商城，买了一颗篮球，一双球鞋，一身白色球衣。他提着几个纸袋子出来，又钻进车里去，脱掉衬衫、西裤，连同夹包都放进一个红色的纸袋子里，换上球衣、球鞋，看到车上还有半瓶上午喝剩下的可乐，也放进了纸袋子里。然后，他像从魔术师大变活人的箱子里出来，由公务员变身为运动员，一手提着个红色的纸袋子，另一条胳膊下夹着篮球，踩着自如而舒适的步子，像当年在大学里走向操场一样，漫不经心地走进了体育馆。

2

夏天刚去不远，人们都还保留着睡午觉的习惯，午后三点多钟，体育馆的露天篮球场地上人还不多，十几副篮球架只有树荫下那两副底下有两组人分别在打半场，观众只有两个老太太，一个老太太坐在一把破旧的红色折叠椅上卖冷饮，像是个城里的退休工人；另一个老太太穿着过时的暗红色短袖衫，就坐在这边打比赛的篮球架底下，脸上挂着乡下人黝黑的神秘笑容。尹南平把那半瓶可乐拿出来，提着装着衣服和夹包的红色纸袋子走到旁边的空球架下，在球架底座上选一个位置放好，使自己打球的时候能看到。他朝打比赛的那边张望了一下，和他位置平行的这边场地上，是一群二十多岁的年轻人，穿着各色的球衣，打着四对四的半场，在他们对面的场地上，一群十几岁的孩子光着膀子在抢球，坐在记分员位置上的，是那个卖冷饮的老太太，另外一个老太太看上去年轻些，只能算个半老太太，她就坐在打比赛的球架后面，笑容诡异。尹南平拍着球小跑了半圈，找到点步伐的感觉，在罚球线前停下，投了一颗球，球出手的那一刻他觉得力量不够，要"尿"了，下意识地喊了一声，球勉强砸到了篮筐上，"嗵"一声动静挺大。他抢上前接住球，跳起来补了一个篮，球撞到篮板上，弹进了篮筐。尹南平找回点面子，继续拍着球兜圈子，眼角的余光察觉到有一双眼睛在盯着这边，一扭头，果然那个坐在旁边篮球架下的半老太太在望着这边，她收敛了笑容，迅速地朝尹南平放在球架底座上的红色纸袋子看了一眼，眼神闪闪烁烁。尹南平假装没注意到，继续投篮，五分钟后，他的肺里开始着起火来，这十几年在家里靠着沙发看电视，出门就开车，到了单位对着电脑点鼠标，内脏早就适应了静止状态，肺活量已不习惯长时间支持这样的剧烈运动了。他拍着球走到球架下，拿起那半瓶可乐，踢了一脚篮球，球慢慢滚进渐渐扩大的树荫里，在树荫边缘停下了，尹南平跟过去，把篮球坐屁股底下，面朝正打比赛的那边，旋开了可乐瓶盖，一股气体从瓶内冲出来，力量强大，这是一中午车内高温和行车颠簸产生的化学力量。尹南平喝了一小口，有点热，不像是可乐的味道了，看看瓶体，有不能高温储藏的提醒。可乐这种东西，高温一般也不会变质，只是影响口味罢了。他想起早上坐在马桶上翻手机报时看到的一则消息，美国一个老太太从冰箱角落里找到一个十年前的汉堡包，是从冷藏而不是冷冻室找见的，居然还能吃，吃了也没拉肚子，可见这种美式快餐的防腐剂有多厉害。想到美国老太太，尹南平扭头看了一眼坐在球架下的那个半老太太，对方正盯着自己看，笑容更加神秘，眼神依然诡异。尹南平没有感到不舒服，剧烈的运动让他心胸开阔情绪愉快，短暂的小憩让汗水有机会流了出来，小风吹来微感凉意，感觉很舒服。他惬意地观赏着年轻人咋咋呼呼的比赛，他们看上去身体很好，精力旺盛，可是却聚在一起打半场，并且没有人卖力地跑动。他乐呵呵地望着他们，有点羡慕，毕竟一个人投篮太枯燥了，如果有两三个朋友一起玩就有意思多了，可是像自己这般年纪的人，有钱的打高尔夫，没钱的打网球，更多的人选择了体面而经济的散步，并且大家都走上了重要岗位，忙都忙不过来，谁会聊发少年狂，愿意陪着他这个请了离婚假的家伙来打篮球？

尹南平还有一种担心，如果那边的比赛突然少了或者多了一个人，小伙子们要拉他凑场，那该如何是好。他把可乐瓶盖拧上，夹起篮球回到自己的球架下，打算投几个三分球练练力量。刚把可乐放到纸袋子旁边，腰还没直起来，就听见那边喊："嘿，哥们儿，过来一起玩吧？——走了一个人。"尹南平就笑了，发现自己其实一直在等着那边叫呢，他把纸袋子和可乐又提起来，夹着球往过走，一边微笑着自嘲道："打比赛太累，跑不动了。"喊他的那个小伙子戴着一副黑框眼镜，调侃道："没事，中国男篮都五连败了，人家也没当回事，咱都不是NBA的，大家瞎玩玩。"旁边穿黑球衣的秃顶胖子也咯咯地笑："别怕，CBA不要科比，我们要你。"尹南平把纸袋子和可乐都放在球架底座上，把自己的篮球踢踢靠在底座边上，微笑着走进了场地，他感觉浑身无力，腿有些发飘。那个半老太太已经站了起来，正绕着球架外侧来回兜圈子，神情有些紧张，尹南平提醒自己留心些，不要让她趁比赛之际把自己的纸袋子提走，里面的裤兜里有钱包，夹包里有两部手机，几乎是他离婚后的全部细软，被偷走麻烦就大了。

  眼镜男对双方的组队进行了提议，特别嘱咐尹南平和自己、穿黑球衣的秃顶胖子还有一个穿白球衣的瘦子是一边的，要尹南平记住自己人。尹南平说好，但他旋即发现对方也有一个穿黑球衣的秃顶胖子，并且和自己这边这个黑衣秃顶胖子长得很像，于是就想提议按照球衣的颜色分队，因为自己也是穿白球衣的，场上正好三个穿白的一个穿青的四个穿黑的，眼镜男就是那个穿青的，这样分队好辨认些自己人。他欲言又止，恐怕眼镜男指定分队有人家自己的道理。犹豫之间，比赛开始了，十个球一场。比赛一开始尹南平就发现自己眼晕了，那两个穿黑球衣的秃顶胖子来回穿梭，好像李逵和李鬼，他根本就辨不清哪一个才是自己人；更糟糕的是自己这边和对方都有一个穿白球衣的瘦子，真假美猴王，也让他分辨不清。

尹南平像个没头苍蝇一样在场上跑来跑去，一会拦住了自己人，一会又去追对方，终于，眼镜男在抱着球准备发球时特别强调了一下："我说一声啊，如果我们这个哥们儿没有攻防转换，大家别见怪啊。"双方队员都在喊好，声调里有一种莫名的快乐，尹南平明白眼镜男所说的不会攻防转换的那个哥们儿就是自己，他不知道该感激他还是该生他气，最后他风度很好地一笑了之了：十几年不摸球了，该谁家发球他都不明白，还会什么攻防转换？

第一个十颗很快就输了，自家这个黑衣秃顶胖子终于失去了涵养，他有点急躁地提醒尹南平："哥们儿，你别乱跑啊，盯住一个人！"尹南平如梦初醒，他留心到对方那个穿白球衣的瘦子脸上有很多青春痘，自己应该盯着他。并且他渐渐想起来，所谓的攻防转换，就是对方拿球的时候他要盯住人，而自己人拿球的时候他应该多跑动，不让对方看住自己。就在这时，眼镜男拿着球被对方两个队员拦截，尹南平抖擞精神，冲到他右侧大喝一声："这边！"眼镜男犹豫了一下，给他传了一个反弹球，尹南平接到球，转身下蹲投篮，球出手的同时喊了声："有了！"球应声砸进了篮筐，满场都是喝彩声，对方也在叫好。尹南平有点沾沾自喜，但旋即就回想起来，刚才自己准备投篮的时候，对方并没有人来阻拦。他不知道该感激还是该惭愧，乘兴主动抱起球去发球，眼镜男被尹南平的表现所鼓舞，接到球来了个单刀赴会，闲庭信步地上了一个篮，进球后大声招呼队友："科比来了，科比来了，快打个高潮！"果然场上就紧张了许多，尹南平盯紧那个穿白球衣的青春痘，让他几乎拿不到球，青春痘终于哭笑不得地开始求饶："哥们儿，你老盯着我干吗！"尹南平看看这个比自己小了快二十岁的小伙子，不好意思地笑道："我总得看住一个人啊！"但他有意识地多跑动，少盯人了，——上周单位体检，他查出来心率有问题，并且竟然开始骨质酥松，还是尽量少和小伙子们进行身体对抗为妙。

　　一个篮板球，尹南平和青春痘都没能抢到，两个人都去追，尹南平速度过快转身不及，失去了平衡，飞身摔了出去，他仿佛亲眼看着自己重重地仰面倒在水泥地上，那种久违的撞击感让他到亲切而痛苦，耳边听到满场的惊呼，知道自己摔得一定很狼狈。青春痘吓坏了，赶紧从背后把他抱起来，尹南平没等他抱起来，自己就站好了，笑着摆手："没事没事，继续继续。"对方的黑衣秃顶胖子抱着球还在问询他，眼镜男说："没事，我看见了，是屁股先着的地，头没事。"尹南平笑着催促发球，对方把球掷给了他，接球的时候，尹南平就觉得左小臂一阵钻心疼痛，心说坏了，怕是骨折了。将就到十颗球打完，他出场拿起自己的可乐，表示要歇一下，眼镜男宣布："休息三分钟！"

3

　　尹南平喝了几口可乐，觉得味道不是那么回事，就剩了些在瓶子里，把瓶盖又旋上。他注意到半老太太就坐在自己的纸袋子旁边，担心归担心，也没好意思把纸袋子提走，就假装要打电话，把夹包从里面拿出来，握着电话，坐到场地边上的水泥地上，和眼镜男还有自家的黑衣秃顶胖子聊天。眼镜男打量下他的夹包，问道："哥们儿，你也上班了啊？"尹南平想告诉他自己是个处长，觉得和年轻人没必要这么显摆，就答非所问地说："我都四十岁了。"眼镜男惊讶地瞪了瞪镜片后面的近视眼："不会吧，显得这么年轻，看不出来！"尹南平问他属啥的，眼镜男说："我俩都三十岁，还以为我们是最老的呢！"尹南平像个长者一样笑笑，问他们在哪里上班，秃顶胖子抢先回答："我们原先是同事，在酒店。"尹南平恍然大悟，指指那边的几个："哦，你俩和他们不是一起的啊？"眼镜男说："不认识，都是来玩的，就一起玩啦。"尹南平笑着点头，忽然一转眼，就看见那个半老太太正站在自己身后，用问询的眼神看着自己，她穿着农村人的服饰，发式和黑脸膛也是乡下所特有的，——就在前几年，尹南平看见这种打扮的半老太太，总会眼眶发潮，想起自己的母亲来，但这个老太太让他很不安。他望望篮球架那边，自己的纸袋子还在，就假装没事地和眼镜男聊科比来华的事情，他所知道的信息，都是每天早上坐着马桶从手机报上看来的，先是报道科比有意来CBA发展，又报道CBA拒绝了科比，然后就是网友的谩骂和风传科比来华的目的是为了淘金。关于科比，他只记得那张黑脸，但他对篮球比赛的兴趣远不如足球赛，因此对比赛规则很不熟悉，所以接下来眼镜男宣布继续比赛后，尹南平就闹了一个笑话。

尹南平在篮板下捡到一颗球，他在篮下起跳投了进去，结果惹来一片大笑，都在叫嚷乌龙球，对方那个黑衣秃顶胖子大度地调侃："没事没事，就当是你们自己传的球了！"接着眼镜男就提醒他："哥们儿，拿到球以后先带出圈，然后再投篮。"尹南平猛醒："哦，我忘了这是打半场了。"手臂又开始作痛，他示意刚来到场外的一个穿绿色球衣的小伙子替他上场，自己又坐到放可乐的那边去，用两根指头夹着瓶颈，摇晃着看场上的龙腾虎跃。抬眼间，发现十几块场地不知什么时候都人满为患了，仿佛从地下冒出来这么多人，一派喧嚣，那边光膀子的孩子们不知道为什么起了争执，有两个人推搡着要打架，大家都忙着在拉架。所有的场地都在打比赛，但大家都在打半场，一个穿黄色连衣裙的女孩子亭亭玉立地站在买冷饮的老太太旁边，做着所有赛场上唯一真正意义上的观众。尹南平注视了她一会儿，看到她不知道为什么兴奋地跳了一下，饱满的胸部波澜起伏，他心中就是一荡，用右手食指抹了下上唇沁出的汗珠，意识到自己已经有很长时间和女人没有过实际意义上的接触了。

作为一名场外观众，更容易领略到球赛的乐趣，尹南平乐呵呵地看着自己的队友在没有自己的情况下终于赢了第一场十颗球，他开心地喝彩，比赛的经验和术语慢慢地也回到了身体里，看到顶替他的绿衣小伙子抱着球在篮下找机会，他着急地喊："出，出啊！"半老太太居然在尹南平身边坐了下来，她的眼睛在看球赛，注意力分明还在尹南平身上，尹南平从夹包里掏出手机看了看时间，该去前妻那里接孩子了。他若无其事地站起来，拍拍屁股上的土，冲着场内喊一声："哥们儿，走啦！"场子里有两个人回应："再来玩啊！"

尹南平满足地摆摆手，过去把夹包放纸袋子里，一手提着，一手夹着球，朝外面走去。走上林荫道，他不无得意地回过头来，看着那个没有得逞的半老太太。老太太没有朝他这边看，她就那么坐着，迅速地俯身，在卖冷饮的老太太冲过来之前，把尹南平丢在那里的可乐瓶子抓到手，扶着膝盖站起来拍拍身上的土，快步走到路边一个大树下，拧开瓶子盖，把尹南平喝剩下的可乐倒进下水道，又拧上瓶盖，把空了的瓶子扔进靠在树上的编织袋里，从袋子口里露出来很多浅蓝色的矿泉水塑料瓶。

"她比我善于盯人，最终在比赛中胜出了。"尹南平乐不可支地望着老太太又迅速地去盯下一个快喝完的塑料瓶子，他发现场地周围还有好几个老头、老太太在转悠，他们个个都眼神诡异，如临大敌。尹南平的快乐持久而绵长，直到坐进自己的车里，他还趴在方向盘上笑个不住。

4

　　从某一天开始，尹南平下班回家，把车放回高层住宅楼的地下车库，他不乘电梯直接上楼，提着公文包走出车库，绕道楼下临街的超市，慢慢地走过落地的玻璃窗，观赏明亮的超市里人们排队结账的景象。如果能找到那个脑袋后面拖着长长的马尾辫的女孩，——她是个店员，瘦弱的高挑腰身，态度也不好，总是微微蹙着好看的眉头，——尹南平就会展露会心的微笑。他深信自己爱着她，不只是因为她的白和鼻头挺翘，也不是由于那眉毛和眼睛符合他心目中传统的柳叶眉丹凤眼的审美。他爱上她，是一次结账时，正好碰上她被顾客和工作弄得很烦躁，到他时就对着这个陌生人发起了牢骚。当时，尹南平并没有太在意她叨叨些什么，他饶有兴味地望着她美丽而烦躁的面孔，她的情绪恶劣，但表情怎样也狰狞不起来，——她太好看了，即使非常生气也看着不讨厌。后来，她自己忍不住发笑了，羞涩地拿手背蹭了一下自己的鼻头，变得很快乐地给尹南平结账。尹南平始终望着她微笑，他的内心充满了快乐，他有点感激她会对着自己发牢骚。那天以后，尹南平就改变了自己回家的路线，不从电梯直接回家了，他绕出来，从楼下的超市外面慢慢走过，逡巡着她的身影，心里充满浓得化不开的爱。

　　有时候，我们会突然爱上一个陌生人，这个陌生人是相对的，因为当你在一瞬间就读懂了她，她其实成了你最熟悉的人，甚至，比和自己同床共枕了十年之久的那个人还要熟悉。你不熟悉她的身体，可你实在是熟悉了她的一切，尤其连她自己也不太熟悉的灵魂。那次古怪而熟悉的遭遇之后，尹南平觉得自己被她魇住了，他会找借口去超市，然后假装不经意地走到她的柜台那里去结账。她有时谁都不看，只看被她握着扫条码的货物，当然也不看尹南平，而尹南平也不好叫她抬起眼皮来。有时，她也会翻尹南平一眼，对他笑一下，然后用一种悠然自得的神态为他结账。她的烦躁，源于她的骄傲，而她的骄傲源于她的美丽，她对自己的外貌是自觉的，因为她经常会戴着口罩，不让顾客盯着自己的脸看。

这样的人儿，怎么会是一个普通店员？尽管尹南平尽量把她想得与众不同，但她就是一个普通店员，和其他穿着深红色工装的店员一般无二。这样的人儿，怎么会是个店员？也许正是这样的反差在尹南平的心底深处产生了一种同情或者说疼爱，这种同情和对她烦躁的理解，共同作用下让他在瞬间爱上了她。而她也许浑然不觉，也许有点窃喜，也许很腻烦，毕竟每天这样盯着她看的人太多了。

尹南平不是很确定她是否把他跟其他顾客区别看待，有一次，他带着儿子去买文具，排队结账时，他让儿子走在身前，教他喊她阿姨，让她结账。她态度非常不好，没有答应孩子，并且自始至终没有朝尹南平看一眼。他被弄得不知所措，拉着儿子仓皇而逃，并且有很长时间没有再敢去超市。

离婚后，儿子基本还是他妈妈带，尹南平其实根本没有必要去超市，因为前妻一直还在照顾着父子俩全部的生活，她甚至比离婚前更加强势，发现尹南平擅自买回一件眼前用不着的东西马上就会发火。尹南平不是很能理解她的人生观，她离婚的理由是尹南平不爱她，拿她当事业的牺牲品，执意离婚后，她却甘愿照顾前夫和儿子的生活，心甘情愿地当起了全方位的牺牲品，由一个主妇变身成了保姆。尹南平真不知道她到底是怎么想的，他能明白，前妻深爱着自己和儿子，她的问题不是不爱尹南平，而是不尊重他，她不知道如何尊重他，从而使她的爱也变得像是一种暴力和戕害。

离婚一年后，尹南平发现自己渴望去爱一个女人，这么多年，他以为自己真的不会爱别的女人了，他曾经多次跟人笑谈自己就是个"爱无能"。现在看来不是那么回事，是婚姻冷冻了他对别的女人的爱，而当"解冻"后，他发现自己泛滥了，他总是莫名其妙地很轻易就爱上一个女人，有的比他年轻，还像个孩子，有的比他大很多，但他总能从她们身上发现外在的气质或者内在的美，导致自我情感的瞬间升温，就像一个无法自控的精神病人。

他爱上了一位新来的同事，并且为她寝食不安。那并不是一个美艳的女孩，黄白的肤色，而且人家已经订婚，就要成为人妻了，但她偶尔展露的一瞬间的忧郁神情却摄住了尹南平的心。他望着她，就像望着自己情深意笃的情人，他还悄悄为她写诗，并为自己对她的这份情谊而伤感不已。年轻的时候，尹南平是个疯狂的人，他做出过罗密欧那样狂热的举动，晚上翻墙跳进一家单位的院子里去，和一个女孩幽会，被女孩的领导堵在宿舍，差点被捉住。他的疯狂的心这些年同样被婚姻冷冻了，现在它又开始蠢蠢欲动，扯动着尹南平的身体，像一只装在口袋里的猴子，要冲出去大闹天宫。但是尹南平把它按住了，婚姻的破裂让他对他人的婚姻幸福更加尊重了，他不愿意去破坏女孩即将或者说已经到手的幸福。他劝住了自己，却为此痛苦不堪，并且因为自己的痛苦而更加的爱她了。

他说服自己不去做不道德的事，可他常常就会忘记她就要结婚了，他误以为她是自己的情人，需要或者正等待甚至正渴望着自己去追求，他处心积虑地安排一些饭局，仿佛是不经意的捎带上她，——事实上她就是一个小人物，很合理地给大家倒茶，谨慎而羞涩地微笑着，很不重要。这个时候尹南平很幸福，很伟大，也很心疼，揪心的疼，比爱还疼。一次吃完饭，大家往回走的时候，尹南平故意放慢脚步落在后面，和她并排走，他低声而礼貌地邀请她一起去他的办公室说个事情。他跟她说话的时候，眼神尽量平静，却很急切地去搜寻她瞳孔里面的反应，他试图展示自己的优雅风度，可是心脏很不争气地跳得像一个没谈过恋爱的少男或者一个正在偷窃的贼。她礼貌地答应了，他没有继续和她并排走，说完话就追上了前面的人群，去寻求伪装和保护。与此相反，女孩表现出了有情调的女孩通常在这种关涉男女微妙感情的事情上的天分，她很巧妙地使自己摆脱了两个女同事的逛街邀请，并且用一个不算很堂皇但绝对说得过去的理由跟着他去了办公室。

　　于是，他们以普通而且互相了解甚少的同事身份开始了一次长达三个多小时的长谈。尹南平的表现不理想，他试图使自己和她很平常地拉近心灵，但是很快，也许她刻意而善意地表现的对前辈的尊敬使他渐渐地失去了平常心，又开始犯张扬自我和夸夸其谈的毛病，管不住自己的嘴，像一个装满核桃的袋子被倒提起来，毫无节制地倾泻着自己的一切。而她并没有反感的表示和神情，这也许出于初来者的矜持和殷切，但看上去让她一直保持美好情绪的很可能是她对尹南平那天穿的衣服比较满意。

　　他们聊了很多，其中有很多打发时间和寻找磨合的废话，可贵的是，他们谈起了初恋，他大着胆子问她的初恋是什么时候。她很可爱的问他暗恋算不算，他说不算。"那就要到上高中了。"她说不上羞涩但是很不好意思地告诉他，那个时候她和其他女生一样都喜欢那些不好好学习、身上带些油气和痞气的像小混混一样的男生。他像个心理专家一样告诉她，那是因为这样的坏男生比乖乖男更早地表现出了男性的特点，"还是性感在吸引了你们，只不过你们不知道。"他告诉她。她很认真地想了想，表示了认可。"但是，上大学和参加工作后就开始喜欢有事业心和文质彬彬的男人了。"她的表情透露出这样的说法有恭维他或者照顾他的因素，他很感激地深信不疑。后来他们谈起了《乱世佳人》，女孩说她不怎么喜欢斯嘉丽，她喜欢林道静，他很惊异她读过这么多书，更加惊异她会喜欢林道静。他告诉她，林道静其实被误读了，她不是要追求爱情，也不是要追求革命，她只是个女性主义者，借助爱情和革命实现自己的理想而已。她思考了一下，表示认同。看得出她真的欣赏一个男人拥有学识和思想，不再是那个喜欢小痞子的小女生。他受到鼓舞，给她讲述了易卜生另外一部戏剧《海的夫人》，和《玩偶之家》不同的是，易卜生讲的这个故事和娜拉的出走是背反的：一个有夫之妇不甘于重复乏味的家庭生活，向丈夫宣布在海的那边有个和她相爱的人，她要去找他。那个不幸的丈夫出于爱，决定给妻子自由，放她走，而那妻子却通过这件事发现了丈夫对她的包容和在乎，她放弃了去海的那一边寻找那个爱人。尹南平复述易卜生这个故事的时候，心里忽然一动，恍惚是在复述自己和妻子的故事，妻子宣布他不爱她，要离开他去寻找那个爱她的人，并不惜为此抛弃家庭和儿子，他以和那个丈夫同样的原因放妻子走，但她最后却不走了，离婚不离家，赖在家里心安理得地照顾前夫和儿子。

尹南平人到中年才明白，男人是社会动物，女人是爱情动物，可是当社会给予爱情以自由时，女人却往往选择牺牲爱情，是自由可贵呢，还是这种牺牲精神更可贵？也许这个问题直到人类灭绝都不会有准确答案。

那女孩听完《海的夫人》，深深地看了尹南平一眼，很执拗地说："要是我，我就去海的那边了。"尹南平有点惊异，也感到有点安慰，他不是在挑逗她，但她向他袒露了自己的心灵。

尹南平策划了一次聚会，邀请包括女孩在内的几个人去喝酒唱歌，她没喝酒，可是被大家很High的情绪感染，很投入地唱了几首歌，她唱歌的专注神情使他发现了她的真挚，他回想她的话，他相信了她是个说到做到的人，——她能做出那些，仅仅是由于她就是个真挚的人，这种真挚附加着纯洁和质朴。她就坐在他的旁边，他借着酒醉和昏暗的灯光遮挡，悄悄地捉住了她没拿麦克风的那只手，她没有缩回去，直到唱完那首歌，她才很隐秘地把手从他手里抽开，低声提醒他别让别人看到。他很理解，毕竟她是要结婚的人了，但她显然不是因为这个原因，她顾虑的可能是因为她刚来单位时间不长，要注意在别人心目中的形象，或者更多的是在为他的形象考虑，——在不长的工作时间里，她常听人讲起尹南平的年轻有为，他注定要成为文促会的高层领导。但尹南平喝了不少酒，他心中重新燃烧起了当年罗密欧的疯狂，像一个不管不顾的轻狂少男一样抓着她的手举向空中，展示给同事们看，她非常羞涩地用力往下拉着，但她的笑容暴露了内心的兴奋，对这个中年男人的挑战世俗的疯狂流露出了欣赏。好在大家都喝多了，情绪都处在癫狂状态，对他们报以热烈的掌声。人人都不敢做的事情，未必人人都不想去做，当有人去做时，不敢做的人就用掌声和呐喊表达和分享兴奋和快感，好比人类对战争和体育比赛的态度。

尹南平表示一会儿要开车送女孩回家，她说："被交警查住你会被拘留的。"他则表示，为了她被拘留是他的荣幸。"只要你知道，我是为送你被拘留的，"他醉眼惺忪地拍胸脯说，"不怕，只要被交警拦住，你下车走就是，我跟他们走。"女孩对这个疯狂的中年男人说到做到深信不疑，为此她选择了逃跑。

同事开着尹南平的车把他送了回来，他心潮难平，一路给女孩发着短信问询她的去向，同事走后，他一个人坐在车里拨通了她的电话，她的关切和笑声给了他勇气，他向她袒露了心迹，并且一口气说了四十分钟，最后他说："从第一眼看到你眼里的忧郁，我就喜欢上了你，但这是我的事，如果你觉得我打搅了你的生活，觉得我是在骚扰你，你可以拒绝我，不要因为我是个小领导迁就我，何况我也不是你的直接领导。"女孩很坦诚地说："怎么会呢，我要不喜欢你，怎么会和你单独聊三个小时？"她很得体地向尹南平表达了一个女性对男性的欣赏，亲切自然，没有暧昧，只有真挚。

尹南平像心衰的病人被注入了一支强心剂，他第一反应不是会和这女孩成为什么样的关系，而是自己重新获得了发展事业的激情。这种力量的转化在有事业心的男人身上是常见的。挂了电话，他醉意全消，像一个正在恋爱中的男人一样浑身充满力量地提着自己的公文包走出车库，按照惯例绕道楼下的超市回家，走过超市的落地玻璃窗，他在一个收银台后面找到了那个穿红色工装的马尾辫女孩，她带着白色口罩，很冷艳地蹙着好看的细眉毛，不耐烦地给顾客结着账。尹南平脚步没停，他望着她，露出了温暖的微笑。

5

醒来已经是清晨，幸福感还充满着尹南平的胸腔，但头脑已经完全冷静下来了，他的第一反应是，我这是在干什么？一个家庭不幸的男人为什么要去造成另一个男人的不幸？他极力回想女孩的面容，她真的是比较平常的一个人，甚至没有超市女孩那样的美艳，我真的喜欢她吗？还是我需要去喜欢一个人，所以把她作为了爱情的对象？他下了床，只穿着背心短裤走到窗前，拉开窗帘，望着楼下的大街，车辆和行人川流不息，当看到真实的人间图景时，他再次感受了一下自己的内心，确信自己是思念着她的，而且是刻骨铭心的思念。

那好吧，也许她能保守这个秘密。

但是旋即他又想起她是订了婚的，并且就和未婚夫在一起同居，一旦被发现，麻烦会无穷无尽。此时，尹南平并没有想过这也许会影响到自己的名誉和锦绣前程，他担心的是她原本会拥有幸福的家庭，而自己的爱会破坏她已经到手的一切，还要伤害另外一个无辜的男人，这是他最不想看到的。

他翻开公文包，找到一张手机话费充值卡，把话费输入了她的号码，然后去了卫生间洗脸刷牙。刷完牙，他也打定了主意，拿起手机给她发了一条短信："充值信息收到了吗？没想到昨晚说了那么长时间的话。"她马上给他回复："看看你，就是喝多了吧，说过什么肯定不记得了！"

读完她的短信，他随即把她已经是别人未婚妻的事情抛到了脑后，像一个坠入情网的痴情少年表白心迹一样给她回复："字字句句，铭刻在心，现在再对你说一遍，还会一字不差。"然后就焦急地期待着她的回复，激情的泡泡充满了周身的血管，让他觉得双臂无力而酸麻。但是她的短信一直迟迟不到，仿佛在踌躇，也或者是矜持，尹南平更愿意她是在忙。

早在离婚前，尹南平就发现自己身上出了问题，长期的婚姻生活导致他对女人产生不了爱的感觉了，妻子不用提，审美疲劳和柴米油盐的双重作用早已把爱情转化成了亲情，偶尔他和别的男人一样会有一两次的艳遇，喝醉了也会去声色场所应酬，但那纯粹是荷尔蒙的作用，满足了身体需求却在精神上没有任何的作用力。久而久之，他发现自己真的"爱无能"了，无论碰上多么漂亮或者素质多高的女人，他都不会动情了，偶尔会有特别对眼缘也谈得来的，所谓一见钟情，也很快会变成逢场作戏，转过身就会把人家忘掉，过后从来不主动打电话。他不止一次对好朋友们说过，我不会爱了。听的人全不在意，这个时代，谁会和他讨论爱情呢，男女之间的事，关键词已经变成了"搞"和"玩"。

但他真的为此很惆怅，在还算年轻的时候，"爱无能"比"性无能"哪个更糟糕一些呢？

可是现在他正经历的煎熬是怎么回事呢？是离婚重新解放了他长久受道德束缚的天性吗？还是家庭的破裂让他受了精神刺激？哪个原因也好，导致了同样的结果，就是他重新享受到了思念一个女人的煎熬。他在爱，这毫无疑问，问题是他是真爱那女孩，还是他只是需要去爱，那女孩只是一个可以置换的对象？无论如何，刚刚复苏这个阶段，他对自己的爱是不自信的。

中午他几乎没有吃饭，心潮涌动以至于茶饭不思，甚至有些微微想呕吐的欲望。他不能自控，冲了个澡，从衣柜里提出几套衣服试着搭配了几回，又对着镜子把翘起来的几根头发压平，看看比较满意了，提着公文包出了门。乘电梯下到车库，发现车钥匙落家里了，只好又跑回来取了一趟。

车开出来，外面竟然下着雨，他关上天窗，开启了雨刷，划动的雨刷像他忐忑的心情。他开着车，很焦急，仿佛全单位的人都在等着他开会。进省政府大门时，正碰上文促会的大巴车往出走，他让在旁边，从车窗里看到她也在车里，想起来今天单位组织青年职工去看民间文化展览。他泊好车，提着公文包上楼到了自己办公室，给她发了一条短信："你也去看展览了吧？"

她很迅速地回复："恩（嗯），已经出发了。"

"回来后到我办公室来一趟好吗？"——他想了想，又把"办公室"改成了"这里"——"回来后到我这里来一趟好吗？"

"有什么事吗？"

"见面说吧。"

"好吧，我回来就去找你。"

他的心情一下子就平静下来了，像平静的海面，虽然暗流汹涌，但是有一种无形的伟大力量让一切都平静下来了，他的头脑也不再发热，甚至想起了很多遗忘很久的工作。他把衣服挂起来，给窗台和书架上的吊兰和绿萝仔细浇过水，用喷壶冲洗得绿莹莹的，然后带上门出去，走到楼道尽头领导的办公室，和领导开心地谈了半天心，说话间不经意地抬腕看一眼手表。估摸着看展览的该回来了，他抛下意犹未尽的领导，回到了自己的办公室。坐下来，用心地处理着几件工作，偶尔才走神听听楼下大院里是不是有大巴车回来的声音，听到楼道里有脚步声，心跳就开始加速，但好几次都是别人的门被敲响了。

他把办公室的门虚掩着，留着很宽的缝隙，希望她不敲门直接推门进来。但是他还是听到了敲门声，知道是她来了，故意不回身说了个："请进！"她就举着手机进来了，一直冲到他跟前，让他看她拍摄的展览图片。尹南平笑着让她坐到沙发上，他离开办公椅，坐在她旁边，用手托着她拿手机的手背看她用手指滑动着照片，用稍显夸张的激动向他描述她看展览时的心情。他用几乎父亲一样亲切的眼神望着她，心里充满了怜爱。他注意到她唇上新涂的透明唇彩，让她清纯的唇像春天的花瓣一样新鲜诱人，一定是到他办公室之前才涂的，那就是为了见他。这说明很多事情，最重要的一件是女为悦己者容，他那天酒后向她吐露了心迹，她为此而更加希望给他留下美好的印象。那么，更意味着，她不会拒绝他的进一步的要求。他把冰冷颤抖的手掌抚到她的背上，她抿了抿嘴唇，没有躲开，也没有慌乱，反而有些木讷和无所适从，像一个没有了主意的小兽。在尹南平的印象里，她是个矜持而本真的人，她在不多的几次面对他的指令性的要求时，表现出来的顺从，有一部分缘于对他的信任，但更多的似乎是本性里存在的随和和迷惘。

就在手掌心贴上她的背的那一刻，虽然隔着衣服，尹南平觉得直接连通了她的灵魂，他变得柔情无限，很多的爱怜的话语涌上喉咙，他深吸一口气准备配合行动吐露出来。这时候，楼道里有人在喊她的名字，她听到了，迷惑地看看他，他扫兴地低下头去，她就站了起来，拉开门走了出去。

尹南平的手机响了，前妻打来电话，说外面雨下得很大，叫他开上车去接儿子。他犹豫着答应了，收拾了东西，关了电脑和饮水机。他夹着公文包走向电梯，看到她也挽着包站在那里。电梯来了，门开了，里面没人。他看着她，打了个让她先进的手势说："After you!"她笑笑，进去了，他跟着她。

"外面下雨了。"他说。

"我看到了，所以要早些走。"她突然很客套，有些拒他于千里之外的感觉。

他理解她的反复，环境改变是能左右人的思想的，并且为此更增加了内心的怜爱，想要开车送她，或许，她会同意和他共进晚餐。他纠结起来，没有想到在自己内心的天平上，她会比儿子更偏重一些，或者说自己的情感需求比儿子更重要一些，"我是个这么自私的人吗？"尹南平在问自己的心。走出电梯，看到门口雨下得很急，是去接儿子还是送她，尹南平必须做出决断。他决定去送她，但心里为此狠狠地揪痛了一下，觉得自己不配做一个父亲。但旋即他释然了，他做出这样的决定，不是不爱儿子，不是爱她，也不是爱自己,而是自己需要去爱。

她有些慌乱地加快脚步要冲向雨地:"我先走了,再见!"

他一把拉住她说:"雨太大了,坐我车!"

"别了吧,耽搁你回家。"

"没事,跟我来!"

他快步前面走,一边招呼着她。冲进他的车里,两个人各自整理着自己,一时都没什么话。她没有坐前排,坐在他后面。尹南平给前妻发了条短信:"晚上有客人要陪,你辛苦去接一下孩子。"他调整了一下后视镜的角度,使自己抬眼就能看到她那张舒服的脸,然后,发动了车子。

"你喜欢吃什么?"他从后视镜里看看她。

"干吗?"她笑吟吟地从后视镜里望着他。

"请你吃饭。"

"为什么要请我吃饭。"

他笑笑,没有回答。车子驰上大街,照例是堵车,他拿起手机,问她:"海鲜怎么样?"

"不吃西餐就好。"

他打通电话,让自己常去的那家环境古雅的酒店留了一个小包间。

"你为什么要请我吃饭?"她还在问,他还是不回答,他觉得她在这方面其实挺有经验,是个有情调的女人,把这种微妙的关系拿捏得挺好。她没有拒绝和他一起单独吃晚餐,这已经说明一切。

6

泊好车，脚踏上大地，他的从容就消失了。无数次和无数女人单独吃过晚饭，他第一次感到和一个女人一起走向饭店竟然如此紧张，这只说明一件事情：他把她看得太重要了。他有一点点的沮丧，觉得这样尴尬的气氛不应该是两情相悦的情形，这又说明一件事情，那就是他深爱着她，而她对他只是有好感，他把她当爱人，她把他当还谈得来的同事。

他们进了包间，对面坐，她没有拘谨的表现。

他知道她不常来这样的地方，点菜的时候，稍微客气了一下，自己就捧起了菜谱，他故作从容地点了几道这里的特色菜，脑子却在高速运转，搜索着她曾经在饭桌上说过自己喜欢吃的菜。他没有辜负自己，想起来她喜欢吃的是虾、鱼和豆腐，这里的特色菜里有一道鱼和豆腐，于是他就补充了一道龙虾。关于龙虾，他有着美好的回忆，刚结婚那年，一位有身份和地位的忘年交来看他，请他到最高档的酒店吃饭，快吃完时他提出给燕尔新婚的妻子带一份扬州炒饭回去，那位朋友哈哈一笑说："我给你准备一份盒饭给你爱人带回去。"两只盒饭拿过来，每个里面是半只蒜蓉覆盖的龙虾。他把千把块钱的盒饭给妻子带回去，让她平生第一次吃到了龙虾，而且是一个人吃了一整只。在那以后的数年岁月里，妻子偶尔想起他对她的好来，都会提到那只龙虾。后来，龙虾对于他们的家庭已经不算是什么奢侈品的时候，她却毅然离开了他，对于他们的离婚，他俩的好朋友这样评价过："你总是把最好的给她，当她觉得你给她的已经不是她想要的东西时，她对于离开你就没有什么顾虑了。"可是，她想要的究竟是什么呢？尹南平想不明白。

此刻他点龙虾给女孩吃，知道龙虾对于她正像对十年前的妻子一样，是不容易吃到的东西。他突然柔肠百结，剖成两半的龙虾上来后，他把她面前的盘子端过来，细心地用刀叉剥离着里面的虾肉，然后放回到她的面前去。在他替自己劳动的时候，她专注地望着他，眼神亮亮的，盘子回到自己面前时，她由衷地露出了笑容。尹南平看得出，她不是经常被男人这样呵护，所以多少有些感动的意思。果然，她站起来，拿着茶壶给他倒茶。他把茶壶抢过来，告诉她："这不是在单位，我不是领导，你也不是下属，记着以后咱俩在一起的时候，我是男人你是女士，我理应为你服务，这是绅士风度。"她听话地把茶壶给他，打趣说："那是不是我坐下之前，你应该为我扶着椅子？"他愣了一下，笑道："那当然，下次一定得这样。"两个人开心地大笑起来。

愉快的情绪让交谈更加融洽，他几乎没吃什么，一直在给她当服务生，她一边吃，一边用眼角瞥着他。就是她斜着看人的那眼神，让他觉得她是个懂风情的女子，为此他渐渐地开始话多了起来，欲罢不能地标榜着自己，话题包括自己在单位的地位还有蒸蒸日上的事业。他没有告诉她自己离婚了，因为还没有熟悉到那种程度吧。吃完饭，他观察她并没有急着要走的意思，就提议再喝一会儿茶。他有些想坐到她身边去的冲动，但总觉得有些过于鲁莽，没有喝酒，情感总是难以战胜理智。

到底还是得走了，出来发现外面的雨已经停了。他开车送她，很随意地提出路过公园的时候进去散散步，她没有反对，只是提醒他说："会不会太晚了？"他这才想到她的未婚夫此刻也许正在家里焦急地等待。这时候他们或者只是他似乎才想起在他们之间有一个人是不可忽略的存在，沉默像流泻进车窗里的光影一样淹没了他们，尹南平心里交织着顾虑和哀伤，他把右手抚在她左手背上，叹了口气说："我给不了你的，我也不想害你失去。"怕她不明白，他又说："你就要有一个幸福的家庭，还有深爱着你的老公了，我不想让这一切因为我而失去，一个女人能争取到还算幸福的婚姻太不容易了。"他又自我解嘲说："也许这一切只是我的一厢情愿，但我还是感到深深的自责，如果我真的爱上了你，我只能希望你幸福，而不是去破坏你已经到手的幸福。"她不说话，只是慢慢地把手抽了回去，握住了自己的另一只手。然后，她告诉他："我到了，你回去的时候慢点开。"

他一个人回家的时候，把车开得风快，觉得只用了一秒的时间，就到楼下车库了。他出来车库，给她发了条短信："我到了，放心！"走了没几步，他就收到了她的回复："你说的对，我们都是有家庭的人了，这份感情再发展下去对彼此都不好，那么，到此为止吧。"他笑笑，把短信删掉了。超市已经打烊，他第一次看到那五光十色的落地玻璃变得暗淡无光。

进了家门，客厅里的灯亮着，前妻和儿子卧室的门关着，他们显然已经睡下了。尹南平打开电视，把音量调到最小，他接了一盆热水坐在沙发上边看电视边烫脚。六频道正播着一部美国电影，一个脸熟的黑人是男主角，叫不上名字，他又调到九频道，不是他喜欢看的国家地理节目，是个跟旅游相关的纪录片，他通常只喜欢看这两个频道，除非世界杯或者欧洲杯赛季也看看体育频道。没什么有意思的节目，他只是对着电视沉默着，偶尔眨眨眼，便觉得身边坐着那个他刚送回家的女孩。凑合着洗完脚，回到自己的卧室，床头柜上堆满了想看或者需要看的书，但只有枕头旁边那一本才是睡前的阅读物。但是今天他看不进去，半天了还是那一页，或者看了好几页却不知说的是什么。他决定睡觉，关了灯，躺在双人床的正中间，习惯地把儿子小时候玩的毛绒大猩猩抱在怀里。

一直没睡着，上了一趟厕所。回来觉得该睡着了，听到楼下远处的河坝上有人在唱夜歌，很飘忽，过了一会儿有两帮人在空旷的城市夜空下吵架，接着就打起来了。尹南平觉得自己的双臂开始发烫，一会儿鼻孔里呼出的气息也开始烧灼着上唇，他很难受，女孩的发光的影子贴在他的眼皮里面，让他的身体里充满了光芒，这光芒让他的身体像个灯笼一样和夜色格格不入。凌晨，在半梦半醒之间，他依稀梦见了她，她在对他笑，他攥紧双拳，身体蜷缩起来。

糟糕的是，我爱她她却不爱我，这是一出可怜的独角戏，——这个世界上最悲哀的事情，就是你为之痛苦和疯狂的那个人，其实根本就没有在意过你，你就是个无所谓，你爱上的不过是别人家的水泥墙。尹南平想起自己看过的那出美剧《迷失》，他自言自语："I'm lost!"

7

"我应该出去走走，或许会好一些。"饱受相思折磨一周后，尹南平决定拯救自己，他选择了逃离身处的环境。人，有时候需要去远方找回迷失的自己。

他以去北京开会为由向领导请了几天假，把儿子托付给前妻，却背道而驰，买了一张去广州的机票。有一位大学的同窗好友，在广州开着一家生产高尔夫球具的公司，他给尹南平寄了五米室内的草皮和一副球杆，要他练习这项贵族运动。尹南平拆开包装，却怎么也找不见球，一颗球也没有。他打电话过去问："老五，怎么没有球啊？没有球我拿什么练，乒乓球吗？"老五哈哈笑个不住："不会吧，怎么会没有球？可能我们寄东西的小姑娘忘了装球了，我让她再专门给你寄一次吧。"

尹南平说："算了，你下次回来给我捎上就行，反正我也不会打，你回来正好给我当教练。"

老五说："要不这样，我让小女孩专门给你送一趟，你连人带球都收了算了。"

上飞机前，他把航班信息发给了老五，同时附了一句话："我坐这趟飞机找你拿球来了。"

说好的接上尹南平直接去东莞玩几天，老五却没自己来，派了一个身材很好皮肤很白的高个子女孩来接机，尹南平和她握手时暗想，不知道这姑娘是不是忘记给自己寄球的那个。小姑娘气质不错，很能说话，一路上可劲地告诉尹南平，今天晚上有一场王若琳的演唱会，本公司是赞助单位，所以拿到了几张很靠前的贵宾席的票，她兴奋地鼓动尹南平一起去看。尹南平微笑着望着她专心地倾听，他这个年纪曾经的偶像是"四大天王"，平常到了KTV也只会唱郑智化和童安格，实在不知道王若琳是何许人也，可他此番来广州也实在不知道有什么事情可做，又是个惯于迎合女孩子心意的人，就答应了晚上叫她老板一起去看演唱会。他答应女孩一起去，纯粹是冲着她长得很入自己的眼，他是喜欢她的。

老五穿着一条滑稽的裤子宴请老同学，一见面拉住手，就把他的鸟嘴附在尹南平耳边嬉笑着问他："怎么样，接你的这个小孙长得还凑合吧，你能看上就让她晚上陪你玩。"尹南平望着长得越来越像条鳗鱼的老五，生怕他的话让小孙听见，笑着打哈哈。老五却不顾他的窘迫，大声招呼："小孙，小孙，你坐在你尹哥身边，把你尹哥招呼好啊。"喝酒的时候老五听说尹南平想去看王若琳的演唱会，大摇他的鳗鱼头："不好看，不好看，长得一点也不好看，还不如咱班上的那个谁，别去了，我陪你去找个地方好好玩玩。"小孙求救地望着尹南平，尹南平说："管她好看不好看，我就是去凑凑热闹，你要没时间，让小孙陪我去就行。"老五调侃他："我看是你陪小孙去差不多。"

一行人从贵宾通道进去的时候，热场活动已经接近尾声，灯光都聚集在舞台上，四周黑压压的像是没人的旷野，只有无数的荧光棒像海面上发光的水母在晃动。尹南平坐下来，习惯性地掏出了手机，有两个未接来电，他心里一动，感觉到灵犀之间有微风吹拂，觉得一定是她打来的，点开看，果然是，他张望着想找一个安静的地方回电话，灯光却全部暗了下来，全场爆发出期待的呐喊和口哨，演唱会就要正式开始了，那个陌生的歌手就要出现在他眼前。尹南平在黑暗中微笑了，人生就是这样，你永远不知道自己会出现在什么样的场合，在给什么人捧场，搞不清为什么会让一些陌生人唱主角，而你还要乖乖地当观众。

"让我们欢迎Joanna——王若琳！"响彻全场的呐喊和口哨声中，色彩斑驳的灯光照亮了舞台，舞台上却空无一人。尹南平正纳闷，舞台上的灯光又消失了，空中落下一团柔和的橘色光束，笼罩着贵宾席中间一个突然出现的小平台，平台渐渐升高，有两个人站在上面，一男一女，尹南平一下子就被那个女孩脸上散淡而嘲讽的笑容摄住了，她的眼神如梦似幻，嘴角挂着笑，眼波流转扫视着全场。耳畔全是呼喊王若琳的声音，尹南平却什么也听不到，他出神地望着她头上黑色的小礼帽，灰色的连衣裙，黑色的丝袜，她在用不太流利的普通话和歌迷打着招呼，夹杂着英语，还是不能很连贯的表达。老五在他旁边呵呵地笑着说："台上这姑娘喝醉了你信吗？"尹南平没回答他，扭头看看另一边的小孙，她正瞪着眼睛凝望着王若琳，脸上放着光。王若琳终于开唱了，只有身边那个贝斯手伴奏，她翻唱了一首邓丽君的《夜来香》，眼神迷离浅吟低唱，尹南平注视着她，渐渐被那懒懒的声音把心揪住了。接着，她又翻唱了一首《玫瑰玫瑰我爱你》，随心所欲地发挥着，甚至有一句词唱错了，收尾的时候蹲下去又站起来，很狂放地"耶"了一声，——尹南平确定她喝醉了，老五说的没错——但这让她发挥得更加淋漓尽致，让她身上散发出一种奇异的美丽，摄人心魄。在她唱英文歌的时候，尹南平听出了自己年轻的时候喜欢的爵士乐的味道，那个时候，他参加工作不久，过着单身的生活，迷恋着黑人音乐，搜罗了很多爵士和蓝调碟片。那些碟片，结婚后都找不见了，妻子不喜欢他喜欢的艺术，她出身于一个商人家庭，和艺术家没话说，倒是和搞装修的工人、做生意的小贩很融洽，或许，这才是他们之间最大的问题。

　　王若琳翻唱那首梅艳芳的《亲密爱人》的时候，尹南平吃惊地发现她比梅艳芳唱得更有味道，懒懒的声音，像是在尹南平的灵魂上刻字，让他想起这半生经历的所有的悲伤和欢乐，他望着她，很自责地想："我以前怎么会不知道王若琳呢？"他就这样爱上她了，深深地爱上了她。整个晚上，他就那样痴痴地凝望着她，他在想："通过老五是不是可以和她建立联系呢？"

　　黑暗中，手机屏幕亮了一下，尹南平低头翻看，是单位那个女孩发来的短信，她说："你在忙吗？为什么不接我的电话呢？有件事我本来不想告诉你，但我想来想去还是决定告诉你，因为反正我们不可能在一起，我说了也无所谓：我发现我真的很喜欢你！可是，和你在一起的时候，我又觉得很对不起我男朋友，所以，你还是不要爱我了吧。"尹南平静静地笑了,他扭头看看身边的小孙,小女孩陶醉的样子让她洋溢着说不出的美丽。

8

尹南平半躺在高铁一等舱深红色的座椅里昏昏欲睡,连续几天的宿醉令他的身体和头脑都陷入深重的疲乏,列车的高速度和轻微的摆动把他从旅客们兴奋交谈的声浪里渐渐托举出来,疲倦带来的舒适感像潮水冲刷沙滩,一浪接着一浪慢慢淹没了他的身体,甜美的睡眠和车窗外徐徐展开的夜幕一道来临。正在这个时候,手机铃声响了起来,尹南平多希望听到有人接听了电话,而自己可以继续睡觉,但的确是他的手机在响。尹南平以为是老五的电话——老五太忙,还是小孙到广州南站送的他——抬抬腰,把它从身下摸出来,睁着一只眼睛看了看屏幕上显示的名字,是律师事务所的女博士小朱,他按下接听键,又闭上了眼睛。

"喂,你现在说话方便吗?"小朱的声音带着呼啸的风声和一种说不清楚的寒冷阴霾。

尹南平睁眼看了看旁边那个戴眼镜的平头小胖子,他正戴着耳机捧着平板电脑玩游戏,对他接电话没有表现出任何的兴趣,就说:"没事,你说吧。"

小朱发出深长的一声叹息,好像胸腔是一个冰柜,尹南平从来没有听过她这样的气息和嗓音,虽然她是一个法学博士,依然有着咋咋呼呼的性格和闪烁着热情的眼睛。她用空洞而乏力的声音说:"我告诉你啊,我现在一个人坐在一间屋子里,关着灯和你说话,我郁闷死了。"

尹南平的睡意渐渐散去，可还没有气力去追问她原因，作为很熟的朋友，他们有着超友谊的关系，却没有超友谊的感情，但她总是散发着女博士的那种逼人的强势，把尹南平看作是她的"一盘菜"，可以听她摆布的小白脸，这种打着时尚烙印的占有好比审批通过的课题一样被她视为学术成果，——学术成果是不带感情色彩的。

尹南平只说："咋了么？"

小朱发出第二声更加空洞和寒冷的叹息，有气无力地说："刚刚我一个闺蜜来看我和我闺女，你不知道，那家伙开着大宝马，拎着LV包，包里全是一摞一摞的现金，硬邦邦的都没拆捆儿！气死我了！"

尹南平失笑："你是博士啊，这么大知识分子，还能被金钱刺激到？多少钱能买到一个法学博士和你的社会地位啊，我的朱大博士！"

"不是不是！"她急切地说道："我郁闷的不是这个，你不知道，她一个三十岁的小姑娘嫁给了一个老头儿！"

"就是图个钱嘛，这种事情早二三十年就不新鲜了，有什么好大惊小怪的？"尹南平揶揄她，同时望了一眼车窗玻璃里自己的脸，是一个中年人的面庞了，他暗暗为岁月带给自己的阅历感到享受，有些事情是学问解决不了的。

"关键是，我们是一起长大的，你明白吗？"她加重了语气，"我是看着她从一个小女孩长大的，没想到她变成了这个样子，提着一兜子现金到处招摇！真是气死我了！"

尹南平也表达了他的惊奇："说实话，真想不到现在还有这么浅薄的人，现在的人干什么都先考虑钱，可是又表现得对钱嗤之以鼻，她还没有修炼成呢。"

"哎呀，她怎么可以对我这样！"小朱说到了问题的关键，尹南平又看向车窗外厚厚的夜幕，仿佛透过数百公里的黑暗看到了她的骄傲被击伤的样子，他也没有想到她竟然是这样的脆弱。尹南平无法想象出来她那个闺蜜到底是个什么样的长相、表情和举止，这个时代还有这样的人吗？但这个开着宝马车的女人却让尹南平联想起一个经人介绍短暂相处过的女朋友。

那个姑娘没有结过婚，开着一家礼品店，一年可以赚个三五十万的样子，尹南平常开玩笑喊她小富婆。她是个气质高雅而矜持的人，穿着得体而时尚，但是一点都不招摇，当尹南平带着她赴朋友的饭局的时候，她的形象每次都让举座皆惊，毫不夸张地说，十次总有九次，让所有在座的女人都在她的光彩之下黯然失色。但男男女女们那些羡慕和饥渴的眼神并不能让尹南平感到享受，因为大家看到的是她最耀眼的一面，而尹南平看到的常常却是她挽着袖子和她的店员一起搬动着大大小小的包装箱，风风火火地装货卸货，干起那些脏活儿累活儿来就像喝水一样平常。这让尹南平吃惊，也感到心疼，正是这个原因，尹南平虽然不愿意和她结婚，却总是舍不得离开她。尹南平不愿意和她结婚，并不是因为前妻一直在照顾着自己和儿子的生活，而是抹不开面子——认识尹南平之前，这姑娘是尹南平最好的朋友的女朋友，而在此之前，她是尹南平另一个哥们儿的情人，世界就是这么小！尹南平不知道是什么原因让她先后离开他俩，但他俩提起她来都交口称赞她是个难得的好女孩。尹南平知道他们说的都是真心话，但从来不接他们的茬，——他们和他一样知道一个秘密：她是个在床上热情如火的女人。尹南平不想和他们做任何关于她的深入交流，以免妨害到他们的友谊。

那个女孩也有一辆宝马车，尹南平曾劝阻她不要买这么扎眼的车，不安全，她说："没事儿的，抢劫的一般都是男人，我这车是买给女人看的。"

法学博士就是被闺蜜的宝马车和LV包刺激到了，因为人家就是买来让她看的，她成功地受到了刺激，让闺蜜把快乐建立到了她的痛苦之上。

尹南平不能把她从低落的情绪当中拯救出来，就试图转移她的注意力："娃娃呢？你该去给你闺女喂奶了吧，——女博士也是女人么！"

她听懂了尹南平的双关语，叫喊起来："不是不是，我怎么会被她伤害到？关键是她是第三个了，我已经有三个闺蜜嫁给了老头子，然后穿得珠光宝气到我这里来炫耀。你说气人不气人！"

"不会吧？"尹南平真的惊愕了，这也太落俗套了，女博士的闺蜜们怎么玩的全是别人剩下的。他突然有种不好的预感，带着感情劝说她："喂，你可能是在家奶孩子的时间太长了，跟外界接触太少了，才这样大惊小怪的，有时间多出来转转吧，不值当为了这么几个轻浮的毛丫头这么受打击，咱是博士啊！"

她果然恢复了博士的腔调："我就是搞不懂，这个社会到底怎么了，她们怎么都成了这样！对了，大处长，回头我安排你见见她们，你观察一下，然后帮我分析分析。"

尹南平说好呀，找个时间我和她们见个面，一个一个深入地观察分析一下。

小朱忽然爆发出一串大笑，乐不可支地说："什么呀，分析不完都哄床上去了！"尹南平也笑起来，顾忌着旁边的旅客，没敢太放肆。她接着说："这几个家伙，兜里提着一捆一捆的现金，专门钓小白脸儿的，你可小心点！"

尹南平很高兴她恢复了人气儿,着实松了一口气,"怎么会,我都老成这样了。"

"那行吧,我先去喂孩子了,改天出来一块儿吃个饭吧。"她终于放了尹南平。

挂了电话,尹南平把手机依然塞到后背和的座椅空隙里,调整了一个更舒服的姿势,闭上眼睛继续睡觉。

9

回来第二天的晚上,尹南平和好朋友胡教授还有杂志社的姜主编应约去著名作家何秋葵家里喝酒。这些天气温回升,大家不约而同地选择了散步过来,围着桌子有一搭没一搭地聊着。秋葵两口子一会儿起来一个,走到厨房那里去打着火,炒一个拿手的菜端过来,所以桌子上总是那么两三个盘子,却不停地变换着不同口味和荤素的菜品。一会儿秋葵开书店的夫人又起来去了厨房,剩下的人碰了一杯,喝了一小口,有人放下了杯子,有人就那么端着,一起笑眯眯地看着秋葵的夫人展示厨艺。他们的厨房和客厅是在一起的,所以大家可以根据自己的口味在炒菜进行当中提出不同的调味建议。他们的客厅不是传统的客厅的样子,干脆就是个酒吧,或者说整个装修成了咖啡屋的感觉:那边有半圈沙发围着一个茶道,这边是几把吧凳儿和可以调酒的吧台桌,有一面墙上都是书架,而另一面墙做成了酒柜,客人们在喝酒的当中没有人负责倒酒,得自己走到酒柜那里去拧开酒桶哗哗地接满自己的杯子,尹南平觉得那声音听起来就像农村人在黑夜里把尿盆捂在被窝里小便。

爱好摄影的姜主编总是能发现那些别致的小摆设，他忙着拿手机把它们都拍下来，然后发到微信好友圈里去。因此大家的手机屏幕总是被动地亮一下，又一下，人也被动地欣赏着他的即兴创作的作品，并出于礼貌点上一个赞，或者发出一个笑脸儿。

对于引起姜主编浓厚兴趣的那些小玩意儿，秋葵夫妇淡然地微笑着，并不忘在姜主编的微信后边满不在乎地解释那么一两句。

因为一个什么微不足道的话题，秋葵两口子争执了起来，吵得面红耳赤，客人们举着杯子笑眯眯地望着他们吵嘴，谁也没有去劝阻。他们的争吵无关乎感情问题，甚至无关乎生活，他们争论的是一个诗人的写作困境，但他们都怒气冲天，有十分钟时间谁也不理谁，也不和对方说话。秋葵的前妻尹南平见过，是一个戴眼镜的高中数学老师，那个时候，他们还住在那个高中的单身教工楼里，秋葵一见尹南平总是抱怨自己有干不完的家务，发誓要写一本畅销书，然后到城郊买一幢别墅，雇上两个保姆，一个只看孩子，一个专做家务。有一天，尹南平和秋葵一起去南城一个书店打发午后时光，结果在那里待到很晚。老板娘听说他是作家何秋葵，就拉上他们一起去吃晚饭，她详细地聆听了秋葵在现实和理想里挣扎的痛苦，然后端起一杯酒来，单独敬了他一个满杯，宣布："你老婆不适合你，我适合你，我们都离婚吧，然后咱们在一起生活，——相信我，我会给你你最想要的生活。"秋葵只是醉眼蒙眬地笑着，他喝多了，尹南平和老板娘一起送他回到家。他们把秋葵扶到床上躺下，他老婆一直趴在台灯下批改学生的作业，始终没有抬起眼皮朝尹南平他们看一眼。出来后，刚走下楼梯来到操场上，书店老板娘对尹南平说："你先回家吧，我有话对他老婆说。"尹南平怕她借酒闹事，扯住她的袖子不让她返回去，她看他一眼，像拂去一片落叶一样轻轻地拂开尹南平的手，转身又上楼了。

后来尹南平听秋葵讲，那天晚上书店老板娘返回去的时候他已经醒了，坐在床边呆呆地望着两个女人：书店老板娘站在那里，对批改作业的高中数学老师说了她在饭店对秋葵说过的那句话，然后，她过去拉起秋葵，一直把他拉出家门。而秋葵夫人一直在台灯下低头批改作业，没有答话，她甚至都没有抬头看他们一眼。那之后，有一年多的时间尹南平联系不到作家何秋葵，直到有一天他和书店老板娘以夫妻的名义出现在朋友们面前，请大家到他们装潢成酒吧间或者咖啡屋的客厅里喝酒。

那以后，尹南平经常在路上碰上熟人，一个男人或者两个男人，有时候是一男一女，他寒暄着问："你好你好，去哪里啊？"对方回答："去秋葵家里喝酒。"

曾经，法学博士孔美女也是秋葵家里的常客，尹南平就是在那里认识她的。

秋葵端了一道在南方新学的菜来，逼着朋友们说他厨艺高，胡教授和姜主编都嘿嘿笑着不说话，教授被逼急了甚至哈哈大笑起来。尹南平说："味道不错，第一次吃到。"秋葵得意地瞟了一眼他新夫人，感激地端起酒杯来敬尹南平。秋葵夫人不屑地扭过脸去和教授、主编讨论时政问题去了，秋葵突然笑着问尹南平："好长时间没有见朱大博士了，她上班了吗？"

尹南平说他也很长时间没见她了，应该是上了。

"也该出来和大家聚一聚了，"秋葵和善地笑道，"一肚子学问憋在家里奶孩子，会憋疯她的我看！"

秋葵夫人扭过来插话："小朱生了个很漂亮的女儿，我前两天去家里看她了，哎呀，跟五百年没见过人似的，拉住我说不完的话，眼里都冒绿光儿！"她举起右手来做了个鸭嘴状，合拢的四指在上，大拇指在下，叩击了几下。

"不至于吧！"胡教授摇着头鼻子里哼哼有声，提出他的反对意见："坐个月子也就半年时间，搞得跟与世隔绝似的，太夸张了，你太夸张了！"

　　秋葵夫人直起脖子来，脖颈那里都急得爆起了青筋："怎么不是，小朱是南方人，在学校谈的恋爱，毕业后跟着老公留在了咱们这里，那个理科男一点情调都没有。这些年女同学里也就跟我联系多一些，再说她工作的那个律师事务所都是男同事，生下孩子根本就没什么人去看她，她亲口跟我说我是第二个去看望她和她闺女儿的，说话的时候眼泪都下来了，我有必要骗你吗，教授！"她的脖子已经变得通红，好像一只火烈鸟。

　　秋葵伸手去扯她的衣服，嘴里埋怨着："你怎么这样，你怎么这样，人家胡教授说了一句，你就说个没完，你怎么这么个人！"

　　姜主编低着头拿手指戳着手机屏幕，旁若无人地浏览他的微信是否有人点赞。

　　尹南平端着酒杯微笑着，望着他放在桌子上的手机，它静静地躺在那里，好像随时会响起铃声，又好像永远也不会有铃声响起来了。

2014年5月8日初稿于山西日报家中
2014年5月22日改定于3U8849航班

人民就是活菩萨

1

前头一片欢声雷动。几个打扫战场的红军战士在草窠里捉到了敌第18师师长张辉瓒，所部近万人马被歼。战斗胜利的第三天就是元旦，红军乘胜突袭了闻风溃逃的国军第50师，俘敌官兵三千余。红一方面军总前委书记毛泽东很高兴，连夜挥毫，写下半阕《渔家傲》记述大捷。此役缴获枪支弹药、军备银圆颇丰，总部决定召开军民祝捷大会，嘉奖立功人员，庆祝一下中央苏区第一次反围剿的胜利，又翻了翻箱底，把当年打下茶陵县城后缴获的银圆库存也都拿出来，给每个立功人员发一块钱的零用钱。

虚岁十九的连长梁兴中在战斗中负伤了，军医从他身上取出来三颗子弹，用缴获来的新纱布包裹好伤口，正躺在红军医院的担架床上休养。连指导员参加完军民祝捷大会，兴冲冲地跑到医院来看他，把一枚红四军的三级奖章帮他别到军装左胸口，又把两根手指伸进自己的上装口袋里，夹出一块银圆来，放到梁兴中的手心上。梁兴中伸展着芭蕉叶子般的大手掌，抬头看看笑眯眯的指导员，眨巴几下眼睛问："老杨，你这是干什么，你给我钱干啥？"指导员帮他把手掌合上，眼里闪着光芒说："这不是我给你的，这是总部发给立功人员的，还有参战部队的伤员和连以上干部，每人一块银圆呐！"怕梁兴中不信，他又把手指伸进口袋里夹出一块银圆来，在他眼前晃了晃，"你看，我也有一块，这可是'硬通货'啊！"梁兴中这才舒开手掌，仔细瞧了瞧那块银圆，掂量了掂量，在手里摩挲了又摩挲，沉甸甸、硬邦邦的，心里很激动，低着头，不让指导员看见他眼里的泪花，——他从小给人打铁，铁片子见了无数，银圆却是第一次见，这该是多大的一笔钱啊！

指导员问过他的伤情，拍拍他瘦削宽阔的肩膀："小梁你就安心养伤吧，白匪被咱吓破了胆，跑得比兔子还快，一时半会儿不敢再进犯苏区了，队伍要原地休整几天，我们就驻扎在龙冈，主要任务就是扩红，给地方训练赤卫队和赤少队，帮着老乡们修补修补房子，这一段你少操心，争取养好伤早些归队，我先走啦。"梁兴中问："怎么样啊指导员，这次我们连减员好多啊？"指导员说："战士们跟上你冲得最勇猛，我们立功人员好多，将来扩红也不是问题。"

指导员走后，梁兴中解开上装左口袋的扣子，翻起兜盖，把那块银圆小心地放进去，又慢慢地把扣子扣好。想一想还是不妥，又解开扣子，把银圆拿出来，看看没人朝他这边看，学着人把银圆的边缘贴近有些龅牙的嘴唇，用力吹了一下，拿到耳边去听，棱角分明的脸上浮现孩子气的笑容。他支起高大的上身，靠在墙上，低着头，慢慢解开外衣，手指夹着银圆塞进贴身的衣袋里，觉得胸口有一小块微微发凉，带来一种前所未有的奇异的感觉，呆了呆，心想大概是因为自己身上从来没有装过钱吧。一边扣着衣扣，一边琢磨要赶紧找个可靠的人把这块银圆捎给老家的母亲，要知道一块银圆可以让老娘吃喝不愁很长时间，是一份了不起的家当哩。从现在的驻地往西南方向翻过几座山，走上两天一夜的山路，江边有一座用毛竹和席子搭成的四面透风的铁匠铺子，那就是他的家，参加红军快一年了，跟着队伍走了很多地方，有一次离家很近了，想给当时的连长请假回去看看，赶上部队要开拔。不久母亲托人捎口信来，说父亲病死了，因为要打仗，也没顾上回去奔丧。从那个时候起，就是母亲和小妹相依为命地生活。想到这里，他感到胸中生发出一种力量，分成好几股热流在全身游走，热流所到之处，伤口一点也不疼了，胳膊腿里都是劲，不由得扭头看看窗外，再也躺不住了，决定出去走走。他掀开被子，两手搬起那条伤腿放到地上，伸手去够挂在墙壁钉子上的军帽，拿下来整一整，戴到头上。护理战士阿福看到了，跑过来蹲下帮他穿鞋，仰着脸对他笑："梁连长你伤口好的真快啊，战斗英雄就是不一样！"

梁兴中比一般南方人要高大很多，坐在床上和阿福站在地上差不多高低，他咧开宽大的嘴巴笑笑，龅牙在窗缝射进来的阳光里闪着光。

其实阿福跟梁兴中年龄相仿，听说了他是战斗英雄，这些天一口一个连长地叫着，把他当首长看。阿福很羡慕他，悄悄说了自己也想到战斗部队去的心思，那会儿看到指导员给梁兴中胸前挂战斗奖章，就一直躲在远处偷偷观望，指导员一走他就赶紧跑过来了。

梁兴中看到阿福的目光不停地扫着自己胸前的奖章，不自觉地伸手摸了一下，笑一笑，摘下来，像个年长的首长一样递给他，说："拿去看吧。"阿福接过来，盯着看了半天，胸口微微起伏着说："这可真好看、真光荣啊！"他恋恋不舍地把奖章还给梁兴中，突然想起什么来，趴下身子把胳膊伸到床下摸索着，拽出一把用破布包着的大刀来："梁连长，这是你打仗时砍白匪用的大刀，趁你睡觉的时候我把上面的干血用泉水洗干净了，还用毛竹的叶子擦得又光又亮。"梁兴中把大刀接过来靠到担架旁边，看到床头靠着一根拿松树的树杈做成的拐杖，顶上分叉的部分用破布仔细缠了很多层，拿过来掂一掂，知道是阿福替他做的，笑着说："阿福啊，这些天你受累了，听说集市恢复了，我请你去喝一碗油茶吧。"

阿福赶忙辩解："梁连长，我给你搞护理工作可不是为了让你请我喝油茶……"梁兴中拍拍他的肩膀，习惯性地把眉头皱成一个"川"字，压低声音郑重地说："我知道你的想法，过些天我就跟你们护理队长说说，看他放不放人。""好啊好啊，太好了！"高兴地要嚷起来了。梁兴中冲他摆摆手，把拐杖支撑在腋下，在阿福搀扶下慢慢站起来，和伤员们打着招呼，一步一步走过病床中间的过道。

2

红军临时医院就设在龙冈的畲族乡间，这里的老百姓自称山哈，把自己看做客家人，说的都是客家话，穿衣打扮和风俗习惯又跟瑶族很像。大战过后，这里又恢复了往昔的宁静祥和，红军医院背靠的山头松柏森森，被一条小江环绕着，江上搭着竹排捆接的浮桥，一眼望去，老林中的白色的雾霭和江上蓝色的蜃气交织在一起，犹如仙境。谁能想到，就在几天前，红一方面军两个军团四万多人，在毛泽东"诱敌深入、各个击破"的战术指挥下，把国民党精锐的第18师九千多人包围在龙冈，一举歼灭。那场激战中，梁兴中带领全连战士冲在最前面，他挥舞着自己打造的大刀冲入敌阵，砍瓜切菜一般，如入无人之境，敌人见他勇猛难挡，专门瞄着他打，一连打中三枪都没倒下。那时节，梁兴中杀红了眼，撞倒了要给他包扎伤口的卫生员，左手端着手枪，右手挥着大刀，领着战士们只管往前冲，指导员上来拽住他，冲着被包围的敌群大声喊："缴枪不杀，红军优待俘虏！"红军战士们跟着一起高喊："缴枪不杀，红军优待俘虏！"早被梁兴中凶神恶煞的样子吓破胆的敌军纷纷跪下把枪举过了头顶。梁兴中的军装已经被鲜血浸透了贴在身上，有自己的血也有敌人的血，这时候才感到一阵阵的头晕眼花，靠在一棵被炮弹打折的松树上，因为失血过多昏迷了过去。指导员一边指挥战士们把俘虏缴械聚拢，一边喊叫卫生员和担架来，赶紧把受伤的梁连长抬下去急救。那时，指导员和大家看见他成了个血人，都以为连长多半是不行了，不少战士都哭了起来。

　　这时候换了一套干净的红军服，缠着新绷带挂着新拐杖，身边站着的护理战士阿福斜背着子弹袋、肩扛步枪，左臂缠着白色的红十字袖标，梁兴中再看战场，层峦叠嶂，山怀水抱，仿佛人间仙境，哪里还有炮火连天、子弹横飞的景象。生死线上走了一遭，身上又添了几个弹洞，一条伤腿状况不明，此刻梁兴中挂着拐杖，心里却像眼前的江水一样平静。他自小在江边跟着父亲给人打铁，从早到晚抡大锤，父亲的小锤点到哪里，他的大锤跟着砸到哪里，父子俩整天都不说一句话，耳朵里只有江水哗哗奔流的声音和叮叮当当的打铁声,有时候父亲把烧红的铁具插到水缸里淬火,"嗞啦"一声冒一股白烟,就是一成不变的生活的插曲了。他们给人打船锚,更多的是打一根和一根长得一模一样的船钉,就像一个一个受苦的日子那样,过去的日子,正在经历的日子,和即将到来的日子都一模一样。年深日久,梁兴中变得跟父亲一样沉默寡言,别人问什么,都用笑容来回答,他个子又比一般人要高出一头,跟同年龄的伢子比,看上去就要大好多岁,给人少年老成的印象。春上红军到庐陵县来扩红,乡里村里贴满了鼓动人心的标语,热闹得像过大节,就连很多十五六岁的伢子都跑去参了军,那些天,天天有年龄相仿的伢子跑来铁匠铺喊他一起去,梁兴中看看父亲像门神上的尉迟恭一样的黑脸,他嘴上不吭气,大铁锤砸得铁砧子乱晃荡。这一天,打完百十根船钉,父亲把小锤搁在火炉边,蹲到墙角的废铁堆里翻翻找找,抽出一根三尺多长的铁棒来,掂一掂,插到了红亮的火炉里,对呆立的儿子说:"铁娃,鼓风!"梁兴中心里一阵莫名的激动,他不知道父亲要打什么,只是感觉今天一切都发生了改变,仿佛平静的江水忽然翻腾起来,他用尽全力拉动了牛皮风箱,只几下就把炉火烧成了金色,那根铁棒也慢慢由黑变红,最后变得像孙悟空的金箍棒一样金光灿灿。父亲用大钳子把金光闪闪的铁棒抽出来,放到铁砧上,抄起小锤来从头到尾火星四溅地连续敲打了一串,沉闷有力地说:"铁娃,打!"梁兴中手里的大铁锤连续起落,当金光消逝,那根铁棍就变成了一个通红的铁片子。直打得红色黯淡下来,再插到炉火中去烧。这把大刀成了父子俩合作打出来的最后一件铁器,刀背宽厚,刀面阔大,长短跟养牛人家的铡刀差不多,正好配上梁兴中的身量。父亲又拿小铁锤亲手为他打出两个挂刀的扁铁环,把这把大刀斜挂到背上的那一刻,梁兴中强烈地感觉到自己就是铁匠行当供奉的大唐开国功臣单鞭尉迟敬德临凡。

梁兴中背着自己亲手打制的这把大刀参加了红军。一个月后，这个在刺杀训练中以一敌三取胜的新兵就当了班长。他还爱学习文化，大家休息玩闹的时候，他拿着根树枝在地上，把识字班上学来的字一笔一划地教给战士们。因为作战勇敢，又努力学习，夏天结束的时候他就当了排长。这个打铁出身的红军战士脑子也像烧成金色的铁块一样灵光四射，他当侦查排长的时候，常常化妆去敌占区，搞回不少金贵的报纸来，让首长们喜出望外。十月份，国民党内讧的"中原大战"结束后，蒋介石腾出手来，调集十万大军部署对中央苏区的围剿，梁兴中带回的报纸提供了重要的情报。十一月，多次立功的梁兴中被批准入党，由排长代理连长职务。十二月，他在反围剿的战斗中勇猛冲锋，身负重伤，被红四军军部授予三级奖章，奖给一块银圆。

梁兴中倚在拐杖上，在护理战士阿福的搀扶下登上一块高地，从这里可以看到江水拐弯处有一大片等着开春种植油茶的空地，此时红旗招展，队列整齐，聚集着成千上万的人，隐隐可以听见他们在齐声高唱革命歌曲。有好几个方队，有的方队在唱歌，有的队列在跑步，还有的方队似乎坐在地上正听一个站着的干部讲话。梁兴中眺望着那里自言自语："咦，祝捷大会不是结束了吗，这是在搞什么名堂？"阿福笑着告诉他："梁连长，我听我们队长说了，这是在开俘虏兵大会呢，——一下子捉到了几千俘虏，我们正在给他们宣传革命道理、教他们唱革命歌曲呢。咱红军优待俘虏，他们当兵前也都是些老百姓，愿意留下的就留下，不愿意留下的还发给两块银圆的路费，比你们立功的还多一块哩！"梁兴中告诉阿福："我们参加红军不是为了当官发财，就是给穷苦人民打天下，红军的优待俘虏很重要，这可以在战场上瓦解他们的军心，减少不必要的伤亡，也是扩红的好渠道。"他们站在那里看了一会儿，看到唱完歌的俘虏兵开始重新组队，愿意参加红军的列队等待换装，愿意回家的排队领取路条和银圆，然后一个接一个走上江上那座三根毛竹宽窄的浮桥。梁兴中又想到了自己的母亲，盛夏的时候父亲染病死了，家里就剩了母亲带着小妹过活，虽然苏区实行优属政策，逢年过节区县政府都会给军属发放优待款和粮食，毕竟家里没了人打铁维持生计，一块银圆可以让她们衣食无忧好些日子，此时梁兴中看到这些过江回家的俘虏，还是想赶紧托人把自己这块银圆给母亲捎回去，他扭头对护理战士说："走，阿福，下去看看有没有我同乡同村的人，有的话，叫他捎点东西回去。"

日头已经偏西，对面高山的影子铺到江面上，让这条小江的水一半墨绿，一半绛红，在密密层层的草木之外，能看到一条白色的小路从苍茫的山林里钻出来，沿着江边蜿蜒通向会场。阿福搀着梁兴中，两个人寻路向开会的地方走。出来松林，走到江边，冷风潮气袭来，梁兴中毕竟伤后元气不足，喘气越来越粗，阿福看到前面竹林旁边有一座茅屋，"梁连长，我们去老乡家歇歇，你喝口水。"就搀着梁兴中走过去，准备找老乡讨碗水喝。走到茅屋外面的毛竹林边，阿福扶着梁兴中在一块大石头上坐下来，站在他面前，整理着自己的军装，瞪大眼睛问："梁连长，我听说你的大名是毛委员给起的，是吗？"梁兴中咧嘴笑笑，舌头舔一舔龅牙，回答："我当侦查排长的时候，经常搞些报纸回来，首长们很爱看，有一回毛委员让警卫员喊我，要看看这个经常给他找报纸的人长什么样子。见了面，毛委员夹着一根烟和我说话，拿夹烟的手指指着我说，哎呦，小同志你和我差不多高啊！他夸我打仗勇敢、搞侦查会用脑子，问我叫什么名字，我说没有大名，小名叫铁娃。毛委员吐出一口烟来，想了想说，搞革命没个响亮的大名不好，我们共产党和红军闹革命的目的就是要振兴中华，你姓梁，我看你就叫梁兴中吧。"

"啊，啊，振兴中华，好啊好！"阿福的眼睛越瞪越大，不停地踮着脚尖，简直要跳起来了，他咋着舌，眼神无比向往地看着梁兴中说："哎呀，梁连长，我也只有阿福这个小名，要是毛委员也能替我起个响亮的大名就好了。"旋即他的眼神黯淡下来，拉拽着胳膊上白色的红十字袖标："可是你看，我只当了个护理兵，根本没机会打仗，怎么才能当上像你这样的战斗英雄啊。"

"阿福你莫伤心，等我养好伤归队，一定想办法把你要到战斗部队。"梁兴中低头从口袋里摸出一枚过去的奖章来，拉过阿福的手，放在他手心里笑着说："这是我第一次当战斗英雄时得的奖章，暂时交给你保管，作为凭证，等有一天你立了战功，得了奖章，再把它还给我吧。"

阿福一把攥住奖章，目光炯炯望着梁兴中说："梁连长，你说话要算数！"

梁兴中直起腰来，眉头皱成个"川"字，像个长辈和首长一样冲他郑重地点点头。阿福白净的面皮激动得泛红："连长你坐这里等一下，我去屋里问老表讨碗水来给你喝。"他还没有拔脚，被梁兴中一把拉住了，梁兴中摇摇手低声说："阿福等一下，你听，屋子里有人哭。"

阿福顿住脚侧耳细听，果然是有女人的哭声从茅屋里传出来，撕心裂肺，是死了人那样悲痛的哭声。时已午后，这个女人不烧水做饭，一个人大放悲声，这可是在苏区，而且新年刚过，她有什么事要大哭呢？难道家里有当了红军的在这次战斗中牺牲了吗？还是被国民党的溃兵打死了家里的人？梁兴中顾不得身上的伤，霍地站起身来对阿福说："走，进去看看情况！"

3

　　来年七月，苏区第三次反围剿打响了。五月里第二次反围剿时，梁兴中的伤还没有好利索，没有被批准参加战斗，为此憋闷了两个多月，没想到蒋介石这么快又调集了30万重兵第三次围剿中央苏区。事不过三，有了前两次反围剿的胜利经验，毛泽东和朱德早已对国民党作战驾轻就熟，自信红军可以以一当十，这次只投入了红一方面军的三万主力部队，用的还是"诱敌深入、避重就轻"的老战术。梁兴中连队所属红四军的任务是从敌军防线之间20公里的间隙里隐蔽穿插，趁夜急进，与红三军呼应，围歼由君埠、南陵回缩到黄陂村的敌第三军团之第8师。盛夏之夜，虫鸣蛙鼓，红军主力部队在黑暗中悄无声息地急行军，穿密林、涉溪涧，长驱直入，天亮之前到达了指定位置，开始隐蔽休息，等待战斗命令。

　　梁兴中的连队担任主攻，他带着战士们匍匐前进到黄陂村外敌军工事附近，埋伏在清晨湿漉漉的灌木丛中。副连长趴在他右边，通讯员趴在他左边，副连长低声说："连长，一会儿打起来你掩护，我带人冲锋。"梁兴中观察着敌人的阵地，头也不转地说："没商量，你哪次见我梁兴中当过缩头乌龟！"副连长说："看你看你，是指导员担心你身上的伤，让我保护你。"梁兴中鼻子里哼一声，揶揄道："我是好大一个首长哦！"通讯员听到他们斗嘴，忍不住偷笑，被副连长捡起一块小石头打中脑袋，批评道："有什么好笑，注意隐蔽！"

梁兴中不理睬他们，从上装口袋里摸出一个薄薄的小本子来，是把几张颜色深浅不同的纸叠起来用棉线做成的，食指蘸着口水翻开来，认真地阅读着上面密密麻麻的铅笔小字，那是他听军长林彪对连以上指挥员讲军事知识时做的笔记，现在拿出来实地对照、学以致用一下。林彪对他的军事理念和作战风格影响很大，不是因为林彪上过黄埔军校，而是他打心眼里认可林彪的军事指导对具体作战是非常有效的。林彪讲作战时的通讯畅通是很必要的，他就记住了，每次作战总是把通讯员带在身边；林彪认为国民党军队的意志薄弱，惧怕红军的猛烈冲锋，他就学会了观察战况，在双方对峙或者胶着的时候率先发起冲锋，常常取得胜利；他还听林彪讲过侧面进攻配合正面进攻的作战方法，因此在进入隐蔽阵地之前，就部署好，由指导员带一个排迂回到敌人阵地侧面去，他和副连长带着两个排准备正面发起进攻。

　　隐蔽了半个上午，战斗命令还没有来。梁兴中抬头看看天色，天阴的越来越重了，铅灰色的云团低低地压在头上，像一大包一大包吸满水的棉花，远处黄陂村那边的天空已经开始有闪电划过，隐隐传来轰隆隆的雷声。这时贴着地面，掠过一阵凉爽，冲散闷热的空气，梁兴中把小本子装进口袋里，怀抱着大刀盘坐在地上，觉得凉气一阵阵的加重，额头上的汗珠却冒得更加细密了，他把军帽撸下来，擦了擦头上的汗水。根据侦察回来的情报，黄陂村至少驻守着敌第8师的三个团的兵力，工事坚固、武器精良，而红军的弱点在火力的薄弱，阵地战的胜利都是靠冲锋得来的，梁兴中知道这肯定是一场硬仗，他悄悄地扭了扭腰，捏了捏自己腿上的受过伤的地方，确定一切都没有问题，——"打铁还要自身硬"，每次战斗开始之前，他都要在心里念着父亲常说的这句话。

　　时近正午，铜钱大的雨点终于落了下来，"啪啪"地打在帽檐上，沉重而密集，像是撒下一把一把的石子儿，旷野顿时处于雨水的喧嚣之中，绿色的大地泛起白色的水花，满世界全是"唰唰唰唰"的雨声，梁兴中却感到了巨大的宁静，他在雨水中努力支棱起耳朵，一心想捕捉到什么，每次对于战斗的开始他总是有着奇妙的预感。就在这个时候，攻击命令下达了，他像只准备发动猎食的豹子一样猫起腰来，扭头看看左右两侧，一百多双年轻的眼睛正在雨帘后面炯炯地望着他，雨注把他们的帽檐打得耷拉下来，但大家都在努力地睁着双眼等着连长的命令。梁兴中把大刀倒提在右手，举起左手的手枪用力挥舞了一下，发一声喊："跟我上！"猫着腰向前冲，全连战士学着他的动作闷声向前，一个紧紧跟着一个，在大雨如注的野外像是一群配合默契的狼在围猎。梁兴中得到的命令是占领对面的工事，给主力部队总攻找一个支点，他记得军事课上一点短促突击的要领，一心要迅速而隐蔽地突入敌人阵地，使敌人的重武器失去火力上的优势，而大雨是最好的隐蔽。就在他们冲到离敌人阵地不到一百米远近的空地上，敌人发现了他们，重机枪在雷鸣电闪中发出古怪的"突突"声，"卧倒！"梁兴中回头大喊了一声，几乎就在同时，他听到了担负掩护的任务部队开始向敌人阵地开火儿，包围黄陂村的红军主力开始全面进攻。

　　大雨和敌人的火力压得他们抬不起头来，梁兴中爬在泥水里，在雨水中眯缝着眼对爬在旁边的副连长说："必须再冲一下，不能耽搁总攻，你听着，如果我牺牲了，由你代理连长，不惜一切代价，必须拿下敌人工事！""连长！"副连长伸手去拽他，梁兴中已经跳了起来，大喊："一排跟我上！"话音未落，只觉得肩膀仿佛被重重打了一拳，接着左胸又被重击，梁兴中仰面倒下，雨水一下子灌进了他的双眼，世界瞬间变得迷蒙和黑暗。

　　"连长！"副连长和通讯员几乎同时扑到了他的身上，急切地查看他的伤情：梁兴中左胸同时被重机枪子弹钻出两个枪眼，一个在肩下，一个在心脏部位，虽然下着雨，军装左上口袋还是被子弹烧出了一个洞，血水在身下的雨水里漫延，在雨柱下泛起红色的水泡。战士们不顾一切地向他爬过来，泥水溅得满脸，眼睛却瞪得一个比一个圆。

4

梁兴中躺在泥水里，大雨像子弹一样往他的鼻孔、嘴巴里猛灌，让他一时不能呼吸，眼睛也无法睁开。在突然而至的黑暗和窒息里，他想起第一次反围剿胜利后的那天午后，他胸前别着奖章，拄着拐杖，和护理战士阿福走到江边竹林的一座茅屋外，听到屋里有个女人在哭泣。他们担心有漏网的白匪行凶，梁兴中拔出手枪来慢慢走到门口，阿福端着步枪悄悄摸到窗户外面策应。梁兴中迅速推开虚掩的门，端着枪侧身观察屋里，外间屋陈设简陋，一目了然，除了一张破旧的木桌两把竹椅，再没有什么家具，也没有人，他打手势叫阿福过来，两个人相互掩护着蹑手蹑脚走进去。里屋门上挂着草帘，梁兴中背靠门边的墙，用枪管轻轻挑起帘子，查看里屋的情况，他看到竹床上的被子里躺着一个男人，旁边有个披头散发的女人伏在他身上嚎哭。

"大婶，我们是红军。"梁兴中先打了一声招呼，把枪别起来，示意阿福掀开门帘，拄着拐杖迈步走进去，问道："出什么事了？"那个女人闻声站起来，慌忙用手去清理被泪水粘了满脸的头发，撩起衣襟擦干泪眼，看清了他们穿着红军服，扑通就跪下来磕头："红军大哥做主啊，救救我男人吧！"梁兴中赶紧让阿福把大婶搀起来："大婶不好这样，红军是穷人自己的军队！"又看看床上躺的男人，脸色蜡黄气息奄奄，自顾闭着眼睛呻吟，知道是重病的人，问道："大婶，大叔病成这个样子，怎么不去看病抓药，光哭有什么用？"这一问，大婶肿胀的眼泡里又渗出两汪泪水，抽抽噎噎地述说起原委，原来他的丈夫昨天半夜旧病复发，为了给丈夫抓药，她天一亮就担着家里养大的两只大灰鹅走路到集市上去卖，龙冈的灰鹅是江西有名的特产，很快就有人来买，大方地给了一块银圆。大婶着急给丈夫抓药，千恩万谢地收下银圆，跑到药铺里抓好药付钱，才知道这块银圆是假的。赶紧跑回集市上去找那个买鹅的人，哪里还找得到！仅有的两只大灰鹅被人骗了去，又没钱抓药，大婶回到家里越想越伤心，一点办法也没有，只好抱着男人痛哭。

梁兴中是打铁的脾气，哪里听得了这个，气得要暴跳，可是又没处去找那个骗子，看看大叔躺在床上有进的气没出的气，命在旦夕，眼下最当紧的是抓药救人，他忽然想起自己还有一块银圆，抬手就去解衣扣。阿福看见了，过来低声提醒他："梁连长，你妈妈……"梁兴中已经把手伸进了内衣口袋里，摸出那块带着体温的银圆来，他把刚刚在自己身上暖热的银圆递给大婶说："我这里正好有一块银圆，大婶快拿去抓药吧，再晚怕耽搁了大叔的病。"大婶绝处逢生，眼泪又下来了，还是要下跪，梁兴中赶紧扯住她，把那块银圆塞到她的手里。大婶一边撩起衣襟拭泪，一边不住地说："红军都是好人，老天保佑好人，老天保佑红军啊！"梁兴中笑着说："快不要说了，红军本来就是给咱穷人打天下的嘛，大婶，快去抓药吧。"招呼一声阿福，转身往出走，又想起什么来，扭头说："大婶，把你那块假银圆留给我做个纪念吧，反正留着它也不能花。""好，好。"大婶把手伸到病人枕头下面去，摸出那块假银圆来，千恩万谢地递给了他。

银圆没有了，也用不着去找人往家里捎啦，梁兴中和阿福走上了返回红军医院的路。"一块银圆还没捂热就送人了，"阿福惋惜地说："梁连长，刚才你不让我把话说完，你把自己的银圆给了大婶买药，你自己的妈妈还有妹妹怎么办哪？"他们刚刚穿过松林爬到高处，梁兴中站住脚，伸开手掌看看手心里那块假银圆，笑笑说："我妈妈到底是红军家属，苏区政府会照顾她的生计。"他面向西南，眺望着雾霭迷蒙中家乡的方向，把那块假银圆照旧塞进了贴身的衣袋里，扣上了衣扣。

从那个时候起，那块假银圆一直在他军装的左上口袋里装着。此刻躺在泥水里的梁兴中突然抬起右臂，用手掌去摸自己的左胸口袋，他摸到湿透的军装里有一个圆圆的硬邦邦的东西，猛然睁眼，推开副连长和通讯员，一咕噜爬起来，捡起自己的大刀和手枪来，瞪圆了眼睛大喊："同志们跟我上啊！"正在悲痛的战士们见连长又活了过来，群情激荡，一起呐喊着跟着他往前冲，借着雨势狂风一般席卷到了敌人的工事前，梁兴中把大刀插地上，接过两颗手榴弹甩进地堡枪眼里，敌人的重机枪就哑火儿了。梁兴中连占领工事，调转重机枪枪口，居高临下向守敌猛烈射击。主力红军利用他们打开的这个缺口，潮水一般冲垮了敌人在黄陂村的防线，红军攻入村子里，歼灭了守敌两个团，国民党第8师残部撤出黄陂村，仓皇向洛口、宁都突围。

黄昏前雨停了，红军继续追击残敌。冲在最前面的连队本地战士居多，他们参军之前就在这片山水之间打鱼砍柴，每座山梁、每条路、每道沟都像自家院子那样熟悉，红军又最擅长打运动战，这个时候背着大刀、扛着长枪撒开两条腿，几乎是在山梁上跳跃，在树林间穿梭。梁兴中带着自己的连队翻过一道小山梁，居高临下，看到山下大雨后暴涨的溪涧拦住了逃敌的去路，无数的汽车、摩托车像一堆堆的屎壳郎瘫痪在泥泞中挣扎，那些国民党的兵蚁聚成一团一团的，在雨后的晚霞里惊慌失措地乱滚。梁兴中回头看看，山梁上每一条小路都奔跑着追击的红军战士，连队之间的界限已经分不清楚，此时霞光万道刺破云层，可以清楚地看到周围的山梁都已红旗招展，红军的两条腿已经跑过了国民党第8师残部的汽车轮子，并且把他们包围起来。然后，在一瞬间突然的寂静之后，并没有等到冲锋号响起，各个山梁上山洪爆发一般呐喊着冲下无数的红军，"缴枪不杀！""红军优待俘虏！"的口号响彻天地之间。梁兴中高举着自己的大刀，冲在连队的最前面，在他身后有自己连队的战士，也有别的连队的战士，之前的训练中，梁兴中对每个战士都说过一句话：冲锋的时候，不要管自己是哪个连队的，你只要记住跟着红旗跑就对了，打完仗再归队也不迟。看现在的情形，每个连长都是这样告诉自己的战士的。

他们没有遇到有组织的火力抵抗，几乎跑到跟前的时候，面对的就是一排排把枪举过头顶的俘虏了。敌第8师近两个团的逃敌陷入泥水之中，当官的都在忙着化妆成士兵潜逃，地老鼠一样往林子里、山洞里乱跑乱钻，国民党士兵多数是抓来的老百姓，他们早听说被红军抓住只要投降就能保命，还要发给银圆、路条回家，到哪里去找拼死抵抗的理由？

天黑前打扫完战场，各参战连队回归建制，开始有序地撤退，有的连队押送俘虏，有的连队负责抬伤员。副连长带着担架跑过来要抬梁兴中，梁兴中不高兴地上说："好好的，为什么要让抬着走？"副连长拦住他，指着他军装上血渍干结的胸部，着急地说："老梁你不要光顾着打仗，你好好看看自己，你胸部中枪了！"梁兴中解开扣子，把军装脱了半拉，露出左肩来给他看："哪里胸部中弹了？就是肩膀被子弹咬了一下嘛，一会到医院让军医把子弹取出来就好了，硬伤，不碍事的。"

"不对啊，我明明看到子弹在你胸前钻了一个眼儿啊？"副连长眨巴着眼睛把梁兴中的军装拉展了，露出左胸口袋上的那个枪眼，他瞪起眼睛叫起来："你看有没有，你看有没有，这不是个枪眼儿吗？布都烧焦了！"梁兴中也看到了，那个枪眼儿不偏不倚正好在心脏部位，他不由伸手在自己胸口摸了一下，皮肉完好，连个蚊子叮的疙瘩也没有。副连长丈二和尚摸不着头脑，把梁兴中打量了又打量，叫起来："哎呀，连长，你是不是天神下凡，刀枪不入啊？！"战士们呼啦围过来看热闹，你一言我一语，对着梁兴中指指点点，都惊讶自己连长的神奇。

这到底是怎么一回事呢？像个丈二金刚一般矗立着的梁兴中心里也困惑，他把一根手指头从那个烧开的弹孔里伸进去，不停地抠着，然后就抠到了一个圆圆的硬邦邦的东西，恍然大悟，把兜盖翻开，伸进两根手指去，夹出来那块假银圆，放在手心里仔细观瞧：薄暮之中，那块银圆上有一个明显的凹坑，显然子弹正好打在了上面！他咧开大嘴，露出龅牙，哈哈大笑起来，把银圆展示给战士们看："我哪里有什么刀枪不入的神通啊，我这是有护心宝镜哩。"

"太巧啦，子弹正好打在银圆上啊！""是啊，真是巧啊！"战士们传看着那块假银圆，都感叹着。

梁兴中收敛了笑容，感慨地说："这块假银圆是我用一块真银圆从一个大婶那里换来的，是人民救了我啊！"

"连长讲一讲，连长讲一讲。"战士们嚷嚷着把梁兴中抬上了担架，副连长不好意思地对他说："连长，你可把我吓坏了，那会儿打黄陂村的时候，你中弹倒下，我真的还以为你光荣了。"梁兴中笑着说："有人民保佑着我们呢,哪有那么容易就光荣了!"他坐在担架上,战士们争相抬着他,里三层外三层地围裹着,听他讲述几个月前拿银圆给大婶抓药的故事。

梁兴中讲完了故事,在战士们的感叹声中,天黑了下来,正是农历的月末,晦月无光,接下来还有长期的斗争,为避免暴露红军主力,总部命令不准燃点火把,主力红军趁夜撤离,开往指定位置集结,修整待命。

梁兴中又一次躺到了红军医院的病床上,军医为他取出了肩膀里的子弹,做了全面的身体检查,确定只有一处新的枪伤。手术之前,他没有看到阿福,以为小伙子被调到别的病房担任护理了,就想着休养期间去找找他。连队在黄陂村战斗中作战勇敢,被军部授予"战斗模范连"称号,他也被表彰为"模范连长",获得了一枚"红星奖章"。参加完庆功会回来,梁兴中把红星奖章摘下来放衣兜里,他想,阿福那么喜欢奖章,一定要借给他好好戴几天。他还打算找一找医护队的队长,看能否把阿福调到战斗连队来。上次住院的时候他就打算帮阿福实现心愿,后来第二次反围剿打响,阿福忙着护理新伤员,医护队人手紧张,这件事情就耽搁了下来。如今第三次反围剿都打胜了,梁兴中想该是给阿福兑现诺言的时候了,还没来得及找医护队长,跟新的护理战士聊天说起阿福,战士惊讶地说:"阿福已经申请调到战斗连队去了,你还不知道吗?"

"是吗?他去了哪个连队?"梁兴中心里很有些失落,他是多么喜欢阿福啊。在照顾他的两个多月里,阿福心心念念地盼着能去他的连队,他伤愈后却因为战斗准备而忘记了阿福,现在,难免心生愧疚。

"我也不知道,他走之前常跟我说起一个送他战斗奖章的连长,说他也要像那个连长一样当个战斗英雄。"小战士一边给他换绷带一边说,"阿福说那个连长的大名还毛委员给起的,他做梦都想让毛委员起一个响亮的大名。"

"他肯定能当上战斗英雄。"梁兴中不由伸手去摸口袋里那块假银圆,若有所思,"也许有一天我还会碰到阿福,那个时候他已经成了战斗英雄,而且已经有了一个响亮的大名。"

5

梁兴中盼着能碰上阿福,这一盼就是十几年。十几年里他大大小小打了无数仗,负伤住院成了家常便饭,然而一次也没有碰上阿福。每一次被授予战斗奖章,奖章别到胸口的那一刻,他都会想起护理战士阿福,不知道他是否如愿当上了战斗英雄,得到了自己的战斗奖章。那块假银圆,他也一直装在左胸口袋里,无论穿红军军装还是八路军军装,装着这块银圆打跑了日本鬼子,又从江南一路打到东北,开始参与指挥解放战争。辽沈战役中,三十六岁的梁兴中已经是人民解放军东北野战军第十纵队司令员,相当于军长。

秋天已经接近尾声,东北的初冬就要来临,为阻止国民党廖耀湘兵团重新夺取锦州,梁兴中纵队奉命孤军守卫交通要道黑山地区,阻击十倍于己的敌人。东北野战军司令员兼政委林彪告诉他,只要坚守三天,兄弟纵队就会到达,完成对廖耀湘兵团的合围歼灭,因此黑山、大虎山的高地觉不能丢。参加革命十几年,惯打硬仗恶仗,仗仗都是胜仗,给梁兴中赢来"梁老虎"的美名,也有人叫他"梁打铁",是说他的铁匠出身,更是夸赞他打仗无坚不摧。但这十几年来,梁兴中还有一个不为人知的习惯,那就是每次战斗开始之前，他都要抽空去医护队转一转、看一看，起初是希望再次见到阿福，然而每次不免失望，但心里总会变得温暖而充实，平静而自信起来。后来就成了纯粹的习惯，不去医护队跑一趟心里总是不踏实。视察完黑山、大虎山几个高地的阻击阵地后，梁兴中带着几个警卫员策马来到后方的医护队，像往常一样，他检查过床位、担架，还要问问医护队长有什么困难需要解决。警卫员没有找到医护队长，梁兴中正叉着腰站在院子里眺望天空中的黑点是不是敌人的侦查飞机，一个白净的圆脸女护理战士迎上来，敬过礼，笑模笑样地仰望着他。梁兴中看着她的笑容，不知为什么心里就是一阵温暖。

"我没有见过你啊，你是刚调来的吧，你们队长呢？"他微笑着望着她黑葡萄一般的眼睛问。

"报告司令员，我是昨天才被分配到医护队的，我们队长带着其他人去给担架队讲救护要领了。"护理女兵嘴皮子很快，脸上的笑容更灿烂了。

"你笑什么？"梁兴中眨眨眼，受她的感染也咧开大嘴笑起来，露出一排龅牙，"你在笑我的龅牙吗？我打仗可全靠它呢，多顽强的敌人都能啃得动！"看见警卫员们在偷笑，他假装恼怒地瞪了他们一眼，警卫员们赶紧躲到了一边去。女兵笑得捂住了嘴，白净的圆脸涨得绯红，但是眼睛还是执拗地望着梁兴中。

"你叫什么名字？"梁兴中背起手来用首长的口吻问她。

"报告司令员，我叫兰桂芬。"兰桂芬用弯弯的黑眼睛望着他回答。

梁兴中少见地觉得局促，深秋时节，身体竟然在微微出汗，下意识地解开领口，问道："兰桂芬同志，你到底在笑我什么呢？"

兰桂芬终于收敛了笑容，大概因为立正的姿势谈话有点别扭，她把两只手握在一起放在身前，依然仰望着梁兴中说："我没有笑，我，我觉得司令员你好高呀，跟庙里山门前的塑的金刚差不多吧。"

说完忍不住又笑起来，梁兴中也笑起来，枪林弹雨这么多年，他第一次感觉到跟一个姑娘谈天是多么的美好，是的，不是和一个女兵谈话，而是和一个女人聊天。

"呀，司令员，你看你的大衣上怎么破了这么大的洞啊？！"兰桂芬发现了新大陆一样惊讶地叫起来，一边用手拽了拽梁兴中的大衣。

"哎哟，是被子弹咬的，还没来得及缝补一下子。"梁兴中低头看看兰桂芬白皙的手，有些不好意思起来。

兰桂芬倒比他大方多了，皱起眉头说："这怎么行，天气马上就要冷了！"她用命令的口吻说："反正现在没事，闲着也是闲着，你赶紧脱下来我帮你缝补一下。"

梁兴中愣了愣，转身去看警卫员，小伙子们背对着他，还在往更远的地方挪。

事到如今，只好听人家的命令了，不然显得做司令员的太小家子气了。他尽量从容地把大衣脱下来，交给了兰桂芬。兰桂芬抱上就往屋里跑，一边用清亮的嗓音喊："司令员等一会儿啊，我很快就好。"

一匹马哗啦啦从远处跑到近前，通讯员跳下来敬礼："报告司令员，政委叫您回指挥部开会。"梁兴中回头看一眼兰桂芬消失的门口，转身甩开大步过去从警卫员手里接过马缰，飞身上马。警卫员急得喊起来："司令员，你的大衣不要啦？"梁兴中头也不回地说了两个字："多事！"两腿一夹马肚子，这匹当年缴获来的东洋马炸开四蹄开始飞奔。

6

激战到第二天，解放军守卫的三处高地都被国民党军攻下，两军正在石头山高地上展开白刃争夺战，国民党军突然用炮火进行大面积轰击，顿时血肉横飞，敌我双方的士兵都被炸成了炮灰。梁兴中从望远镜里看到这情景，恨得牙都要咬碎了，骂将起来："太没有人性了！"这时作战参谋握着电话汇报："报告司令员、政委，最后一处高地也被敌人集中兵力反复争夺，营长请求支援！"梁兴中一巴掌拍在作战地图上："这样子不行，我得亲自上火线去指挥！"政委也急了："不行，任何情况下司令员都不能离开指挥部。"梁兴中看看这位过去的老排长，斩钉截铁地说："政委啊，只要是战斗需要，必要的情况下你我也得拿起枪啊。"他不顾政委和参谋们的阻拦，带着几名警卫员赶去要坚守的高地。

刚出指挥部，一个警卫员说："司令员，你看那里。"梁兴中顺着他手指的方向望去，就看到一名战士领着兰桂芬匆匆跑过来。他几步迎上去，俯看着兰桂芬因为奔跑而潮红的脸颊问道："你来这里做什么啊？"兰桂芬羞涩地说："我来给司令员送补好的大衣，那天你怎么不等我，突然就走了呀？"梁兴中接过大衣来，关心地说："这里不安全，你快点回医院。"他命令那名战士："你负责把她安全送回医院！"披上大衣转身就走。

"你要去哪里？"兰桂芬看见他不是回指挥部，不由伸手拉住了他的衣服。梁兴中转回身来，看到她眼里充满了女性的关切之情，心里一阵柔软，解开军装左胸兜纽扣，拿出那块假银圆来，递给兰桂芬："小兰同志，认识你很高兴，我现在要去高地指挥战斗，子弹不长眼睛，不知道还能不能回来，这块银圆对我有着特殊的意义，我想把她送给你留个纪念。"兰桂芬跳开去，急切地说："不，我现在不要，我要等你打败了国民党回来再给我，我等你。"

"好，一言为定！"梁兴中心潮涌动，把银圆放回兜里，和兰桂芬握手，一只绵软而温暖的女性小手和一只坚硬粗糙的打过铁握过刀的大手紧紧地相握，四目相对，心意相通。

"哎……"兰桂芬还想说什么，梁兴中已经带着警卫员跳上了车。

他们乘坐一辆缴获来的吉普车向着高地进发，大概走了一半路，弹坑越来越多，越来越大，吉普车绕来绕去地兜着圈子，梁兴中看看表，命令停车："时间紧迫，不能磨蹭了，跑步前进！"他跳下车来，带着警卫员跑步穿过被炮火烤焦的田野，想起十几年前当连长的时候在大雨中奔袭围剿中央苏区的敌人，想起几年前当旅长的时候指挥部队痛击日寇，长距离的奔跑使他呼吸急促，上嘴唇在干燥的龅牙上磨得生疼，谁也不知道他心里的恼怒，国民党的炮火把双方士兵都炸成碎片的情景让他的胸腔里燃烧着怒火，——自从放下铁锤当了红军，打了这么多年的仗，他一直以勇猛著称，可是在他心里明白，无论是我军还是国民党的军队，当兵的都是穷苦老百姓，就是从红军时期开始的优待俘虏政策，使无数国民党士兵参加了红军，避免了无谓的伤亡，而国民党军队不择手段的炮火轰击、还有飞机对城市、村落大量投放燃烧弹，使他愤恨，他要亲自打败他们，结束这场民心向背、胜负结局已定的战争。

跑着跑着，梁兴中感觉自己像一架闲置的战车，渐渐在汗水的滋润下被润滑了轴承和齿轮，当连长时生龙活虎的劲头又回到他的身体里，他感到自己像当年第一次得到那块银圆一样充满了力量，脚步越来越轻快，不断跳跃着弹坑，几个警卫员小伙子在后面追得气喘吁吁。跑到高地下敌人炮火覆盖不到的区域，看到一队解放军战士正在整队，大约不到一个营的兵力。他跑过去大声问："谁在指挥？"一个头上缠绷带的指挥员向他敬礼："报告司令员，我是营长，奉命前来增援。"

"跟我上高地！"梁兴中一挥大手。营长站住没动："司令员，您不能上火线，这里有我指挥……"

梁兴中皱起眉头厉声打断他："少废话，听我的命令！"甩开胳膊腿就往上跑，营长赶紧招呼部队跟上，拼命追赶，抢到他前面去。

上来高地，一脚踩进了浮土里，炮火把石头和泥土都炸成了粉末。梁兴中登上一个土包，双手叉腰，眉头皱成一个"川"字，他环视一下阵地，至少有一个连的战士都牺牲了，或者趴着，或者侧躺，只有十几个被炮火烤成黑脸膛的战士浑身是血地站在那里呆呆地仰望着他。梁兴中强忍着心里的痛楚，失声喊："谁在这里指挥，还活着吗？"战士们看到他身后的援兵都精神起来，十几双只能看见眼白的眼睛活泛起笑意，立正敬礼，有人报告："报告首长，刚刚我们师长亲自在这里指挥。"

"师长呢？"梁兴中心里一紧，以为指挥的师长牺牲了。

战士指着他脚下站的土包说："刚刚敌人打炮，炸塌了指挥部，师长被埋在里面了，就在司令员脚下哩。我们刚要找工具把师长挖出来。"

梁兴中哭笑不得，跳下土包对跟在后面的营长说："赶紧叫工兵把人挖出来，他还以为自己是土行孙？！"他看看重机枪的位置,叫机枪手后撤了几米,重新布置了火力,又指挥大家把牺牲的战士们抬到后面。他知道时间紧迫,用最快的速度部署着阵地,修掩体,搬弹药,准备着迎接敌人新一轮的进攻。

还没等把师长挖出来,观察员从高处跑下来报告:"报告司令员,敌人又上来了!"

梁兴中举起望远镜全方位观察过,吩咐营长:"沉住气,把敌人放近了再打。"

敌人显然不知道高地上增加了兵力,更不清楚是谁在指挥,他们按照炮火覆盖之后的惯例,集中兵力快速抢攻,准备在微弱抵抗甚至零抵抗的情况下占领高地。经过这两天的观察,梁兴中掌握了国民党军队这个作战规律,因此他才命令尽量把敌人放近,以造成高地上我方守军全部阵亡的假象。他习惯性地皱着眉头,像当年做初级指挥员一样默数着敌人的距离。敌人快速推进到步枪射程之内,下意识地放慢了速度,弯下腰来观望,高地之上只有两股旋风卷起黑色的浮尘,除此之外,并没有解放军存在的迹象。经过片刻的迟疑,敌人开始撒开腿朝高地上冲锋,一排跟着一排,前后排的距离越来越小,兵力的密度越来越大,争先恐后地要抢第一个登顶的军功。

一张张戴美式钢盔的头越来越大,过大的钢盔遮住了他们的半张脸,只有鼻孔看得很清楚,营长忍不住扭头看了一眼梁兴中,梁兴中像一只等待猎物靠近的老虎,一动不动地钉在战壕里,目光凶狠而坚定。他还在冷静地计算着距离,一百米,五十米,就在敌人已经进入三十米之内,身旁的警卫员握枪的手都开始发抖了,梁兴中忽然如同晴天霹雳般大吼一声:"给我狠狠地打!"抬手连着两枪打倒了前面的两个敌人,重机枪开始"突突"地扫射,冲在最前排的敌兵像割韭菜一样被放倒。这个距离掷手榴弹是最方便的,何况居高临下，天空中布满飞蝗似的手榴弹，发出"嗖嗖嗖"的破空之声，黑乎乎一个跟着一个落入敌群，炸开一朵朵冒着白烟的大花。敌人被打懵了，前面的就地趴下，后面的掉头就跑。多年的战争经验，梁兴中知道打仗打的是心理和意志，这个时候需要一个冲锋才能使兵力占优势的敌人彻底崩溃，只顾逃跑不再有反击的力量，他对身后的司号员大吼："吹冲锋号！"

冲锋号响起的刹那，梁兴中忘记了自己是一个高级指挥员，他像这十几年的戎马生涯中一样，做出了一个一线指挥员的第一反应，第一个纵身跳了起来，警卫员们赶紧去拉他，已经晚了，一颗子弹击中了他的胸口，他下意识地捂住了中弹的部位。"司令员！"警卫员刚喊出来，梁兴中又挺直了身子，从一个受伤的战士背上抽出大刀来，呐喊着冲了下去。再次向着敌群冲锋，身后年轻的解放军战士们的呐喊让他觉得自己仿佛是在御风而行，或者自己已经变成了一阵风，他听见小伙子们在身边高喊："缴枪不杀！"不知怎么就跟着喊出了一句："红军优待俘虏！"

没有人跟着他喊，当年那些和他一起喊"红军优待俘虏"的战友们，已经真的化成了清风。

"司令员，你不能再往前冲了！"师长已经被从土里挖出来，他以不可思议的速度在冲锋的人群里追上来抱住了梁兴中。

"司令员中弹了，就在胸口！"一个警卫员急切地向师长报告。

"我没事！"梁兴中挣脱开，但他没有固执地继续冲锋，看到师长，他想起来自己还有更加重要的责任，就让那个营长带领战士们去冲锋杀敌吧。他脚踩在一块被炸出来又烧焦了的树根上，把军装解开让师长和警卫员看："我真的没事，不信你们看，连皮都没破！"

"可是司令员，你胸口那个弹洞还在冒烟啊！"警卫员不敢相信自己的眼睛。

"司令员,莫非又是那块假银圆?"师长是他的老部下,当年那块挡了子弹的假银圆的故事他曾亲耳听说过。

梁兴中低头看看弹洞的位置,伸手慢慢地解开左胸兜的纽扣,翻起兜盖,从兜里摸出那块假银圆来,——这一次,银圆被崩掉了一块,已经不是圆的了。

"啊,子弹还真长眼睛,正好打到了银圆上!"警卫员兴奋地用把手指戳进梁兴中军装胸口的弹孔里,孩子嚷嚷道:"太神奇了,太神奇了!"

"唉!"梁兴中望望漫山遍野溃逃的国民党士兵,咧开大嘴,舔一舔龅牙,用一种苍凉的语调对师长说:"我梁兴中何德何能,被一块假银圆救了两次命,人民真是活菩萨呀!"他把打过铁的大手拍在师长的肩膀上,郑重地说:"这里就交给你了,我现在就回指挥部,把司令部警卫营调来给你,你务必要给我守住这块高地。我回去和政委研究下一步作战方案,一定要坚持到兄弟纵队赶来合围,把廖耀湘兵团消灭在黑山地区,我们还要打到北平、上海、南京,解放全中国,让被压迫被剥削的中国人民都过上好日子!"

师长和他的警卫员立正敬礼,目送着梁兴中和几名警卫员跳下战壕,沿着阵地远去,那高大的背影依然和当年当连长时一样挺拔和敏捷。

尾　声

"我是两次都该见阎王的人,只是因为第一次反围剿胜利后军部奖给了一块银圆，我正要找人捎给母亲的时候，碰上一位被坏人用假银圆骗去救命钱的大婶，我同情他，就用自己的真银圆换了她那块假银圆。结果在第三次反围剿和黑山阻击战两次打冲锋的时候，被敌人的子弹射中胸口，都正巧打在那块假银圆上，两次救了我的命。我只为人民解决了一点不值一提的困难，他们却两次保佑我大难不死，人民真是活菩萨呀。"

梁兴中深情地望着产床上的妻子和刚刚出生的孩子，眼里荡漾着无限的爱意。兰桂芬躺在床上，脸上浮现初为人母的幸福而满足的笑容，用温柔的嗓音轻轻说道："老梁啊，我们都应该感谢人民，如果不是那块假银圆救了你，你也没有机会回到红军医院寻找阿福，不是为了寻找阿福，你也就不会老去医护队，不去医护队的话，我们也不会认识，那我们就不会相爱，不会有我们的孩子。你说的对，人民真是活菩萨。"她看看身边熟睡的婴儿，对梁兴中说："我知道你又有战斗任务了，你放心去吧，我和孩子等着你回来，我们都盼着全国解放，孩子们能在新社会里学习和生活呢。"

梁兴中解开左胸兜的纽扣，翻起兜盖，拿出那块残缺的假银圆来，放在手心里掂了掂，又掏出一张写着字的纸来，轻轻地包裹好银圆，神情郑重地递给妻子说："小兰，它曾是我的'护身符'，现在我把它传给咱们的孩子，希望这块有着特殊意义的银圆能成为我们的'传家宝'，让孩子们牢记人民的恩情。"兰桂芬接过来看看，调皮地笑着问道："这纸上写的是什么呢？家训吗？"梁兴中摇摇头，看看墙上挂的毛泽东像，告诉妻子："当年中央苏区第一次反围剿胜利后，毛主席很高兴，写了半阕《渔家傲》来纪念，后来在第二次反围剿之前又补写完了下半阕，这是我后来上红军大学的时候抄写的。这次作战恐怕要时间长一些，我走后你想看就打开看看吧，等孩子会说话了，就教他背诵毛主席这首词吧。。"

窗户上的棉纸透进温柔的阳光，梁兴中走后，兰桂芬把包着那块银圆的白纸打开，看到了梁兴中当年用铅笔抄写的毛泽东的《渔家傲》：

万木霜天红烂漫，
天兵怒气冲霄汉。
雾满龙冈千嶂暗，
齐声唤，
前头捉了张辉瓒。

二十万军重入赣，
风烟滚滚来天半。
唤起工农千百万，
同心干，
不周山下红旗乱。

婴儿在身边安静地睡着，她默默地诵读着。

2016年2月29日凌晨定稿于太原

前面就是麦季

1

　　太阳把红芳的脸上晒出了紫色的斑，那个时候她已经三十四五岁，身上少女的影子荡然无存，体态和神情都从少妇向着中年妇女发展。南无村小她一轮的新媳妇们抱着孩子开始在巷口闲聊后，红芳不再熬喝了十多年的治疗不孕的中药。那个时候她每天喝的药比吃的饭还多，已经甘之如饴，突然停了药，总觉得丢了什么东西，好一段时间每天恍恍惚惚。
　　红芳向福元提出抱一个孩子，她主张要个女子。作为男人的福元说："怎么都行，只要将来我死了有人发落。"红芳骂他："出息！"福元说："你最好问问咱妈。"红芳说："忘不了她！"红芳朝透明的塑料门帘外望望，婆婆兰英和跛脚的公公七星正坐在梨树斑驳的树影里小声说着话。

抱一个娃娃的事，兰英私下和跛脚的老头子商量过不止一次了，跛子的说法是："咱不管人家，人家自己都不着急，你急顶个什么用？"这要搁在从前，兰英不但要骂跛子，还要连儿子媳妇一起骂，但兰英竟然听从了跛子的，几次想问问小两口，话到嘴边，又生生地咽下去了。

红芳掀开门帘出来，笑眯眯地走到老两口跟前，蹲下来笑，不知道该怎么开口，回头喊："福元，你出来！"兰英嗔怪地斜睨着媳妇子，她早习惯了她的缺心眼儿。福元趿拉着拖鞋出来，站在妈的身后，望着媳妇笑，红芳笑得更说不出话来，福元骂她："你喝上夜猫子尿了？"红芳说："你才喝上夜猫子尿了！"又对兰英说："妈，福元想抱一个娃。"福元皱皱眉依旧笑着说："怎么是我想抱，你不想吗？"兰英低声喝斥："住嘴，多光彩的事情，要让全村子都听见吗！"红芳伸伸舌头。跛子泄露了兰英的秘密："你妈早有打算了，就等你们问呢。"福元绕过来，也蹲在兰英面前，三个人静静地望着兰英一个人。兰英一手摇着蒲扇，发了话："我娘家侄子媳妇已经怀了七个月了，这是第三胎，你舅舅早就说已经有一个孙子一个女子了，叫他们早早地把娃娃剐掉，那两口子惜子得不行，宁挨罚也要生。现在犯熬煎了，前面两个的学费都不知道到哪里去找，这个再生下来还不把他爸的腰累折？"红芳附和道："就是就是，现在的娃娃上学比吃比穿，上不起了。"福元说："你别说话，听咱妈讲。"兰英接着说："你舅舅知道你们跟前没有娃娃，就想着娃生下来送给你们，怕你们要面子，不敢说，先和我商量，我也不敢做主。"说完打量下小两口的表情。红芳说："还要什么面子，福元想娃都快想疯了。"笑着看福元，福元翻她一眼,问他的妈:"不知道是男的还是女的哈?"跛子发表意见:"你管它是男的还是女的,女子更好。"自觉失言,赶紧地看了兰英一眼,怕勾起她的心事想起秀娟来。

大姑子秀娟依然不肯嫁,但她已经不是当妈的兰英心里的病了,她就像一块好在脸上的疤,好看是不好看,疼是肯定不疼了。秀娟每天骑着她的自行车,车龙头上架着锄面已经磨得很圆很小的锄头,去属于她的地里干活,或者推个别人早就不用了的小平车把地里的产物载回她住的老磨房院子。在南无村的人眼里,她生活得很平静,没有人去打搅她,甚至连狗都不大愿意进她冷清院子里转转,直到有件事情发生在她的身上,让一切都变了样儿。

兰英正沉浸在儿子媳妇的目光里,笑容里泛起多年不见的妩媚,提醒小两口:"'侄子外甥过继,一辈子生气',你们想好了啊。"红芳笑呵呵地说:"这是侄子还是外甥?我糊涂了!"福元说:"按说该叫我表叔,该叫你表婶。你说对吗妈?"兰英笑得用蒲扇撑住了地,捂住嘴不能回答。跛子说:"到娃娃这一辈已经是拐弯子亲戚了,我和你妈死了这门亲戚就快断了,不算侄子,我看能行。"红芳和福元也表示同意,事情就这么定下了。

一家人在梨子树的阴影里围在一起说了一下午的话,数红芳最能笑。突然,跛子对红芳说:"你到磨房去叫秀娟,让她来吃晚饭。"红芳说行,站起来就往院子外面走。

估摸着红芳走出巷子口了,兰英弯下腰低声问福元:"这个二杆子不知道是你的毛病吧?"福元摇摇头,又皱起眉来教训他妈:"你别再叫她二杆子了,我就娶了个二杆子?"兰英定定地看着儿子,嘎一声笑了,跛子也笑了。福元忍不住,也笑了,他坐在地上,双腿叉开,看到脚边有只蚂蚁,就用指甲围着它画了一个圈,蚂蚁仓皇地奔逃,始终不敢越过那个圈子。

2

最早想让福元抱个孩子的，是秀娟，只是她没说出来。这几年秀娟的话越来越少了，红芳是和她说话最多的人，那是因为红芳是个没心计的人，对这位不愿嫁人的大姑子，她偶尔也会和别人说说她的闲话，但当她们面对面说话的时候，秀娟是从红芳的眼睛看不到别人那种古怪的眼神的，——红芳看着秀娟的时候，眼神从来不躲躲闪闪。即使是这样，秀娟也没有提出来让红芳抱个孩子，回到那个家里时，她会替弟媳妇熬熬药，也会问："你不嫌苦？"仅此而已。没人知道她多么渴望弟弟能有一个孩子，前好几年她就想让他们抱一个娃了。

话多话少，秀娟从来是个豁达的人，谁家有红白喜事都能看见她拉把小凳子，坐在灶房旁的大盆边洗碗，那些年兰英嫌她丢人现眼，骂她，她依旧我行我素。这些年兰英也不骂了，但在那样闹哄哄的场所看到这一幕，也不会去跟女儿说句话。四十岁的人了，每天两晌下地，秀娟也没有晒出像红芳那样的紫斑来，——真正白净的人是晒不黑的，顶多在夏天变红，一个冬天就捂过来了，——但皱纹是不可避免的，眼睛已经不再和秋天的晴空一样清亮，头发里也有了白丝丝。一切都显示着秀娟作为女人最好的岁月过去了，像一块没来得及开垦播种的地，被荒草覆盖着，就连草也要渐渐黄了。但秀娟还是姑娘家的身材，劳动使她的胳膊和腿变得粗壮，可那腰身你从背后看去，总要误会是谁家十几岁的小女子。

村里有闲话说，别看秀娟是吃了秤砣铁心不嫁，但在这件事情上，当妈的兰英只要还有一口气，那就是"帝国主义亡我之心不死"。

红芳站在老磨房的院子里喊："姐——，你在吗？"她不愿意进秀娟的屋子里去，这么多年秀娟的屋里还是那么简单，一张木板床上挂个电灯泡，除了福元给她买的一台电视机，实在没其他可看的，跟刚住了三天人的一样。就听见秀娟在偏屋说话："红芳，我正做饭呢，你进来吃根黄瓜。"红芳进了三片石棉瓦当屋顶的灶房，一边说："做什么呀，别做了，咱妈叫你过去吃饭哩。"秀娟把一瓢面嗵丢回面缸里，递给红芳一根洗好的黄瓜说："前天不是我才去过吗？这是怎么了？"红芳扑哧一笑说："姐，你说抱个娃男的好还是女的好？"秀娟静静地问："抱啊？能找下吗？"红芳说："咱舅舅的孙子，怀了七个月了。"

夕照从石棉瓦的缝隙里把黄红的光露在秀娟的右边脸上，红芳看见大姑子眼角的皱纹已经很明显，脸的轮廓跟婆婆兰英有些相似，她嚓嚓地嚼着黄瓜，笑模笑样地望着大姑子。秀娟笑着说："我也觉得这个娃合适，再说舅舅也养不起三个孙子。"红芳骂着："吃他娘×十年药屁事没顶，还得让人替咱受罪！我也想开了，抱的娃更亲。"她眼里突然有了泪水，看看秀娟说："就是给你说了空话，还说我多生几个送你一个养老呢！"秀娟也拿手去抹眼睛，又劝红芳："行了行了，侄子照样能养老，我走不动了他还不给我端碗饭？"红芳说："要是个女子到了还是人家的人，养大了又走了，还不把人心疼死呀！"秀娟说："呸呸呸，肯定是个男的。"红芳破涕为笑："看，你什么时候能掐会算了！"招呼秀娟出门，"走吧，迟了咱妈又骂呀。"

两个人出来灶房，见秀娟锁好了门，红芳就要往院子外面走，秀娟招呼她："你来帮我搬件东西。"红芳跟着进了屋,秀娟从床下拉出两个方便面纸箱子说："一人搬一个。"红芳问："什么呀?"秀娟笑着说："别管!"红芳搬起一个抱到怀里看看秀娟说："这么轻?"秀娟说："不是重东西。"红芳笑着问："到底是什么好东西?"秀娟笑道："好东西就是好东西,问什么!"

两个人说说笑笑,一路走回来,看到跛子和福元还在院子里喝茶,兰英大概到灶房生火去了。福元见她们笑个不停,也笑着问："你们怎么了?都喝猫尿了?"秀娟骂道："扯你的嘴!"老头温柔地问："箱子里是什么?"红芳抢先说："我也不知道,你问我姐。"秀娟吩咐福元："找两张报纸去。"福元问："干什么?"秀娟说："放箱子里的东西,快点!"福元不屑地埋怨："什么好东西,还要摆到报纸上!"红芳说："叫你去你就去,这么不利索。"福元已经起身去了,秀娟和红芳把箱子放到地上。秀娟冲灶房喊："妈,你出来。"

就听见兰英在茅房里答应,一边系着裤子走过来,天光还很亮,她看到了地上的箱子问："谁买的方便面?"红芳说："我姐让从她那里搬的。"福元把报纸拿过来了,铺在地上说："好家伙,我看你们要干什么!"秀娟问她妈："我舅舅那里说定了吗?"兰英说："那是我哥,又不是外人,他还要咱的钱啊?"秀娟就吩咐福元："去抱娃娃的时候,把这两个箱子带上。"福元说："人家不稀奇你的方便面吧?"兰英就骂儿子："你知道个屁,现在坐月子都在医院,坐月子得吃鸡蛋,伺候月子的都吃方便面。"红芳附和道："就是就是。"秀娟一边开箱子一边说："这里头不是方便面。"

几双眼睛都跟着她的手去看,箱子打开了,满满当当都是月娃娃的小衣裳,最上面是几双小小的袜子和虎头鞋。红芳第一个叫了起来："妈，你看，你看我姐！"兰英默然地说："低声些，我没瞎！"秀娟又把另一个箱子也打开来，是几床小棉被和小棉褥子，她把它们指给家里人看："抱娃娃的时候用得上，得提前预备下。"兰英讥讽她："这是给人家抱娃娃还是给你抱娃娃？"跛子老头不满地说："你当妈的怎么跟娃说话？"秀娟知道这辈子她妈都不会忘记对她的怨恨，习惯了，也不计较，看看福元，黑瘦的弟弟正在那里慢悠悠地笑。

"姐，你可真细心！"红芳由衷的感激之情写在脸上，她把那些小小的衣物拿出来，一件件摆在报纸上看，抬头问："你多会儿做的，这得做个把月吧？"秀娟说："我地里忙，下雨天还要追肥料，这几件东西做了一年多。"老头子忍不住也拿起来看，那小小的衣服拿在手里，仿佛抱着孙子一样让他的神情变得有如一个老太太一样慈爱。兰英却低声地呵斥道："别抖了，不能拿回屋里去慢慢看，有人进来看见算怎么回事？"她讲的是有道理的，秀娟和红芳匆匆收拾进箱子，一前一后端回小两口的屋子里。福元不由自主地跟进来，站在身后看两个女人在床边摆弄小娃娃的衣物，秀娟回头看看他说："奶粉也得提前买下。"福元笑笑说："肯定要买啊，还指望吃红芳的奶？"红芳笑着回头骂他："滚！"

3

跛子看家，其他的人都去医院抱娃娃了。昨天孩子一落地，舅舅就亲自来了，宣布了是个男娃的喜讯，他和妹妹还有跛子妹夫商议，也别等出院后去家里抱了，干脆明天直接从医院抱走，一来趁当妈的奶没下来，还没喂过奶，——等回去吃过了奶，再要抱走就等于割肉，万一舍不得送了就麻烦了；二来产妇回去，村里人见只有大人没有娃娃，就说娃娃没成，夭了，计划生育也好过关。兰英说行。这样的事情自然是她定下个啥就是啥了。舅舅又找福元两口子谈话，传达儿媳妇的意思说："罪替你们受了，住院费你们出了吧。"福元笑着说："行，怎么不行！"

次日一早，福元把自己那辆平时拉客人的三轮摩托车的车篷换了新帆布，密不透风，里面坐的是他的妈、姐和媳妇子。福元把车开得飞快，面色愉快而庄重，三个女人从帆布上那一小块方形玻璃里望着他的后脑勺笑，兰英斜着眼说："看把他急的！"

舅舅已经在镇卫生院大门口等老半天了，福元的车一到，舅舅领着三个女人头前快步走，福元抱着那个装棉被的纸箱跟在后面。找到病房，舅舅先进去，然后是兰英，秀娟跟着，红芳提着一兜鸡蛋躲躲闪闪在最后面。福元在门口把箱子给了秀娟，他不打算进去。病房里有三个床位，两边靠墙的床上各躺着一个产妇，都盖着被子，中间的床上没人，放着一个包袱。兰英只看了一眼躺在床上的侄子媳妇和伺候月子的嫂子，眼圈就红了。嫂子抹着眼泪说："大人没问题，先看娃吧。"兰英就走向那张空床上的包袱，娃娃在里面睡得正甜。

这时候侄子提着个暖瓶进来了，笑着和姑姑、表姐、表嫂打招呼，说："福元不进来，在外面站着呢。"兰英说："他一个男人家，进来也没用。"秀娟抱起了娃娃，眼神亮亮地看了看红芳，把娃娃递给她。红芳手忙脚乱地接过来，看着那张小脸傻笑。

侄子媳妇在无声地垂泪，兰英拿过床头的毛巾给她擦擦，也落着泪劝道："娃，别太伤心，咱还不是一家子？以后你什么时候想见，骑车子来就是了。"又对嫂子说："别着急出院吧，多住几天，养好了再回去。"嫂子说："不了不了，这就回啊，就等你们把娃抱走呢。"兰英说："福元装着钱呢。"嫂子就吩咐她儿子："你去和福元把住院费算算。"兰英已经开始催促着秀娟和红芳给孩子换新被褥了，她先把新被褥在床上铺了两层，又亲手把裹娃娃的包袱解开，让那肉肉的小东西在眼前滚着，一边说看这个小伙子，一边把娃娃从头到脚摸了一遍，又提起两只小脚看看脊背和小屁股，确信没什么毛病，才笑不拢嘴地把那小心肝捧起来放到新被褥上，小心地重新裹将起来。

这时，福元探进头来低声喊红芳，红芳抬头看他，福元说："你出来。"秀娟把娃娃抱在怀里，目不转睛地看着那张丑丑的小脸。兰英和嫂子说着话。

楼道里只有福元一个人，红芳问："怎么了？"福元一只嘴角挑了挑，看上去像笑，他说："人家说让咱再出两千块。"红芳瞪起眼睛问："谁说的，舅舅？"福元说："不是。"红芳就明白了，苦笑："这又不是卖娃娃！昨天舅舅没有说这个啊。"福元说："表弟说他媳妇子昨天夜里给妗子说的，说让咱出点怀孕期间的营养费。"红芳鼻子里哼一声说："咱给她送过多少回鸡蛋了，她怎么不说？"福元说："算了，别说废话了。你说一句话吧，要行，一定不能让咱妈知道。"红芳怏怏地说："行，谁让我不会生呢，迟早还不都得这样？你带的钱够吗？"福元说："不够，差一千，我马上去海峰的修理铺问他借一千。"红芳说："傻子，你先给他一千，以后再给不行啊？"福元皱着眉说："给他算球了！"甩开腿紧着往外就走。

红芳是个心里藏不住事情的，回来再面对妗子和那产妇，依然在笑，但那笑容就有些僵。秀娟一心在孩子身上，兰英倒看出什么不对头来，但她不说。嫂子不容红芳开口，喋喋地嘱咐着什么时候给娃娃打疫苗，喂奶怎样定时定量，并说这是护士再三嘱咐过的。

舅舅进来说住院费福元已经交了，手续还没办完，让兰英一家抱上娃娃先走，以免一起走时碰上熟人不好说。兰英从秀娟怀里抱过娃娃，裹严实了，就往外走，秀娟紧跟，红芳红着脸在最后面。一出病房门，福元在楼道那头看见，掉头就跑。兰英抱着娃娃，缩着肩疾步走着，秀娟红芳跟在后面小跑，能看见福元已经发动了车子，掀起车篷的门帘等在哪里了。

上车坐下，依然是兰英抱着娃娃，虽然她上了点年纪，秀娟红芳还是充分信任她的经验。红芳就忍不住笑："妈，你跑那么快干什么，又不是偷娃娃。"兰英也笑了："你知道什么，谁身上掉下来的肉谁心疼，这可是个男娃啊，我怕她变卦。"红芳就说："她变什么卦，连营养费都让咱掏了，我看她还怕咱变卦哩。"突然意识到说漏了嘴，吐舌头也已经来不及了。秀娟望着红芳说："那会儿福元叫你出去就是说这啊！要了多少钱？"红芳先看了一眼婆婆，假意轻松地笑着说："不多，两千块，要不是亲戚还不知道要多少呢。"兰英拉下脸说："要不是亲戚，给多少钱人家舍得把个男娃娃给你？"红芳想不到婆婆的态度是这样，想起自己不会生养来，就闷在哪里不说话了。秀娟冷冷地说："要钱好，要了钱就糊了他们的嘴，将来这娃就不能说是她生的了，她敢跟娃说两千块把娃卖了？"

福元把车开得很平稳，就像船在无风的湖上悠，车篷是新换的帆布，密不透风，里面坐着三个女人一个婴儿，抱娃娃的是奶奶，奶奶旁边坐着姑姑，姑姑对面坐着妈妈。进村的时候，她们把说笑的声音压得很低，外面什么也听不到。

4

有苗不愁长。一家子已经开始商议给江江过满月的事情了,这个名字是妈妈红芳取的,因为他哥家娃叫海海,就随了这个名字。奶奶兰英不爱叫这个名字,她叫孙子小狗子,这个名字是从心上来的,怎么亲怎么叫,也不管红芳高兴不高兴。福元跟上媳妇叫"江江",老头子七星变通了一下,叫"狗狗",秀娟有时候叫"江江",有时候叫"小狗子",有时候只叫一个字:"亲!"

对于是否给江江过满月,妈妈红芳的意见是:过不过吧,不是自己亲生的,过满月,会不会惹人家笑话?福元向来没主见,只说:"娃是咱妈的亲侄孙子,叫她定吧。"红芳这回多了个心眼说:"你别去问,你去问万一不合适该让妈生气了,你让咱姐去问。"福元就去老磨房找秀娟,秀娟听了说:"过,为什么不过?养的比亲的更亲。我去跟妈说。"

黄昏,从地里回来,秀娟洗了洗就过来帮妈做晚饭了。每次秀娟主动来,兰英都会心情很好,一口一个"娃"地叫着。这个时候最快乐的是跛子,老头子看着老伴渐渐看开了秀娟的事情,不再把娃当眼中钉肉中刺,望着她们的眼神就越发温柔得近乎迷离。此刻,手里摇着躺在自己亲手制作的童车里的孙子,娃娃苹果般的小脸和藕瓜似的一节一节的胳膊腿儿,总使老人想起秀娟刚生下来的时候,那是他的第一个孩子呀,他对她的爱和对她一辈子的祝福简直无法形容,后来,这一切的美好心愿都化成了泡影,就像几十年后对兰英和"土匪"长盛的恨也化为了泡影。跛子并不是那么粗心的人，他能看出秀娟的长相和神气一点不像长盛，——近四十年的观察使他敢下结论，秀娟和福元不同，她绝不是长盛的种——这使他对秀娟是自己的亲生多了许多幻想，而这幻想，兰英竟从来没让它破灭，而且看来这辈子都不会破灭，这给了老头子无限大的安慰。

此刻，坐在梨子树下，望着兰英秀娟母女在灶房门口摘着菜说笑，老头子笑呵呵地摇着快一个月大的孙子，竖起耳朵来捕捉着她们的话音，希望能够插上几句。

秀娟说："妈，福元和红芳想给娃过满月。"

兰英压低声音笑道："这一对脸皮真厚！"

秀娟也笑了，责怪自己的妈："看你，先笑话人家了，人家就是怕外人笑话！"

兰英马上就成了一副同仇敌忾的面孔，厉声道："笑话？打破他们的脑瓜！我的娃我想过就过，谁看不惯谁别来，请他们去了？！"

跛子发表意见说："你这人真是，着什么急，这村子里谁敢笑话你？"

兰英喝道："静着！"

跛子不服气地发出"喊喊"的声音，把那母女逗得咕咕笑。

一阵摩托车声响，福元开着车从大门进来了。车没停稳，车篷的门帘被撩开了，红芳从里面跳到地上来，跛子适时地柔声责怪："慢着，看摔着！"红芳看到秀娟在，打招呼："姐，你来啦。"秀娟笑着说哦。福元把车停好，走到跛子那里弯下腰逗了逗娃娃，才笑眯眯地到灶房里打水洗脸。红芳先去抱起娃娃，蹲到摘菜的母女面前去，兰英不搭理她，是嫌福元拉完客人又专门去地里接了媳妇子。秀娟说:"福元,明天别去跑车了,和红芳去集上买菜吧。"福元没反应过来,红芳一脸惊喜地问道:"给娃过满月呀?"她去看婆婆的脸色,兰英不动声色,这并不影响红芳快乐的心情,她从来不在乎这些,她只知道自己的办法奏效了,就对秀娟眨了眨眼睛。

跛子很郑重地发表意见说:"不用专门去买菜,现在谁家办事还自己买菜?都用'理事会'了,买菜、做席面、上菜全是人家的事,你只要找个总管管花销就行了。——该省的心不省!"

兰英没吭气。红芳就提高声音说:"福元,咱用'理事会'吗?"

福元正拿毛巾擦脸,嗡声说:"怎么不用?"

红芳说:"那你在你的伴儿里找个人来当总管吧。"

福元说:"海峰吧,他是副村长。我明天出车时跟他说。"

红芳说:"你今天晚上去镇上的修理部找他吧,叫他明天一大早就来商议。"

兰英终于发话了:"着什么急,天黑开车多操心,福元别去。明天去外村联系'理事会'的时候捎带告诉他还不行?"

于是又讨论用哪个村的理事会,一致同意北张村的张呆子手艺最好,席面不浪费,收拾得也干净。

最后兰英说:"红芳明天回下你娘家,让你妈找几把干净稻草,扎个'草芽儿',让你哥赶后天天亮前拿来挂到咱家门楼额上,还得写张喜帖,贴在'草芽儿'后面,村里人看见就知道咱们要给娃过满月了。"

红芳问:"妈,什么是'草芽儿'?什么是喜帖?"

秀娟就笑了:"这也没见过啊,'草芽儿'就是用稻草扎一个房子的样子,里面是个小草人儿,穿着红袄绿裤子。生的是男娃,大红喜贴上就写'栋梁之材',女娃就写'巾帼英雄'。"

福元说:"姐你别告诉她,没吃过猪肉也没见过猪跑?"

一家子都在笑话红芳的少见识,红芳不好意思地笑了,还像个小女娃一样红了脸,她不服气地问兰英:"妈,福元满月的时候喜贴上写的是什么?"兰英想想说:"那个时候兴写'雷锋再世',好像写的就是这个。"红芳就抱着孩子笑得坐到地上:"哈哈!"跛子叫着:"看娃摔了,看娃摔了!"歪歪斜斜地跑过来抱过小狗子江江。

5

理事会提前两天就来了,盘了灶给前来帮忙的村里人做饭。女人们聚在热气腾腾的屋子里和面蒸小花卷馍,一箩筐又一箩筐;男人们来了没事可做,就打扑克"斗地主",到吃饭的时间就每人拿一个碗,到大铁锅里打烩菜,端到桌子上去吃,理事会的人给桌子中间放一大盆冰凉的花卷,一圈手一伸盆子里就省不下两三个了。看那些碗里,泡着掰碎的花卷,是嫌凉,手里还抓着一个。兰英在窗户里看见,心里直骂:"这是来帮忙的?饿死鬼转世!"

好的理事会是为主家着想的,正日子前一天的晚上才做正经的菜:炸酥肉丸子、粉条丸子、炸豆腐片、炸好的整鱼和炖好的整鸡,在偌大的洋瓷盘里摆得像表盘,都放在灶房里猫狗祸害不到的保险地方。张呆子后半夜把火封了才回去,第二天天不亮就来了,把火捅开,开始用肉丸子和炸豆腐炖比前两天油水大很多的烩菜,犒劳那些早早来帮忙的邻居们。

正日子这天最有威严的是总管，脸色很庄重，眼神很大气，举手之间就是发号施令，但总是恩威并施，四个口袋里鼓鼓的装的全是没拆封的香烟，碰上有那敢于挑战总管权威的小年轻，只要厉声喊过来，悄悄给口袋里塞上一盒，马上就是亲兵了，叫干啥干啥。早上来的小年轻不多，因为村外的国道边正建设一个大厂子，都去那里找活干了，都是些受苦的土工活，但据说工钱开得还及时。家里有农用车的，都开着大小"金刚"去拉土方，拉一车领一张票，最后凭票结账。中午的时候，都来吃饭了，总管给每张桌子上都放着个盘子，拆几包香烟放盘子里，抽的时候方便，也防止有人整盒的拿去，但也有那聪明的，拿出个抽完的空烟盒，把盘子里零散的香烟一支一支装进去，还是一盒。如若被总管看见了，只需要做个鬼脸，大多数时候总管会假装没看见，但一会儿派活儿到你头上的时候，懂事的就乖乖地服从，这样大家都有面子。

　　刚订婚的军军望见总管海锋刚转过身走向灶房，对同伴强说："快，快装！"块头很大的强抓过一把香烟来就给自己的空烟盒里装，结果只进去两支，其他的都撒在了桌子上。军军急了，伸手来帮忙，旁边的人都哈哈大笑，起哄。军军干脆把烟盒抢过来自己动手，强不给，两个人推推搡搡了半天，才装了半盒，看见周围的人都不吭气了，一回头，海锋就站在他俩背后静静地看着。强一吐舌头，把烟盒给了军军，军军临危不乱，很镇静地把烟盒装满，装进了自己口袋。海峰默默地转身走了，一桌子的人就起哄，把那一盘子香烟全部瓜分了。谁也没想到，海峰又回来了，还站在他们背后，有那听话的年轻人就缩起了脖子，不由低声嘟囔："海峰叔！"海峰从后面把手伸进军军的上衣口袋，把那盒烟拿出来，哧——，烟盒撕成两半，烟又回到了盘子里。小年轻们都嘲笑地望着军军，军军扭过头，挑衅地望着海峰，眼里是不无胆怯的怒火。

海峰从口袋里掏出一盒没开包装的"红河"，插到军军空着的口袋里，慢悠悠地说："没烟了，跟你叔叔说么！"若无其事地转身去了。军军吐吐舌头，转脸用得意的眼神打量着一桌子羡慕的人，说："打牌！"哄一声，无数的手都伸向他被烟盒撑起的口袋，吓得他一个后仰倒在地上，捂着口袋死活不撒手。

一院子的人都被这边的闹剧吸引，秀娟也朝这边望，笑着责怪道："这些娃们，就不知道歇一歇。"

兰英的哥嫂和娃娃的亲妈亲爸半上午来的，兰英陪着在红芳的屋子里坐着，和红芳的娘家人一起对娃娃的胖瘦和长相品头论足。兰英嫂子说："嘴长得像红芳。"红芳不好意思地说："又不是我生的，怎么能像了我。"兰英嫂子就说："你看这女子傻的，谁养的就像谁，娃娃都是看着长得么。"于是又说起谁谁家都是抱的孩子，神气长相比亲生的还像，可笑死了。兰英不像红芳那样没心没肺，不喜欢听这些，笑脸说出去看一下，出来一放下门帘，脸就沉下了。在院子里找到总管低声念叨了两句，海峰就一路走进堂屋，撩开红芳屋子的门帘说："亲戚先坐席，要走远路！"兰英嫂子说："不远，不急。"那媳妇却对没吃过自己奶的亲骨肉没有当初被抱走时那么动情，对婆婆说："坐吧，听人家的安排。"一屋子的人就出来坐席，被总管安排在堂屋的桌子上，那是身份特殊的客人才能坐的席面。海峰又每个屋子来喊了一遍："亲戚先坐，亲戚先坐！"又到院子里赶那些已经坐满桌子的村里娃娃："起来，让亲戚先坐，人家吃了要赶路！"

坐下来才发现找不见了跛子，他该陪兰英哥坐的。海峰又找福元，也不见，有看见过的人说父子俩顶了几句嘴，就都不知道去哪里了。海峰就找到兰英说："婶子婶子，我叔叔和福元都寻不见，总得有个人陪人家喝酒吧，要不你先坐？"兰英把颧骨那里的肉都耸了起来,笑着说:"我多会儿坐过席?还喝酒哩,你婶子是那有出息的人吗?"海峰为难地说:"红芳呢?"兰英说:"找福元去了,让我给她看娃娃呢。"海峰说:"怎么呀,让我秀娟姐陪人家?"兰英问:"合适吗?"海峰说:"合适,又不是出嫁女。"

海峰在院子里找到秀娟,说:"姐,你先顶顶,我叔叔和福元回来你的任务就完成了。"秀娟是男人的性格,也不考虑一下,就坐到桌子上了。

兰英的哥嫂在家里每顿饭都习惯喝二两的,有不花钱的酒当然要放开喝个饱,秀娟陪不起酒,那妗子就劝道:"娃,喝一点,喝一点这世上就全是顺心的事情了。"一来二去,秀娟就喝了几杯,看着舅舅妗子都成了四只眼睛,再有人劝,仰脖就是一杯,一点也不辣了,跟凉水没什么两样。外面的流水席已经开了,红芳送自己娘家的人走半天了,这边兰英娘家人还在喝。海峰进来敬酒,才看到秀娟的眼神都喝直了,赶紧出去悄悄吩咐红芳:"赶紧把咱姐搀出来,再喝要出事了。"红芳小跑进堂屋,把秀娟往出劝,秀娟不走,口齿不清地说:"娃满月他姑姑高兴,我要再和他亲爸亲妈喝两杯。"那亲爸亲妈也看出表姐喝太多了,帮忙劝,几个人好容易把秀娟从座位上拉起来。正要往兰英屋子里送,兰英闻声从红芳屋子里出来,低沉地喝道:"送她回自己家里去,别在我这里丢人!"红芳叫道:"妈!"海峰说:"送过去送过去吧,你妈屋里人也满着呢,万一咱姐要吐要哭的,不好看。"

秀娟没吐也没哭,她从站起来的那一刻就神志不清了,什么也听不到,只感觉云里雾里的飘。几个人把秀娟扶出来,海峰一眼看到吃完抹嘴准备走的军军和强,喊一声:"军军,看外面谁的三轮摩托在,和强把你姑姑送到老磨房去。"那两个二十出头的少年不敢磨蹭,赶紧往院外跑,可巧强叔叔新买的三轮摩托就在巷子里,他正是开着它来的。把秀娟架进车蓬里，红芳也打算上去照顾秀娟的，还没上车，那舅舅妗子和江江的亲生爹娘也出来了，要回去，红芳只得嘱咐强开慢些，和兰英一起送客。

三轮摩托突突地开出巷子，亲戚还在寒暄，就看见跛子从邻居家出来了，原来是和儿子生了气，找人喝茶解闷去了。接着福元也开着三轮摩托回来了，车停下，下来一个媳妇子和脸上抹着紫药水的半大小子。是红芳姑姑家的媳妇子和姑姑的孙子，那会儿小孩子好奇要开福元的摩托，结果撞到树上，把脸蹭破了皮，福元饭也没顾上吃，赶紧带他到镇上去抹紫药水了。

亲戚都送完，流水席也接近尾声了。红芳想起该去看看秀娟时，已经大半后晌了，可一时还走不了。

6

天压黑时分，红芳捎带送了借别人家的几件物什，来看秀娟。走进老磨房，推秀娟的屋门，竟没推开，就趴着门喊："姐，姐——？"没人应，再看看门，是从里面闩上的，就拿巴掌拍门，一下比一下重，嘴里喊："姐，我是红芳，开门来！"还是没动静，红芳就觉得后脖梗子发麻，怕秀娟是出了什么事。正要出去找人来，有人在外面喊："秀娟？"是跛子听说秀娟喝多了不放心，也赶来了。红芳已经控制不住自己的声调，大着嗓子说："爸，我姐把门从里面插着，叫也不答应。"跛子就叫了几声，果然没声响。红芳说："爸，不会有什么事吧？要不你在这里看着，我去叫福元。"跛子说："跑快点！"

福元听说了并不急,笑着说:"喝多了就是这样,叫不醒。"但他还是马上就开着三轮摩托车到了老磨房,老头子还在哪里叫喊,已经有两个热心的邻居过来看究竟了。福元进来瞅瞅,门是暗锁,没有钥匙是绝对打不开的,除非撞开,但福元觉得没那么严重,不必要撞门,他推开仰着写满紧张和期待的脸哀求地盯着自己的老子,又走出门去,打开摩托车的工具箱,找到一把长改锥,笑眯眯地走进来对邻居们说:"没事,没事,又不是冬天怕煤气中毒,就是喝多了,回去吧,回去吧。"跛子和红芳也机械地跟着赶人,邻居们就不甘心地退了出去,眼神闪闪烁烁,站在院子里不肯走,低声地议论着。

福元把改锥的刀头深深地插进锁眼里,握住那木柄使劲一旋,鼻子里发出"嗯——"的一声,锁子就被撬坏了,卡轴心的弹簧断了,锁心跟着螺丝刀随便转。跛子眼睛一亮,伸过手去握住球形门把,还是转不动。福元把改锥交给老子:"拿着!"腾出两只手来握住门把,又是"嗯——"的一声,那门就开了。他把门推开,红芳趴在他背上探头探脑地问:"在吗?咱姐在吗?"福元往进走着拧回脖子说:"你自己不会看?"从福元的背后,红芳依稀看见秀娟背朝里躺在床上,屋子里酒气熏天。福元打开墙上的开关,就看到床边吐下一滩秽物,秀娟黑色的裤子上扔在地上,皮带像一条蜿蜒的蛇。跛子一蹿一蹿地奔了过去,红芳轻手轻脚地往跟前蹭,她绕到床那边,看到秀娟脸色苍白,干结的汗水把发丝贴在脸上,鼻孔里呼出很粗的气息。红芳蹲下来轻轻地叫着:"姐,姐,你难受吗?"秀娟睁不开眼睛,无力地抬起一只手掌,轻轻地摇了摇。红芳仰头看看站在床尾的福元,福元说:"凉茶解酒,我回去端一壶凉茶来。"松了一口气的跛子催促道:"快去,快去!"他把闺女的裤子拾起来,搭到一把旧折叠椅上,跟在福元的后面去门背后拿笤帚，又跑到灶房去用小铁铲在炉子里挖来满满一铲草木灰，撒在呕吐物上，小心地把它们扫进簸箕里，端到院子里倒掉。回来后对正给秀娟喂水的红芳说："你看着她，我回去把你妈换过来给你姐洗洗。"红芳说："等下福元过来开车送你过去。"跛子气鼓鼓地说："用不起！"

跛子在家看着娃娃，福元开着摩托车拉着他妈来到磨房。兰英一眼看见秀娟的样子，沉着的脸就如同阴云里爆发了闪电，骂道："你说你这算怎么回事，你是我奶奶，你是我奶奶还不行吗！"红芳不满地嚷道："妈，你也不看我姐难受成什么样子了？"兰英说："该，她逞能哩么，自作自受！"红芳嘟囔着："这人心真狠！"低头看见一行泪水越过秀娟微微有些皱纹的鼻梁，和另一只眼睛流出的泪水汇成一股，终于消失在枕巾的沙漠里。兰英的怀里还抱着个茶壶，狐疑地望着搭在椅子上的秀娟的裤子。三个女人半响都不言语。

福元给屋门换好了新锁，进来拿过茶壶放到陈旧的木桌上，倒了一杯酽茶，递给红芳。红芳说："姐，起来喝一口凉茶吧。"秀娟撑起身子抖抖地握住茶杯，咕咚咕咚两口喝干，又躺下了，似乎不愿意看她的妈。

兰英在那把旧折叠椅上坐下，命令福元："福元你和红芳回去，我和你姐待一会儿。"福元迟疑地问："你呢？"兰英拉长着脸说："我一会儿走回去就是，又不是在城里京里的！"福元就望向红芳，红芳有些心烦地看看他，低声对秀娟说："姐，那我先回，咱妈在这里招呼你。"站起来欲走又止，俯身问道："你吃点什么呢？我到那边给你去端碗丸子汤吧？"秀娟摇摇头，没言语。红芳只好跟着福元走了。

听到摩托车声远去，兰英过去把门关上，回来依然坐在那把离床很远的椅子上,声音毫无感情色彩地问:"怎么了呢?"秀娟躺着没动,声音喑哑地回答:"没怎么。"

"你把我当傻子,我吃的盐比你吃的饭也多!"当妈的紧逼不放。

秀娟咬着牙不说话。

兰英有气,毕竟不如年轻时的心肠硬,不由坐到床边来,声音柔和了些,转着眼珠问:"大白天的,脱了裤子干什么?"

秀娟说:"我难受,准备睡觉呀,就脱了。"

兰英把手放到秀娟的薄被子上,尽量用了慈母的语调问:"秀娟,今天就咱娘们俩,你说实话,你不愿意嫁人,是不是怨恨我?你说实话。"

秀娟冷笑:"你真可笑,我不嫁人,怨你干什么?有意思吗?"

兰英长叹一声说:"娃子,你苦,妈知道,你不嫁人,就是让妈活着不如死了!你六岁的时候碰到妈和那该死的'土匪'在你梅子婶子家的炕上,吓破了胆,妈也知道。你觉得妈不是个正经女人,可是你知道妈为了谁?还不是为了你和福元?妈命不好,嫁了个'武大郎',成了人的笑话;妈怎么忍心再生一窝'武大郎',让儿女也成笑话?妈错了吗?天地良心,妈要是为了自己,让我死到大年初一!"

秀娟呼地转过身来,红红的眼睛瞪着亲妈,不耐烦地嚷:"你别说了!告诉过你多少遍了,我不嫁人,和你没关系没关系,你以后别再说这些话了!"

兰英抹了把眼泪,歇斯底里地说:"把我死了吧,把你们都死了吧!"站起来,直撅撅地走出门去,把门摔上了。

7

兰英摸黑走进巷子，将近自家院门时，看到有个人正站在门口朝着灯火依然通亮的院子里探头探脑地张望，她收住脚问道："那是谁呢？"一个女人受惊的声音回答："婶子啊，是我。""谁呢？"兰英上前几步借着光仔细看，"玉翠啊，怎么不进去？"原来是强的妈玉翠。玉翠说："我家强说来你家帮忙了，还不见回去，我来找，看见院子里早没外人了么？"兰英说："强不是在那个什么厂的工地上干活吗？"玉翠担忧地说："就是呀，人家工头说他后响就没去。"兰英说："小伙子家的没事，也许中午在我家喝多了酒，到谁家玩扑克去了吧？"玉翠说："兴许是呢，我到军军家问下去，婶子你回去吧。"兰英说："你不进去了？给你端碗菜吧，剩下可多菜呢，天气热了，明天怕就放坏了。"玉翠说："那就端一碗，我先送回去再到军军家去找强。"

玉翠跟着兰英进了院子，到厨房里端了一碗做酒席剩下的菜，说了几句闲话走了。兰英心情好了些，想去看看孙子，问福元："红芳看着小狗子呢？"福元说哦。兰英就进了红芳的屋，红芳是个没心机的人，看见婆婆进来，笑着问："我姐好些了吗？她不吃点什么？"兰英早趴在孙子跟前，有心无心地说："别管她，死不了。"红芳说："看你说什么！"又问："刚才谁来了？我听见有人说话。"兰英说："玉翠找她家强，鸡巴娃不知道到哪里云游去了。我让她端了碗菜。"红芳说："我姐中午喝多了，就是她家强和军军送的，开着辆新三轮，肯定是跑到镇上打台球去了。"兰英只顾和一个月大的孙子说话，并没有听见媳妇子的话。

第二天一早，秀娟过来拿喷雾器，要去给刚绣穗的小麦喷洒防止吸浆虫的农药，先进来看小侄子。红芳见她眼睛肿肿的，脸色也灰白，说："姐你好点了吗？要不你给我看娃，我给你打药去算了。"秀娟依然是她那恬淡的笑，说："不用不用，一点酒毒不死我！"红芳对她做个鬼脸，指一指婆婆屋子的方向。秀娟似有似无地笑笑，并不当回事。出来碰见兰英，当妈的亲热地问："娃，有炸好的鱼，你这几天过来吃饭吧？"秀娟说行。跛子知道闺女没把她妈的话当话，补充说："打完药过来吃早饭。"秀娟说行。

前脚秀娟走，后脚玉翠胳膊底下夹个碗又来了，红肿着眼睛，带着哭腔说："该死的强到现在还不见影子，军军昨晚也没回去。"她看着兰英，试探又决绝地问："说是两个娃昨天晌午开三轮送秀娟去，就再没见影子？"兰英的脸就开始变酸："看你说的，秀娟一个女人，能把两个小伙子吃了？"玉翠说："好我的婶子哩，我不是那个意思，我就是想问问秀娟知不知道两个娃后来干什么去了，——刚才我去老磨房，秀娟的门锁着哩，有人说看见她到前面来了，我就跟过来问问。"兰英依然沉着脸说："我问了，她不知道，她喝那么多酒，话也不会说了，怎么能知道？"玉翠就开始抹眼泪，有大哭一场的意思。兰英硬硬地说："你还不到工地上问问，别是出了什么事工头瞒着你！"玉翠也没听出这话里的毒来，只觉得很有道理，直魂飞魄散，转身就走，走了两步又回来，把碗还给兰英说："婶子，你的碗。"

兰英望着她慌慌张张的背影，低声骂了句："那嘴门上也不安个栅栏！"她本来想回屋里看孙子，想到玉翠可能去地里找秀娟，就急急地出了门，抄近路向河边的地里走去，她走得飞快，不想被别人看见，她这一辈子可是从来没下过地的。

　　同一时间，福元正把一个客人拉到县城的火车站，客人进站后，他没有走，在车站前面和几个同样开三轮的抽烟闲谈，他不多来火车站，向他们打听下一趟列车什么时候到站，想顺脚拉几个回本乡镇的客人，——如今油价又涨了不少，福元不想放空。一转头，就看见军军和强正蹲在候车室外的台阶上抽烟，他想起两个娃的妈昨晚找他们的事，想告诉他们一声，就喊了一声："军军——！"军军一抬头看见是福元，没有答应，慌慌张张拽了一把蹲在旁边的强，两个人跑进了候车室。福元想这两个鸡巴娃这是哪根筋不对了？也不跟家里人打个招呼就坐火车走啊，想去南方打工？寻思了半天，觉得为他们的父母着想，应该问问这两个娃打算去哪里，就走向候车室。

　　这趟火车就要来了，人都排着队剪票，福元进去的时候，看见军军和强刚进了剪票口，他喊了一声："强——，你妈找你哩！你们去哪里？"两个娃飞快地跑向了站台，也没见拿什么行李。福元跟过去，剪票员拦住了他，冷漠地说："送人不能进站，去买站台票。"福元正犹豫是不是该去买张站台票，从弹簧门的玻璃里看到那些开三轮的都涌向了出站口，显然生意需要抢，他就想："算了，没钱了他们就会回来的；看见我就跑，肯定不想让我知道去哪里，问了也不会说。我还是抢客人去吧，不能放空费油。"

　　福元送完客人，回村里吃午饭，路过国道边的厂子工地，看到强的妈玉翠正在那里跟工头哭闹，他把车开过去，喊道："嘿——，嘿——，嫂，你家强和军军坐火车走了。"玉翠惊愕地望着他，福元笑笑说："我刚才在县城火车站看见俩鸡巴娃，叫他们，他们就跑。"玉翠用巴掌抹了抹脸上的泪水问："你没问他们去哪里了？"福元说："我想问哩，鸡巴娃跑得太快，上火车了，人家不让我进。"玉翠问身边的工头:"这俩娃干得好好的,怎么跑了?"工头的眉头拧成了疙瘩,不耐烦地把烟屁股扔地上说:"谁鸡巴知道!现在你知道人没死我这里就行了!"转身摇着头走了。

福元对玉翠说:"嫂,回去吗我捎你。"玉翠拉住他说:"福元,你赶紧拉我去县城火车站!"福元笑了:"迟了五百年了,火车这会儿到上海了!"玉翠突然面目狰狞,厉声怒骂儿子:"鸡巴娃,好生把你死在外面!"

8

就有闲话在村里传开了,说军军和强那天趁着秀娟醉得不省人事,把比他们大了一辈的老女子糟蹋了,两个小畜生怕秀娟告他们强奸,畏罪潜逃了。有那持反对意见的人说不对,谁不知道秀娟是男人的脾气,真要被人害了能不气死?可是你看秀娟还跟以前一样,侍弄着她那两亩口粮田里的麦子,跟没事人一样,不像,肯定是瞎说。

家家都在议论这件事,只有兰英家最清净,舌头最长的妇人也不敢到兰英跟前翻这闲话,都知道她是一门理:你来说闲话,你先不是好人!因此一家人像傻子一样耳根清净,乐呵呵地过日子,没有去寻思快成了疯子的玉翠怎么突然就不来找她家强了。兰英看着小狗子不出门,红芳满村子跑,偏她又是个没心机的,人家的话乖个弯她就听个表面的意思,也从来不琢磨别人古怪的眼神。

这天红芳帮秀娟清洗完准备装新麦的化肥口袋,急着回去看看娃娃，路过军军家那条巷子，就看见玉翠倚着水泥电线杆，正和人说话，有个妇人靠墙站着听，只能看见半个身子，看不见脸，可能是军军的妈巧香。玉翠背对着巷子口，没瞅见红芳过来，正压着嗓子骂人："我正要去找那个老×，问她个不是，她以为她的老女子真是尼姑子？凭什么我们两个好小伙子非要日她个嫁不出去的老女子？肯定是她女子守不住了，借酒撒疯勾引我娃哩么，她美过了，把我娃吓唬得跑没影了，她还装得跟没事的一样。我看就是家传，她母子年轻时偷汉子，她也偷人，她们一家子都偷人，那个娃娃说不定就是福元和城里哪个小姐生的私娃子……"她突然看见巧香瞪起眼睛看自己身后，赶紧住了嘴，但是已经太迟了，红芳的两只手弯成爪子从她额头到下巴齐齐抓下，就是十道血印子。玉翠像杀猪一样嚎叫起来，伸手去抓红芳的胳膊，红芳不言语，脸刷白，一手揪住玉翠的头发，一手就去扯那妇人的嘴。巧香呆了一呆，赶紧去抱红芳的腰，红芳依然扯着玉翠的头发不放手，嘴里只念叨着："扯你的狗嘴，扯你的狗嘴！"玉翠满脸的血，号哭着一头撞向红芳，把两个女人都顶在墙上。

　　这时有一对串村卖菜的夫妻和一个路过的男人叫嚷着过来把她们分开了，又有两个半老太太过来，说着一些惯用的毫无针对性的劝架的话，指责打架的双方"真可笑"，应该"快回家去"。红芳并不回去，靠着墙根坐下来，煞白着脸，喘着大气，指着玉翠骂："你再胡说一句，你再胡说一句试试，我就坐这里等着，你再说一句立马、立马扯烂你的狗嘴！"年纪大身体弱的玉翠果真不敢乱说了，只披头散发地大哭："我的强啊，你死到哪里去啦，你妈回去就上吊啊——！"一个老太太劝说她："强妈，你能打过年轻的？快回去洗洗脸，别让人看笑话！"另一个老太太过来拉红芳："女子你也起来回去吧，你不知道她嘴不好？别和她计较啊。"红芳不起来，把脸埋进两膝盖间放声大哭。

兰英是个爱看热闹的，听见街上闹，把孙子给了跛子就跑出来大街上看，碰上玉翠满脸的血，还关切地问了句："这是怎么了？和谁啊？"没人搭理她。走到跟前一看，红芳坐在地上，声调就失了控："红芳，这是怎么哩呢？"红芳抬头看见婆婆，眼神说不清是亲还是恨，只说了个："妈你别管！"起来就往家走，屁股上的土也不知道拍打下。人也就散了，只有几个留下来围着军军妈巧香，看来打算探问议论一番。

兰英恼恼地跟进了家门，红芳已经回她屋里哭上了。跛子小心地问："怎么回事？"兰英沉着脸说："和玉翠打架，把人家抓了满脸血。"又说："该，把那个神经婆娘的嘴扯了才好。"在院子里站了站，寻思还是该去问问红芳怎么一回事，就进了屋。

红芳已经不哭了，在床上躺着。兰英立在地下问："好好的怎么在街上干上了？"红芳依然咬牙切齿地恨道："该死的婆娘嘴里不好受，在街上宣传我姐的闲话。"兰英就紧张起来："你姐和个死人没两样，有什么闲话？"红芳厌烦地说："你坐在家里什么也不知道，人家都说娃满月那天军军和强送我姐……"她看看婆婆的脸色，接着说，"那两个小坏仔把我姐害了，害怕告他们，就跑了……"又看看兰英，"也不知道是不是真的。她们在街上嚼舌头，正好被我撞见，我先把那个浪婆娘抓了个满脸花，又扯她的嘴！"红芳又激动起来。兰英把目光从红芳脸上挪到墙角，呆了半晌，低声恨道："辱没先人啊！"慢慢转过身，撩开门帘，出去了。

红芳见兰英回自己屋里了，怕玉翠男人来闹事，自己要吃亏，就从堂屋里把自行车推出来，飞身上车，去镇上叫福元去了。走时叫公公把院门关上，自己回来叫门再开。跛子抱着娃娃不明就里，问着怎么了怎么了，红芳什么也不说就走了。跛子关了院门，回屋想问问兰英，兰英躺在床上，闭着眼一声不出。

红芳找到福元，福元并不想回去，不耐烦地说："别听她们胡说八道，咱姐不是那种人。"红芳吓唬他："咱妈可气病了，回不回由你吧。"福元是个孝子，一听就把红芳的自行车放三轮子上，两口子赶了回来。

回来一看，当妈的真的病了，不吃不喝，也不和人说话。秀娟正坐在床边掉眼泪。

9

小两口商议了半天，福元去院子里了，红芳把秀娟叫到自己屋里，悄悄地探问："姐，到底是不是真的？"秀娟坦荡地看着弟媳妇说："什么真的假的，你也神经了？"红芳不好意思地笑了："我当然不信……咱妈问你了吧？"秀娟摆摆手说："问了，我说没有，她不相信么！"红芳也不相信秀娟的话，但她愿意相信大姑子，就说："谁再胡说八道，我扯她的嘴！"秀娟说："再有几天好太阳，麦子就骄了，电视新闻里说南边已经开始割了；我没工夫和咱妈生这肚子气，她愿意睡就睡着，我回去呀。"红芳说："只要老太爷不捣乱，也不用慌，反正都是耍联合收割机，到时候我和福元帮你去拉麦子口袋就是。"秀娟说行，那我走呀。

秀娟来到兰英的屋里，对睡着的妈说："你这人真可笑，老了老了看不开了；我都四十岁的人了，还不知道个事情的反和正？用你对我这个样子？我一个人要干的活儿还很多，没工夫和你生这口气，你睡着吧，我走了。"秀娟说走就走，到院子里抱过小侄子亲一亲，又还给老头子，低声说："爸，我走了她就起来了，你不信看着。"红芳捂住嘴的笑，福元没听清说的是什么，也跟上笑。

估摸着秀娟走出巷子口了，兰英突然冲出了屋门，站院子里冲门口骂："厉害死你个奶奶，你脸比那城墙还厚，我丢不起这人！你和没事人似的，我们怎么出去见人？你把我气死吧……"她的头发也睡乱了，起来得太快，这会儿只觉得头晕目眩，赶紧说："福元给我拿个椅子。"福元拿把椅子放在她屁股后面，兰英坐下来，谁也不看，把脸冲着大门口。红芳接过公公怀里的江江，抱回去了，说："太阳太毒了，我让娃回去睡会儿。"跛子说："我去做饭，福元妈你想吃什么？"兰英说："什么也不吃，气也气饱了！"语气已经是很松动。福元说："生气顶什么用？要是真有这事情，等那两个小坏仔回来，我把他们都骗了。可是看我姐的样子，不太像。"兰英瞅瞅儿子："你懂个屁，肚子大起来才像啊？你姐心善，从来是不害人的，吃了亏也不吭气，——我就是生她这个气，你说年轻的时候死活不嫁人，现在落下这个名气，活着窝囊不窝囊！"福元说："还不是你这辈子太争强好胜，遮盖了我姐？"兰英斜儿子一眼说："哦，你们都怨我吧，好歹把我气死了吧！"起来就回屋里去了。跛子埋怨儿子："她好不容易起来，你又惹她干什么？没事你去给你姐帮忙，一会儿叫她过来吃饭。"跛子是最心疼闺女的。福元不高兴地说："这还用你嘱咐？我姐就那二亩地，现在又都用联合机，我捎带就给她干了，倒是熬煎咱这一大家子的吃喝吧！"

就听见有人进了院子问："我婶子在吗？"福元一看是军军的妈巧香，心里就有火儿，说一声："屋里呢。"干他该干的事情去了。巧香尴尬地笑笑，对灶房里的跛子打个招呼，一边往屋里走，一边喊着:"婶子?"就看见兰英脸朝里躺在床上,于是在床边坐下,就开始呼哧呼哧地哭了起来。兰英转过来,阴沉地望着她说:"我养的女子不正经,勾引了你家娃,让你伤心了?"兰英的刀子嘴是没几个人能招架了的,巧香抱得就是个服软的态度,撩起衣角擦着泪说:"说实话哩婶子,我也不知道究竟是怎么回事,都是玉翠那个×胡说呢,村里谁不知道秀娟的为人?要造孽也是两个小畜生造的孽……可是婶子,说实话哩,我家那军军再淘气,他从小不是那胆子大的,强也是个木疙瘩,我真不相信他俩娃能做出这种不是人的事情来。也许,是个误会?秀娟没说什么吗?我们不能问,婶子你当妈的就没问一问?"兰英不是糊涂人,听人家说的在理,也就坐了起来,一边说:"我也不相信有真事情,可人嘴里带毒啊,还有那不要脸的婆娘自己站在街上宣传,也不怕她儿将来说不下媳妇。"听到这个茬儿,巧香又哭了起来:"该死的军军,也不给家里打个电话,不管他妈的死活。婶子,不怕你笑话,不知道哪个嘴长的把闲话翻到了我亲家哪里,人家捎来话了,说收麦前军军不回来,那就是逃犯,就要和我们退婚,你说这刚花了万把块钱订了婚,人家要反悔了,到哪里去要钱啊!"巧香哭得很凄惶,兰英有心劝劝她,又不愿意让她觉得自己理亏似的,就说:"不行就报案,让派出所去找。"可把巧香吓着了,抓住兰英的胳膊说:"婶子,你要报案我就给你跪下!"又哭了起来。兰英趁机拿她一把:"不报案也行,你去跟那个烂婆娘玉翠说,她要再敢到处煽风,说我女子的坏话,就是逼我报告派出所。"巧香一万个应承:"行行,婶子,我去骂她,我就说去骂她哩,都是她那张嘴不好给我惹下的事情,我家军军要真退了婚,我就提上尿盆子天不亮去她家大门口骂街。"兰英说:"你坐一下,我去上茅房。"伸脚去勾地上的鞋,巧香赶紧弯下腰去从床底下帮她把鞋拉出来,嘴里说:"我不坐了,回去做饭啊婶子。"

半夜里,跛子正睡得好,被人推醒了,睁眼看,昏暗中兰英坐在自己的单人床上,眼睛里仿佛有星光。老头子问:"你神经了?"兰英低声说:"福元爸,我说了你别生气,其实要是咱秀娟真怀上了,生下个带把的来,那也算是咱的亲孙子你说呢?"跛子马上就说:"我看你真神经了,这是人话吗?"兰英又羞又气,探身抓住跛子脑袋下的枕头一把拽出来,又砸到他身上去。跛子不敢动了,嘴还硬着:"你想想这是当妈的能说出来的话吗?"兰英一把揪掉他身上的毛巾被,低声骂:"你就是个绝户的命!"跛子只好坐起来,盘起腿来望着压制了他一辈子的厉害人,强压住心头的火气说:"可我看不是这么回事。"兰英问:"不是这么回事那两个小畜生跑什么呢?"

关于这个问题,老两口讨论了大半夜,睡觉的时候,窗帘发白,院子里梨树上的麻雀已经开始吵闹成一片了。

10

舅舅来了,茶也不喝,一脸的严厉,把妹妹和妹夫叫到屋子里,黑着脸说:"秀娟的丑事都在我们村传成笑话了,再不能由这女子了,四十岁的人了不嫁,不出是非才怪。你们当爹妈的不管,我这当舅舅的可不能不管了。"从自己口袋里摸出根烟来点上,望着兰英说:"咱村原来在省里的纺织厂开车的小贵你还记得吧,这几天回来了,说他的一个战友在矿务局上班,婆娘年前死了,跟前有个不到十岁的娃,愿意找个农村的女人。我看和秀娟合适,你俩当爹妈的说句话吧，小贵就要回省城去了，要行就让人家来见个面。"

跛子问："有多少年纪了？"

兰英说："我女子一结婚就当后娘啊？"

舅舅看看他们说："四十多岁吧，不大；我看跟前有个娃是好事，秀娟的年纪恐怕也不能生了，她的日子也过了小半辈子了，将来总有个养老送终的吧。"

兰英就开始抹泪，跛子也开始抹泪。舅舅叹口气说："都别太难受，个人有个人的命，也许娃这是要过好日子了。"

谁也料不到，秀娟竟然认命了，不哭不闹，只说要等把这季麦子收了再商议。兰英有自己的小九九，想拖上两三个月，看看秀娟的肚子能不能大起来。可是人家那边催得紧，麦收后来见了一面，都还中意，秋播前就娶了过去。福元送的亲，回来说新房在一座旧楼里，据姐夫说很快要搬新房子。

兰英几个月来想起来就哭，想起来就哭。新棉花下来后，兰英想起秀娟结婚时没来得及给娃做两床被子，就弹了几斤新棉花，给闺女做了一厚一薄两床被子，被子面是自己结婚时娘家陪嫁的好绸缎，几十年没舍得用。又亲自抄了一袋子花生，让福元坐火车给秀娟送去。

福元扛着两个大编织袋下了火车，找到秀娟家，房子里已经换了主人，原来新房是租人家的。只好又到纺织厂找到舅舅村里的小贵，小贵说秀娟两口子回矿上去住了，把地址给了福元让他自己去找。福元先坐公交车，又换长途车，下了长途车雇了个小三轮，颠簸了十几里路，终于来到矿区。打听姐夫的名字，有认识的说在半山住，于是爬了半下午山，天黑时终于在一片棚户区找到了秀娟的家。秀娟正坐在屋前洗一大堆工衣，看来是给别人洗了挣钱的。看见福元，秀娟满是皱纹的脸上乐开了花，赶紧把弟弟让进屋里，说："你姐夫还没下班哩，先喝碗水，等他回来一起吃饭。"福元看看低矮破旧的棚屋，问秀娟："姐，你娃呢？"秀娟倒了一碗水递给福元说："上初中了，住校呢。"福元端着那碗水，看着秀娟满是皲痕裂纹的手，怎么也喝不下去，眼泪大颗大颗地掉进碗里……

红芳使劲地推着福元："福元，快醒醒，村长来了，咱妈叫你出去说话。"福元心突突地跳，张开眼睛半天才发现做了一个噩梦。红芳把他拉起来，笑道："这人真有意思，快四十了做梦还哭哩！"福元边穿鞋边说："我梦见咱姐嫁了个恓惶主儿，难受死了，幸亏不是真的！"

福元走出来，院子里已经亮起了灯，村长银亮正坐在梨树下和老两口说着话。福元打招呼说："银亮哥你来了？"银亮说："福元你坐下，我正和我叔叔婶子说事情呢。"福元坐下来，拿起小桌上的湿毛巾擦擦脖子里的汗，——刚才做梦吓出了一身的虚汗。跛子给儿子倒了一杯茶，福元端起来咕咚一口喝干。兰英嗔怪道："慢着，看呛着！"银亮说："军军和强找到了，这两个鸡巴娃受不下工地的苦，听说南方打工好挣钱，早想走，可家里大人不同意让去；那天趁秀娟喝多了，从她屋里偷了七千块钱，跑到广州去做买卖，想着将来挣了大钱再还给她；结果一下火车就被人给骗了，住在火车站回也回不来，要不是去找他们，就要成叫花子了。死娃娃！"福元蔫蔫地说："是这么回事啊？"看看他妈，兰英的脸上也有些寡然的样子。银亮说："两家的大人凑起了钱叫我还给秀娟，刚才我给她送到老磨房，问她知不知道丢了钱，这女子光笑，到了一声没吭。"福元笑笑没说话。跛子说："我女子从小就善。"端起茶壶给村长的杯子里加满水。

银亮对兰英说:"婶子,眼看就收麦呀,多一事不如少一事,既然秀娟没说什么,我看这事情就算了了,也别经公了,两个娃都不是坏人,进回派出所不值得。玉翠不好意思来给你赔话,她已经去和秀娟赔过不是了。"看见兰英没不情愿的表示,就站起来说,"那我回去了。"

兰英说:"银亮在家吃了饭再走。"

银亮说:"不了,家里等着哩。"往外走。

跛子拄着椅子说:"福元和你妈送送银亮。"

母子俩把村长送出大门,兰英说:"福元去叫你姐过来吃饭。"福元说:"太迟了吧,她肯定做下了。"兰英斜儿子一眼说:"你没听银亮说玉翠在你姐哪里吗?她哪有工夫做饭?"

福元说哦,向老磨房走去,心里想着那会儿做的那个梦,感到很庆幸。村街上有不少人在夜色里往家赶,晚风吹散了懊热,空气中氤氲着麦子熟透了的带着尘土味道的香气。

2007年12月28日于鲁院311室写成

五福临门

1

那些年，北方农村流行组合柜，木匠们都忙得不可开交。那个时候，福娃爸小喜还很硬朗，猩猩一样健硕的长腰背微微有些伛偻，长年拉大锯的原因，左胳膊肘弯曲着伸不展，被闲汉银贵讥笑为"狗鸡巴"。老汉头上扎着压蓝条的白羊肚毛巾，慢慢挪动两条罗圈腿，笑眯眯地从南无村的街巷里走过，狭长的小脸和魁伟的身躯显得不成比例，硬扎扎的山羊胡须和鱼泡眼却让人感到亲和。

福娃遗传了他爸的高大，并且更加膀大腰圆，小喜是小脸儿，福娃却是一张四方棱正的大脸盘，这张脸来自于母亲，同样从母亲那里遗传来的，还有声若洪钟的大嗓门。父子俩在一起拉大锯，一根巨木斜架在木马上，高射炮一样，小喜坐在地上仰着脸，像只猿猴；福娃一条腿站着，一条腿蹬在木头上，像只熊罴。福娃跟着父亲学了三十年的手艺，打门框、窗户，做桌椅板凳，偶尔也打寿器（棺材），——做木匠不过赚点手工钱，不足以养家糊口，想温饱，还是要种地，所以农忙的时候他们是农民，农闲的时候才是木匠。十里八村，村村都有像他们父子这样的木匠，不足为奇。

前三十年看父，后三十年靠子。这话没错，福娃给他爸打了三十年的下手，眼见得老汉的手艺跟不上时代了，一个箱子两个门的立柜不时兴了，如今娶媳妇，女家提的第一个条件就是要"十组合"，就是中间是电视柜、两边是衣柜，上下左右都有名堂的柜子的组合家具，足足能占满堂屋的后山墙。据说是从城里流行过来的，前村的瘸子刘木匠会做，福娃就跑了一趟，想问刘木匠讨张图纸，结果空手而回，气得晚饭也没吃。当妈的心疼儿子，骂老汉没出息，不敢亲自去讨图纸，趁早把刨子塞炉膛里烧了火，别干这辱没人的木匠活了。小喜却不急，安慰儿子："同行是冤家，他要给你图纸他就是傻子，——可话又说回来了，活人还能让尿憋死？方圆村子里的组合柜不能让他刘瘸子一个人打了啊。"问老伴："你整天的东家西家的串门，见过谁家有'十组合'？"老伴瞪起眼睛嚷："我怎么没见过？支书家刚打了一套准备给他娃娶媳妇么！"老汉笑眯眯地说："明天我就去看看。"福娃埋怨老子："看了也白看，那时兴东西太复杂，肯定学不会！"

第二天老汉到底还是跑去支书家看了看，趁人家吃早饭的时候看的，人家吃完饭要上地，他就回来了。

笑眯眯回到家，老汉吩咐儿子："今天上午不下地了，找个装磷肥的牛皮纸袋子，剪开。"福娃半信半疑地问："干什么？"老汉甩甩手："赶紧去！"亲自把墨线盒里浇了些松脂油墨，放到做活的简易桌子上，又削好一支扁平的木工铅笔夹到耳后。这是要干活儿的架势了!儿媳在灶房洗涮，老伴抱着孙子，肥硕的身子靠在漆皮斑驳的太师椅上，吊着黑黑的大脸，审视着老汉要搞什么古怪。

福娃割好半个桌面大的一张牛皮纸，铺到桌子上，还是半信半疑地对老子说："我看要不算了吧，你倒不成神仙了。"老汉笑眯眯地说："神仙倒不是，不过干了一辈子了，管它什么家具，搭一眼就看它个七七八八。"老伴坐在那边骂："呸，寒碜！"老汉嘿嘿笑，从耳后摘下铅笔，冲儿子一伸手掌，福娃立马把一把三角尺放到老子手中，老汉搭着尺子在牛皮纸上划了若干短线，又将铅笔夹到耳后，把墨线盒的线头环朝向儿子说："拽！"福娃拽住铁丝环，墨线盒的摇柄"呼噜噜"飞转，老汉用拇指卡住线，另一只手的拇指和食指指尖轻轻一勾墨线，父子俩很默契地在牛皮纸上打好了一条毛耸耸的直线。又转方向，三勾两勾，牛皮纸就变成了一张图纸的样子。老汉从耳后摘下铅笔，拿过个半圆，画了许多弧，又标注了数字。

忙活了半上午，满脸皱纹里全是亮亮的汗水，老汉略微直起腰来，眯缝着眼睛打量一番，又做了少许修改，扭头笑眯眯对儿子说："照猫画虎哩，也不难吧。"福娃趴在图纸上细细看了老半天，依旧眉头不展："是不是这个样子啊？就算图纸能用，谁家用咱们打'十组合'呢？就算用咱们，要是给人家做不成样子呢？"当妈的在一边发了言："那还不简单，先给二福打一套，打的不好是自己的儿子结婚用，打的好自然别人就找你父子们来了。"二福当然是小喜的第二个儿子，福娃的二弟。父子俩都眯着眼睛望着那当妈的，呵呵笑笑，扭脸各自去拿家伙搬木料。灶房里锅碗相撞的声音却响亮起来，福娃媳妇不高兴了。

小喜老汉自愿给儿子打下手，根据自己绘的那张图纸，打出第一套"十组合"，父子俩细细上过腻子，用粗砂纸打磨过，又用细砂纸打磨一遍，上了三遍漆水。刚用砂纸打磨出来的时候就有邻居跑来看，等上过两遍漆水，南无村的男女老少几乎都来参观过了，啧啧有声地称赞父子俩的手艺。老汉笑眯眯地说："这么时兴的东西咱不懂，也不知道福娃从哪里学来的，——老啦，给人家打打下手！"这套组合柜，就成了福娃的金字招牌，也改变了父子俩的组合，从此老汉和儿子调了个个儿，改打下手了。南无村后来的组合柜都是福娃打的，组合柜流行的短短几年时间，正是福娃的发家史，这古老的家具不再流行的时候，福娃腾出手来，问村里批了块地基，在村头盖了一座五间瓦房的院子。他从父母的院子里搬了出来，把旧房子留给了弟弟二福。

2

二福没有继承父兄的衣钵，他从部队复员后，走一个有本事的远房亲戚的后门，被县里的柴油机厂招工，成了一名卡车司机，头顶蓝色的鸭舌帽，甩着两只白色的线手套。

二福也很魁梧，刚从部队回来时，用对过巷子里兰英婶子的话说，看人家那么精干的一个人！当了两年卡车司机，变得白胖，加上天生跟他老子一个笑眯眯的模样，活脱脱一尊弥勒佛。娶了个媳妇叫莲，也是个白胖的，很能说笑，嗓门也高。黑脸的婆婆大嗓门，偏白胖的媳妇也嗓门大，婆媳吵起架来，惊动了半个南无村，村前村后的都拉上娃娃跑来看。

那时节，婆媳已经一跑一撵冲出了院门，正午的阳光把前排房子屋檐蓝色的阴影投在巷子里，长长的一条巷子半明半暗，看热闹的从两头涌进来，几个婆娘大呼小叫地冲过来劝架，脸上的表情半是惊慌半是沉静——惊慌的是有人打架，沉静的是打架的是别人。那婆婆年纪大，脸皮厚，嘴就毒，劈头盖脸七荤八素只顾解气，媳妇年轻脸皮薄，听婆婆那说词句句不离她的羞处，一时气填胸中，张大着嘴巴只一声"啊哈——"，向后便倒。冲在前面那几个婆娘叫嚷着抱住了掐人中，好歹给救活，又哭着要去寻死。

　　婆婆洪亮地叫着一个半大小伙子的名字，命他去柴油机厂把二福叫回来："好歹叫他两口把我这老家伙杀了！"婆娘们劝她，把她往家里推，哪里推得动。这时人堆里冲进一个汉子，揽住那厉害的老女人往院门里推，语调伤心地说："还不快回去，也不怕人笑话！"正是福娃。又挤进来一个矮小的妇人，径直走向坐在地上的二福媳妇，给她拍打滚了满身的土，埋怨着："一块地锄不完，还得跑回来给你们劝架，闲得么！"是福娃的媳妇，二福和莲的嫂子。那嫂子又对几个婆娘说，你们也真是的，还不赶快把莲弄回她屋里去？于是一起把哭得奄奄一息的弟媳妇扶回去，看热闹的才恋恋不舍地散了去，走了老远还能听见那媳妇嘤嘤的哭泣和语焉不清的诉说。

　　黄昏里，一辆蓝色解放卡车"轰轰"地开进南无村，绕过村口的老柳树，被一群娃娃跟上，叫嚷着追在车屁股后面闻"汽车屁"，汽油的芳香和尘土混杂在一起从大路向巷子里弥漫。车停在二福家的巷子口，从车门里跳下一个笑眯眯的胖子，瞪起眼睛威胁娃娃们："敢爬到车上，把你们的腿砸折！"一个娃娃冲上来喊："叔叔！"是福娃家的小子明，二福说："明，看好咱的车，谁也不许上去瞎害。"明拉过身边自己的相好，转身对其他人说："除了我们俩,谁也不能上去!"二福很满意,笑眯眯地转身,刚走两步,听见娃娃们幸灾乐祸地攻击侄子:"明、明,你不行,你奶和你婶吵死人!明、明,真败兴……"

二福往起推推鸭舌帽,赶紧往家跑。

没办法,二福也搬了出来,也批了块地基,在村头盖了一座五间瓦房的院子,和福娃家成了隔壁。福娃家境殷实,院子是一砖到顶的青砖墙,二福才开始创业,有钱盖房子没钱砌院墙,围了一圈玉米秸秆,两根椽子夹一排秸秆用绳子绑紧了,就是栅栏门,不过他们家这栅栏门比别人家宽三倍,每当黄昏,听见村子里车喇叭响,莲就赶紧跑出屋子,两条胳膊端起栅栏门,费劲地把它搬开,二福的解放卡车就"轰隆隆"地开进了光秃秃的大院子。

自从分了家,二福开始行运了。厂里实行改革,解散车队搞承包,二福承包了一辆"依发"卡车,给煤矿拉煤,成了运输专业户。很快,二福新砌了青砖墙,比福娃家的又高又厚,为了进卡车,没有盖门楼,院墙拦腰留着一个敞口子,依然是栅栏门,换作了粗铁丝绞着一排椽子,显示着二福身躯一样宽广的气派。南无村有了第一家屋子里抹洋灰(水泥)地板的,婆娘们在巷子口歪着嘴叨叨:"去二福家了吗?那地板能当镜子照。"娃娃们稀罕,一趟一趟跑去看,莲就烦了,拿笤帚疙瘩往出赶,时间长了,她家两个双胞胎小子在娃娃们跟前就很有派头,皱眉头的神情和村西部队营房里那些身上有香皂味儿的干净小孩很像。莲也下地,戴着大草帽,帽带系在下巴下像蝴蝶结,回来也是一头的汗,头发丝粘在额头上,洗一把脸,越发的白了,——大概是汗里有盐分的缘故。妯娌俩是隔壁,光阴染人,福娃媳妇渐渐矮而黑,二福媳妇更加白而胖,像是两个阶级,慢慢有了些微妙的矛盾。

日子此消彼长,嫂子生活水平在落败,心气儿却丝毫不减当年，不是很看得起弟媳，那矮瘦枯干的嫂子，性子像一段钢筋，硬而且韧，一张嘴收拾起熊黑般的男人来像唱歌，别有一番快意在其中。莲坐享其成，在二福跟前却日渐理亏，二福的身躯和表情越来越像伟人，莲看着他的眼神说不清是胆怯还是讨好，天天儿一脸欢喜迎接进门，给人家打好洗脸水，伺候到炕上，赶紧去厨房下面条，——关于面条，二福给出的标准是"擀薄，切宽，醋调酸"。面条上来，半透明的面上卧着两个黄白相间的荷包蛋，搭配着几根绿油油的红根儿菠菜，莲小心翼翼两手端着碗，二福懒洋洋地接过来，筷子一挑，吸溜了一口，眉头拧起来，对着眼巴巴的媳妇呵斥："咸鸡巴死了，你这是喂骆驼呢？这是让人吃的？！"碗搁下，气咻咻又躺被子垛上。莲竟不敢申辩，泪汪汪把那碗面端走，出去给两个眉眼难辨的儿子吃。接着重新和面，一边无声地抽泣。这类故事，隔壁的嫂子在巷子口讲得最活灵活现。

儿子在媳妇面前称霸王，黑脸的妈嘴角也乐开了花，巷子口和老汉汉、婆婆子们闲坐时，扯着大嗓门，半正经半不正经地说："治死她，让她厉害，让她犯在我儿手里，治死她个×！"小喜老汉耳背了，听不进这些个咸淡事，老汉依然给福娃打下手，每天在福娃院子里的树荫下拉大锯，不怎么到二福家里去，他和耳提面命了几十年的老大最亲近，几乎不和二福说什么话。

别人的闲话归闲话，在自己家里受多少气，也不会被外人看到，在南无村的人眼里，莲是个乐天派，在自家巷子口和人说话，半村子人能听见她敲铁皮桶一样的笑声，知根底的婆娘们背后服气地说："那家伙，好本事！"莲就像一串风干的葫芦，动不动发出"哗哗啦啦"的笑声，听起来没心没肺的。二福的事情她操不上心，人家也用不着她操那个心。二福自己有主意，他的心思越来越大了，对挣点跑腿的辛苦钱不满足了，他想挣大钱。

有天晚上，家里来了个战友看二福，他弄到一个小煤窑，开采资金不够，就想到了老战友，希望和二福搞合作。既然是一块扛过枪的兄弟，又正好和自己的心思不谋而合，二福很激动地答应了。一瓶"北方烧"下肚，二福动用了这些年所有的积蓄，用来购买采矿设备，为了和战友各占一半的股份，他把自己的卡车也入了股。这种事情，二福压根没想到要和莲商量，莲也不敢问。接下来，二福雇了个小伙子开卡车，自己专心当老板。

3

空气在笼罩村子的树冠顶上浩荡而过，阳光翻动着鱼鳞般的叶片。小喜老两口和几个老汉、婆婆子在巷子口围着电线杆坐成一圈晒太阳，看到二福骑着偏三轮摩托车出了自家院门，"咚咚咚"地来到跟前，也没叫爸也没叫妈，只扭过头嘿嘿笑了笑就过去了。兰英婶子抿嘴咯咯笑过，对福娃妈说："你看人家二福，面相就带着福气，长得就和咱们受苦的不一样。"福娃妈依然嗔怪地笑着，目光追着望儿子的背影，嘴里数落着："有两个钱把他烧的，肯定又跑到镇上的澡堂子洗澡去了！"小喜老汉不动声色地哼了一鼻子，他几乎完全聋了，而且已经不大能拉得动锯，腰弯成了一张弓，人已经皮包骨头，天气一冷就咳个不停。好在福娃黑矮的媳妇人虽然厉害，心地并不坏，不嫌弃老汉不能干活，做下好饭就让明去叫爷爷来家吃，老汉觉得自己到底是个有福气的人。倒是那厉害了一辈子的婆婆子跟大媳妇二媳妇都不说话，还好两个闺女总喜欢结伴来看她们的妈，隔三岔五婆婆子还能对着外孙子们大呼小叫一阵子。

那两个闺女和当妈的一样的刚烈，作为母亲的援军，这些年来和两个嫂子干了无数仗，因此两个哥家谁也不能去。

　　二福来到镇上，把摩托车停在邮电所门口，笑眯眯地踱向隔壁的新华书店，进门的时候高大的身躯让书店里暗了一下，售货员刘娥儿正板着脸把两本书扔在柜台上，翻了那两个初中生一眼，把嘴里的瓜子皮吐地上说："真麻烦！"扭头见二福正看着她，"扑哧"笑了一下，又把粉白的脸板了起来，用手扑扑胸前的瓜子屑，慢腾腾走到他跟前，两个白皙的胳膊肘支在柜台上，懒洋洋地斜他一眼问："'解放'了？"二福憨憨地笑笑说："出来洗澡。"刘娥儿哼一声说："你以后都别进我这门儿了。"二福笑眯眯地问："哪根筋不对了？"刘娥儿甩甩烫成卷儿又用块白手绢扎住的头发，低眉垂眼地说："一块'上海表'两个月都捎不回来，你要舍不得，说话么，我给你钱，我又不是没有钱。"二福望着刘娥儿额头上黑亮的发卷和脑后白手绢系成的蝴蝶结，只是笑眯眯的，他就是喜欢看这个女人头发上扎白手绢，还有光着脚穿拖鞋——他当兵的时候，首长的家属们都是这个打扮，显得洋气，让人觉得舒服，二福看也看不够——而这个镇上，只有刘娥儿一个人会这样打扮，其他女人都和自己的老婆一样土气和没看头。半年前，二福把车停到新华书店门口，进去给侄子明买一本小人书《吹牛大王历险记》，一眼看到刘娥儿这样的打扮，就看傻了，怎么也没想到，自己在镇上的柴油机厂开了这么多年车，竟然没发现几百米不到的地方会有这样一个洋气的女人！她用一块白手绢松松地束起黑亮的鬈发，下巴高高地抬着，眼皮却垂着，眼神冷漠，手里拿一把鸡毛掸子，慢条斯理地把玻璃柜台上散落的瓜子皮扫到地上。当时，二福并没有看见刘娥儿的脚，但他能肯定，这个女人一定是光脚穿着白底的粉红色塑料拖鞋。拿着那本小人书从新华书店出来，二福发现自己的心跳得像汽车发动机，刚刚当兵时的那种恨不得把天都吞进肚子里的勃勃雄心平复多年后，再次像吹了气的猪尿脬一样鼓了起来，而且要像气球一样往天上飞。

跑车的日子，二福太忙，一身油腻腻的劳动布衣服也不好老往新华书店跑，一当老板，二福终于有了时间，他找了个小伙子开卡车，自己买了辆退役的公安偏三轮，没事找事去新华书店转悠，和售货员刘娥儿聊天说闲话。其实刘娥儿除了人白，长得并不好看，可老话说"一白遮三丑"，加上鼻梁上的几点雀斑，就很招眼；刘娥儿也不会笑，老板着张脸，好像谁都欠她二百块钱，这是国营商店售货员的职业病，二福偏偏觉得她那个表情有味道，他不会说"气质"，但总觉得很吸引自己。后来他们就变得很熟，二福吹牛说自己的战友能便宜买到"上海牌"手表，刘娥儿就让他给自己捎一块。

这会儿，刘娥儿拿过靠在柜台边的鸡毛掸子，下巴翘起来，眼皮垂下去，专心地扫着玻璃上的瓜子皮，不再搭理二福。二福看见她这个样子，心里就痒痒，忍不住说："一块表算什么，你还想要什么？"刘娥儿哼一声说："我算老几？不白要你的。"二福笑眯眯地低声说："不白给你，只要你敢要。"刘娥儿那眼角瞟着他，鸡毛掸子就打了过来，舌尖顶着门牙说："老子怕你！"

4

去年，福娃给小喜过了六十九岁大寿，今年当妈的又逢九，轮到二福来办，二福有两点压过了福娃。一是汤水好，二是请乡里的电影队来放了一晚上电影，银幕就搭在老人家的大门口，放的是《女驸马》，俊俏的马兰迷倒了南无村的男女老少，年轻的三福就是那个时候害上了相思病，扔下锄头，跑到西山里挖煤挣钱，一心要当城里人。

闹寿正日子那天，南无村无论上五块钱礼还是十块钱礼的，还是称了二斤面粉当行礼的，都是全家老少齐上阵，来"吃大户"。二福从外面拉回来几麻袋大米，就在院子里的树荫下支起大土灶，十张铁笼屉摞起来蒸米饭。蒸出来的米饭，不用就菜就香死人，因为那米是先用水淘过，又拿油拌了的，——一笼屉米饭一茶杯棉花籽油，蒸出来的米松松散散，一颗一颗能数清。帮忙的腰里卡着洋瓷脸盆，用一支大碗把里面的米饭抄出来，扣到席面上人脸前的大碗里，后面跟着个提铁桶的，——桶里是调料汤，酱油的颜色，热气腾腾漂着油炸过的粉条花和面条段还有厚厚一层韭菜叶子，——用一把大搪瓷茶缸舀着汤，浇到每个盛满米饭的碗里，"嗞儿嗞儿"响，那个香啊，吃死不觉饱。南无村的人只有在谁家红白喜事、老人过寿孩子满月的时候才能吃上白米饭，也只有在二福给他妈过大寿的时候才能吃上油拌的米饭和这么好的汤水。吃完二福的汤水后，几个婆婆子跑到二福妈跟前夸她真有福气，跟的是老二，——要是跟的老大福娃，就不行，看他去年给他爸过寿时办的汤水就不能跟这比。那黑壮的妈却黑着脸，撇撇嘴角不酸不淡地说："我有什么福气？二福办的汤水好，我能把好吃的全吃了？还不是都让你们吃了！"婆婆子们就骂她："这鸡巴婆婆子，说话真不中听！"

二福的汤水比福娃的好，他还请来了打死福娃也请不来的客人，这个"公社"（对乡镇的习惯性旧称）顶天立地的大人物，让那些吊儿郎当偷鸡摸狗的小年轻听到名字就发抖的——派出所所长老叶。老叶由村里的一二把手支书、主任和在外工作的有头面的人陪着吃大席,他是个谢顶,几两"高粱白"把个额头喝得红亮,白胖的大脸没有胡子,嘴大唇薄像个婆婆子,其实他不过四十出头,而且一点也不心慈手软,只要犯在他手里,就要拿武装带抽得你像杀猪一样叫。所以陪着他喝酒的人和他说话时大大咧咧,看他的眼神却都是小心翼翼的,——因为有幸陪老叶吃饭而大呼小叫,又生怕被他捉住什么把柄。老叶看见莲的肚子又鼓了起来,就把手里的酒杯放在桌上对二福说:"要是莲这回生个女子,给我当干闺女,你舍得吗?"二福笑眯眯还没开口,那些陪酒的都痛快地答应了:"舍得,怎么不舍得,那还不是娃的福气!"二福笑眯眯地举起酒瓶子说:"老叶,我敬你一杯酒!"老叶把这杯酒"嗞儿"喝完,抹抹下巴上的残酒说:"要真是个闺女,就是你的福气,我早看透了,'猴娃蛋子'靠他妈×不上!"一桌子的人都说就是就是。老叶瞪起眼睛说:"是个屁,是还都想生男娃!"大家都哈哈哈哈地笑,说,喝酒喝酒,吃菜吃菜。

  那两年,二福的光景是南无村头一份,福娃早就不能比。可福娃根本就不在乎这些,像走路一样,他把日子过得不慌不忙、稳扎稳打。"组合柜"过时后,他基本上回归了一个地道的农民,只是比别人多门手艺,农闲的时候伐上几根木头,大材料打成寿器用油毡盖起来放到墙角,等着谁家殁了人拉去用;小材料做成马扎子,五块八块地卖给每天在巷子口阳窝里枯坐的老汉、婆婆子,——这些身上味道很重,总是招苍蝇的行将就木的老人们,被年轻的讥笑为"等死队"——他们坐着福娃的马扎,消磨所剩无几的岁月,最后都要躺进他打的那些寿器里。

  而二福的势派却仿佛娃娃们在沙子堆上筑成的城堡,一泡尿就被泡塌了。二福和刘娥儿在镇上的旅馆被人家丈夫领着人捉奸在床，头上打了个血窟窿，问他公了私了，公了就扭送派出所，私了下了三万不说话。幸亏二福和派出所长老叶交情好，老叶出面调解，一万五了了事。老话说"福无双至，祸不单行"，二福躺在镇卫生院的床上输液的时候，战友的煤窑瓦斯爆炸，死了十几个人，一条命几万块，战友赔不起只好卷包跑人。公安局和煤炭局把窑封了，所有的设备和车辆都查没，包括二福那辆依发车。二福血本无归，还面临着承担法律责任，他哪里经过这样的变故，早就乱了方寸。这时候，一直在医院伺候他的莲，再次让婆娘们服气地说了一回："那家伙，好本事！"她没有因为二福和刘娥儿的事情嫉恨他们，也不觉得这事情丢人，每天在家做好"擀薄、切宽、醋调酸"的水晶面条，用一个小篮子挂自行车龙头上，跑到卫生院给二福送饭。接连出了两件祸事，二福连惊带吓，躺在床上话都说不囫囵了，莲却一副浑然不觉的样子，她把刚断奶的女子艳丢给婆婆，翻箱倒柜把二福的存折全找到，把钱都取出来给了老叶，让他帮忙想办法。老叶果然神通广大，居然把这事给抹平了，他很辛苦，二福瘫在医院那段日子，为了了解情况，他隔三岔五骑着摩托跑到家里找莲商议办法。一个多月后，二福出院了，只是，南无村的人背后都不叫他二福了，改叫他"二蛋"——一是穷光蛋，二是王八蛋。

而小喜老汉，因为二福的事情，连惊吓带熬煎，竟然作古了，——到底，二福也是他亲生的娃。

5

二福回来后好几年都没脸出家门，开了二十九年车，他已经不知道怎样种地，也放不下架子扛个锄头去地里干活，只好窝在家里坐吃山空。偶尔跟着莲下地，动弹不了几下就气喘吁吁，一屁股坐地下直到天黑。莲不嫌弃他，两个半大小子却不吃他那一套，晒得黑鬼似的儿子经常和他们养得白胖的爹吵得面红耳赤，那场面就像旧社会的长工要造地主的反。于是二福经常挂在嘴上的一句话是："唉，我现在是社会没地位，家庭没温暖！"

莲还在巷子口和婆娘们七长八短说闲话，笑起来依然像风干的葫芦一样脆亮，仿佛真的没心肝。外面看，瘦死的骆驼比马大，谁也想不到，二福家经常有揭不开锅，把八九岁的女子艳饿得直哭的时候。雪上加霜的是，大小子军结婚的日子看下了，女方要两万块钱的彩礼。莲含着两泡泪问二福："怎么办？"二福笑眯眯地说："这要是以前……"军冲老子瞪起了眼："以前个鸡巴，你就会提以前以前！"脖子一拧甩了门帘出去了。莲说："我出去借吧？"二福没事人儿一样说："我不管你，你愿意怎样都行。"

莲把南无村跑了一圈，平常爱在一起聊野歌的婆娘们，大都是耍嘴的把式，听到个借字，眼睛都瞪大了一圈，嘴皮子翻个不住，像看见了鬼，只剩下个哭恓惶。莲对她们咯咯地笑着，替自己也替对方遮羞。相好们靠不住，莲只好骑着自行车去向外村的亲戚们借债。

吃过早饭出门，先到办养鸡场的表弟家，表弟不在，弟媳妇说刚刚买了几百只优种小鸡，把本钱都贴进去了，借钱没问题，但要等秋后这一茬小鸡都下蛋了才有富余钱。弟媳很热情，非要让莲走的时候带一网兜鸡蛋，弟媳妇说："眼下鸡蛋卖不上价钱，养鸡的又多，鸡蛋成了狗粪，姐你要愿意，我给你一卡车！"莲咯咯地笑着，把那一网兜鸡蛋系在车龙头上说："过两天我给你还网兜来。"弟媳赶紧说："不要了不要了，也不值个钱，网兜不要了！"

莲的自行车龙头上晃荡着那一网兜鸡蛋，蹬了三十多里路，来到纺织厂职工宿舍找自己的小舅舅。头发稀疏的小舅舅正在院子里给两条大狼狗喂食,他呵斥住两条狂吠的狗,圆圆的红眼睛看着莲亲热地笑着问:"莲啊,你怎么来了!"莲望着小舅舅,鼻子就有些发酸,眼睛也有些发涩,小舅舅只比莲大两岁,从小喜欢带着她玩,甚至,在他们懵懂的童年,他们还模仿大人在麦秸垛里玩夫妻那一套。小舅舅看见莲手里提着一网兜鸡蛋,责备她:"来看看舅舅,舅舅就高兴,带东西干什么!"接过鸡蛋兜,把莲让到屋里,倒茶给她喝,还给外甥女洗了一个苹果。莲问:"舅舅,我妗子呢?"舅舅有点掩饰地嘿嘿笑笑说:"她去找厂领导了,振国结婚要买厂里的房子,他和媳妇都在生产第一线,厂里有政策,双职工结婚每平米优惠三百块,可就这咱这情况也困难,你妗子去找厂领导,看能不能分期付款。"莲一块苹果没咬碎,卡在了喉咙那里,赶紧端起茶来喝了一口冲了冲。

舅舅问:"你来有什么事情吗?"莲说:"军的日子定下了,五月初六,一是通知你和妗子,二是人家那边要两万的彩礼,我这几年困难,来找舅舅想个办法。"舅舅看看她,垂下头静静地笑着,一会儿抬起脸来说:"舅舅不怕你笑话,存折都在你妗子那里,这要在平时就不说了,眼下她也正熬煎给振国买房子,舅舅要和她说你的事情,她那个脾气你也知道,就是个吵架……"莲赶紧笑起来说:"不了不了,算喽算喽。"舅舅说,你等一下。站起来拉把椅子放到衣柜前面,踩着椅子从柜子顶上拿下来一个鞋盒子,眯着眼睛"噗噗"地地吹去盒盖上的尘土,打开来拿出一只旧皮鞋,从鞋子里掏出几张钞票,递向莲,难为情笑着说:"别笑话你舅舅啊,这几百块钱是我偷偷藏的买烟钱,你别嫌少啊。"莲赶紧去推:"舅舅、舅舅,这可不行!"舅舅沉下脸来了:"你舅舅没本事,帮不上你大忙,让你笑话了。"莲慌了:"舅舅,看你说的，我什么时候敢笑话你。"舅舅笑了："不笑话，就把钱拿上。"莲把钱接过来，揣裤兜里，觉得心里发堵脚下发飘，也顾不上笑了，说："舅舅那我走呀。"舅舅说行，穿着一件印着纺织厂字样的白背心，把莲送出门来。

为了赶上在自己的哥嫂家吃晌午饭，莲一路上拼命地蹬着车子。嫂子看见莲进门一头汗，脸色就不太好看，嘴里说："有什么重要事赶成这样，气都喘不匀。"她把莲让到炕沿上说："你坐着，我去给你倒碗水。"莲笑着说："嫂，我哥快回来了吧，等下我落落汗帮你做饭。"嫂子哼一声说："你是亲戚，坐着吧，我用不起。"

那嫂子一路说着阴阳不定的话，端着碗水回到里屋，看见莲已经歪在床上睡着了，发出像男人一样粗重的鼾声。

嫂子是个痛快人，两人做饭的时候，嫂子说："莲你也不用等你哥了，吃了饭该回就回吧，你哥的主我做得了。你看见我圈里的猪了吗，这个月底就下娃娃啊，我这猪品种好，一窝就是十六个！原来打算把猪娃娃卖了给庆交大学学费，我看我这娃的球势，连大学的门也摸不着，卖了猪娃娃的钱，干脆先给军结婚用算了。"莲望着嫂子笑，呵呵两声说："你不敢这么说，庆要考上呢？咱还是希望娃上大学哩。"嫂子张着大嘴"哈哈哈哈"一串笑，最后说："考上还不简单，他姑姑垫学费就是了。""他姑姑"就剩下个笑了。

6

莲骑着自行车，穿过田野间的柏油公路拐进村子，一路上和碰见的人说笑着打招呼。在暮春温暖的午后,走过了坐满人的十字路口,远远望见黑壮的婆婆和几个老汉、婆婆子坐在巷子口,近前扫了一眼,发现这么多年不和婆婆说话,面对面也从不看她一眼,老家伙已经明显地老了,脸上手上都皮皮拉拉,背上也明显有了罗锅。莲没有像往常一样和叔叔、婶子们轻巧地笑着打个招呼,然后一直往前骑到自家门口,这次,她在他们面前下了车子,笑着对他们说:"坐着啦?"老人们回答说:"哦,哦,莲啊,回来啦?"婆婆假装没看见,依然俯着身子在和别人叨叨。就在众目睽睽之下,莲的自行车前轮一偏,拐进了婆婆家的巷子,她就那么推着车子,一直走到婆婆家门口,用车轮顶开门,进去了。就在进门的一刹那,莲想起了自己从这个院子搬出去时的情景,眼前居然什么都没变。

其实,那些老汉、婆婆子一直在用昏花的老眼盯着莲,看她要往哪里去,就在莲从他们视野里消失的同时,洪平妈抬起解放脚来,狠狠地给了福娃妈一下,急切而激动地宣布:"死婆婆子,快看,你媳妇子进了你的门了!"福娃妈当然不信:"死婆婆子,我还没死哩,人家进门去给谁烧香?"但是别的婆婆子都伸长了脖子说:"福娃妈,真的,刚进去,你快回去看看。"

福娃妈眼睛瞪得和嘴巴一样大:"啊?!"站起身来,马扎子也不拿,直倔倔地快步往家走。洪平妈在背后逗她:"死婆婆子,看把你绊倒着!"福娃妈也顾不上还击,甩开两只臂膀只管走路。快到家门口,先是听见有人哭,心说这帮老家伙都在巷子口坐着啊,这是那个死了呢?紧走两步,就看到莲坐在屋子前面的台阶上,拍着自己的大腿在哭嚎。听见脚步声,莲偷眼瞧见婆婆进来,"啊——"地拉长了调子,连鼻涕都挂下来了。

福娃妈一直冲到自己的二媳妇跟前,上身前倾,眼珠子都红了,她使足浑身的气力叫喊:"我还没死哩,你跑到我家里来嚎什么丧——!"婆婆子声音嘶哑,全身都在抖动。莲马上就收了声,她心有余悸,不敢看婆婆的脸,没有底气地说:"我不是哭你,我是哭你家二福,二福要绝后了。"婆婆子把一只手撑在膝盖上,另一只手指着媳妇,她上了些年纪,没有了力气继续喊叫,换了相当平和的语调说:"长嘴的都是说话哩,你怎么光放屁?总要烂了你的嘴!"媳妇的手掌把脸上的泪水抹了一把,抹了个大花脸,哭叫:"把我死了才好,死了不用作难了……"话没说囫囵,触动了伤心事,悲从中来,索性一歪身子趴到台阶上痛痛快快地哭了起来。婆婆子抖抖地说:"哭,你哭,你哭……"没词了。

　　婆婆站在媳妇跟前,一动不动。院子平平展展地沉默着,白白的,光光的,伸展到墙根,那里梧桐树的阴影笼罩出一片铺满苔藓的湿地,地皮已经是黑的,婆婆子平素不敢到那里去,怕滑倒。再旁边是猪圈,猪圈的土墙根长着一株蒿草,几十年了也没大长高,也不记得有没有被割过,那么蓬蓬地举着,像个倒立的扫帚,又绿又嫩。有时候人是会羡慕草木的,也没有什么烦心的事熬煎,就那么活着。婆婆终于拿定了主意,慢慢地转过身,踩着白白的光光的泥土院子,走出了大门。

　　人家后屋檐的阴影里,已经有一些年老或不年老的男女试探着走近巷子,准备劝架和看热闹。福娃妈迎面而来,他们收住了脚步问:"莲那是怎么了?"福娃妈吊着脸说:"不知道,反正我还没死!"洪平妈嗔骂:"鸡巴婆婆子,什么死不死的,急得死不了啊!"福娃妈这才说:"我惹不起奶奶,我找二福去,看他是我儿还是我爷爷!"走到巷子口上,一群放学的孩子吵吵嚷嚷地滚过来,二福家的女子艳冲过来拽住福娃妈的胳膊喊:"奶!"当奶奶的没做出反应,洪平妈抢着说:"艳,快到你奶家叫你妈去,你妈在你奶家里。"娃娃抬头望着奶奶的眼睛,奶奶咬着牙发出一个意义含混的词:"呸——!"女子放开奶奶,跑进了巷子。福娃妈看看别人脸上的表情,神色和缓了些,望着孙女的背影低声说:"这也是个小奶奶!"她撇下那些事不关己的人,按照原计划走向了二福的家,她走到两座院墙中间,东边的墙是福娃家的,西边的墙是二福家的,她朝福娃家的院门口望了望,确定大媳妇不在门口,于是拐进了二福家的大门。二福家的大门依然是那么宽,二福没把它砌起来,似乎有些雄心未泯的意思,——不过,也可能他连盖个门楼也力不从心了,——当妈的走过那空荡荡的大门,心里也觉着空荡荡的。

她进了门,没再往前走,就站在那里喊:"二福,二福你出来!"没听见二福应声,婆婆子转身就走,嘴里嘟哝着:"打麻将能顶饭吃?!"出来看到福娃家的大门口已经有人闻声出来了,她的大孙子明站在那里问:"奶,你干什么呢?我二叔在那个谁家打牌哩。"明穿着一双白球鞋,站在那里明显的外八字,显示着他的纯正血统。奶奶一直走到大孙子跟前,才用很小的声音吩咐道:"明天你抽空去接一下你大姑姑和小姑姑,再给你三叔打电话叫他回来一下。"孙子瞪大眼睛问:"怎么啦?"奶奶说:"有事和他们说。"孙子皱起眉头劝道:"奶,你别和我二婶计较了,我二叔成了那个样子,这个家还不全靠人家?"奶奶骂道:"你知道你娘的个脚!"

第二天一早,明开出了自己的"小金刚"农用车,奉奶奶的旨意去搬兵。

饱满高大的两个姑姑,挤在侄子的"小金刚"副驾驶座上,一路上问着出了什么事。侄子扶着方向盘笑嘻嘻地说:"还不是和我二婶！我说姑姑家，你们别跟着起哄啊，回去好好劝劝我奶，——我二婶容易吗？"小姑姑没吭气，大姑姑气派地说："先回，回去再说。"

当妈的依然在巷子口闲坐，远远看见有辆车"噔噔噔"地拐进村街，有那眼睛不花的婆婆子就冲她喊："老家伙，你孙子把你女家接回来了，快回去做饭吧。"福娃妈黝黑宽阔的脸膛荡漾着泉水般的笑，呵呵地说："看见了，我又不瞎！"站起来，甩开罗圈腿急急地望家门的方向去。

两个姑姑在巷子口下了车，大声而亲切地和摆在那里的老的们打过招呼，追着妈的脚步去了。

母女三人坐在屋檐下的阴影里，看着明从大门口进来了，奶奶昐咐孙子："你进来干啥？回你家去把你爸和你三叔叫过来，还有你二叔，——在那个谁家打麻将呢，叫他过来，——他要不过来你就说我快死了！"明把脖子一拧，青筋蹦起老高说："一天净胡说！"两个闺女还在打量着她们的妈，目前还琢磨不出老人家的深浅，只是问："又怎么了？这些年不是好好的吗？"妈黑着脸说："一会儿再说。"

儿子们也都到齐了，人高马大的聚在一起有些不适应，都抽着烟催妈发话。那妈也是个干脆利索的人，睁开大眼，把儿女们一个个看过，只没看二福，老人家说："福娃、三福、福女、小女，你爸死后咱第一次人这么全，我今天没叫媳妇子们，就是要你们掏一句良心话，这些年不说了，那些年二福光景好你们光景不好的时候，明里暗里的，老二没少帮你们忙吧？"福女也利索，说："妈，你说要怎么样吧？"小女说："你直说妈！"当妈的就用手背去抹眼泪，用儿女们从没听过的拉二胡般奇特的嗓音说："这两年二福倒灶了，军要结婚，当大人的连摊子也铺不起，你们不帮忙，是要村里人看妈的笑话？"儿女们面面相觑，沉默着。妈继续说："老二那个媳妇子再不是人，我的孙子我心疼，不能让他结不了婚。就是个这，看你们有人心没人心！"小女埋怨道："妈，别说下这么难听！"福女说："这点事不值得熬煎，妈你就发话吧，一个人出多少，我们嫁出去了，也还是这家的人，不能让人笑话。"儿子们谁也没吭气，福娃、三福不说话，二福更不说话，当然那是默认了。

这事有人说给福娃的媳妇，挑她的气话，那愈加干瘪黑瘦的婆娘拉着刚学会走路的孙子高门大嗓地说："哦，人家老的说啥就是啥吧，反正到了还是各家过各家的。我们家这弟兄三个处的还可以。"

7

二福的大儿子军结婚后，踏着他大伯和父亲的脚印，也搬了出去。又过了不知多少年，那黑壮高大的奶奶到底还是作古了。二福家的艳出嫁的时候，福娃已经有了两个孙子。

午后斑斓的日影里，福娃微微伛偻着魁梧的背，走进自家的大门，轻轻地把门掩上，不想惊动任何人。其实屋里院里都没人，老伴下地了，大儿子两口和小儿子开着"大金刚"跑运输，要到天黑透了才能回来，孙子们还没放学。但福娃还是把脚步放轻，尽量像猫一样走路。他来到储物的厦子底下，把那一层玉米秸秆拢拢，抱起来倚到墙上，露出掩盖着的三具白茬子寿器——没有上漆的棺材上落着尘土，有一具已经有了细小的裂缝，福娃心疼地用粗糙的手指抚摸着那裂缝——像这样的寿器，凡有老人的人家的厦屋里都准备着一具，一来以防万一，二来这东西是个镇物，反而能让老人多活那么几年，而且据说对家里的年轻人也好。南无村的那些寿器若干年来都是福娃打的，它们带来的收入成为大儿子娶亲的彩礼、孙子的学费和书本费。家家都储备了那器具后的若干年里，人吃的好了，活的日月长了，当然不会有人再登门来拉福娃做好的这三具寿器，即使有年轻的或者中年的人意外夭亡，一般也是从邻居或者本家暂借寿器来应急，将来再还就是了，断断不会马上去福娃家来买。而这样的东西，福娃也不好去向别人兜售，于是，眼下在他很需要一笔钱给二儿子娶媳妇的时候，想把它们变成钱就很不容易。

他嘟哝着，直起腰来，从墙上的砖缝里拔出一把早年割草的锈迹斑斑的短把镰刀，握住镰脖子，把弯曲光滑的把儿朝上，把它想象成一把鼓槌。然后他做了一个用"鼓槌"去敲击寿器的动作，在即将敲打到棺材板时，他收住了力道，犹豫着，伸出另一只手掌去把每个寿器上的浮土清理出一片来，又弯下腰去，噘起黑厚的嘴唇来"呼呼"地吹着，让那片木头的表面白净到一尘不染。

那会儿在巷子口，闲汉银贵抽着福娃递给他的烟，耸着肩膀，斜视着他不断嘿嘿地笑。福娃不耐烦地问："你笑鸡巴什么哩呢？"那闲汉分明看透了他的心事，故意拿他一把说："难住了吧，把你福娃也难住了吧？你以为盖起一座一砖到顶的院子这辈子就消停了？想得太美了吧？老天爷让你有两个儿子，就是让你受两份罪。难住了吧？把你一天骄傲的，你骄傲什么呢？！"福娃无奈地嘿嘿两声。那闲汉越发得意了，卖个关子说："也不白抽你的烟，我有办法让你不熬煎哩。"福娃不屑地说："你有个球的办法，有办法你就不是这球样！"银贵也不生气，依旧"嘿嘿嘿嘿"地笑："我要指给你一条路，你怎么谢我？"福娃"哈"一声说：

"你看你这怂样子,你要真能,我摆一桌,和你喝一瓶!"那闲汉先看看两边没人,对福娃招招手,压低声音说:"你往跟前走走。"福娃不由附耳过去,只听闲汉那张臭嘴热气烘烘地说:"你不就是想卖几具棺材给老二娶媳妇么,你趁家里没人的时候,把厦子底下那几具棺材敲敲,——那东西是个老虎,能吃人——就有那该死的立马完蛋,你的棺材不就卖出去了?"

福娃赶紧瞅瞅两边,幸好没人,也压低声音说:"不能干这事吧,让人知道了还不骂死我?"银贵"啧"一声说:"你看你这人,这又不是害人,该死的活不了,这办法只是解决一下他死了用不用你棺材的问题。"福娃又递给他一支烟说:"我再想想,这话你可不敢跟第二个人说。"银贵嘿嘿笑着说:"我等着你请我喝酒哩。"

福娃把镰刀把举起来,可是敲不下去,他能看见那棺材板下面的确躺着一个人,那是谁呢?他张了门口一眼,那里没人,嘟囔了一句:"该死的活不了!"把心一横,瞪圆了眼,镰刀重重地敲击到眼前的棺材板上,发出空洞沉闷的回响,然后,他又接着在这具棺材上敲了两下。不知为什么,他有些毛骨悚然,只望了望另外的两具,终于没有去敲。他把镰刀挂回墙上,抱起玉米秸秆重新把那三具寿器盖好,走出厦屋,没有敢回头去望,甩开罗圈腿,慢慢踱到灶屋去烧水,准备沏一壶大叶茶来打发剩下来的白日时光。

一条巷子里的正元家的女子出嫁,二福也去帮忙。村子里像他这样年纪的人到有红白喜事的人家去帮忙,其实是帮闲,喝喝茶吃吃饭斗斗酒,捧个人场,干活的自然有那些年轻的。闲汉银贵嘴里常常淡出鸟来,盼着谁家有个事情,早早就赶去,拉条板凳,半拉瘦屁股坐板凳头上,跷起二郎腿,裤腿挽起老高,开始一根接一根地抽那不抽白不抽的香烟。一边不时瞥一眼灶上，等着打牙祭，一边冷笑着打量这一圈的人，盘算着一会儿和谁斗酒以便多喝两杯。

貌似伟人的二福吸引了银贵的兴趣，那闲汉不说话，只是望着二福笑，他知道一会上了场，怎样用一句话戳到二福的疼处，让他来者不拒地把酒灌下肚去。银贵的主意是：只要有一个人喝多了，场就能晚散一会儿，最好喝到月偏西。

二福不知道闲汉在打他的主意，酒瓶子一开，起初大伙都会有一小会儿的腼腆，直到有个家伙平举着胳臂把酒杯伸到桌子中间大吼一声："日他妈，喝一家伙！"这个人永远不是闲汉银贵，他的策略是暗里使劲，底下烧火。喝开后，银贵殷勤地给大家倒酒，他拿眼角瞅瞅二福说："啧，正元不行，让喝这鸡巴便宜酒，大席都不敢上汾酒。"就有人反对："喝你的吧，让你喝这也不错了，满桌子有能让喝起汾酒的主儿吗？"银贵马上说："你忘了，二福家的艳出嫁的时候，二福让你喝的不是汾酒？"对手瞪起眼说："胡球说，二福多会让喝汾酒了，别说艳出嫁的时候了，军娶媳妇的时候他已经倒灶了。"有那老实人诚恳地说："早些年二福的确能行，这几年他不行了，他也'二蛋'，——艳出嫁的时候你喝他汾酒了？还不是喝的这个猫尿？"二福一直笑眯眯的，像个佛爷爷。银贵就把在座都扫了一眼，咕咕鬼笑："看来我记错了。"

二福拿起酒瓶子，慢腾腾地说："倒上。"

一群帮闲的父辈好容易散了场，更深露重，月光把树影投到东墙上，该死的猫头鹰不知在谁家的屋脊上鬼笑。闲汉银贵打着满足的嗝儿深一脚浅一脚地向村子深处走去，剩下几个人把不说话光打嘟噜的二福送到大门口，问道："能行吗？用送你进去吗？"二福笑眯眯地摆摆手。但大伙还不放心，对着那亮灯的窗户大喊：

"莲——！"

莲和回娘家住的女子艳把沉重的二福回到床上躺下，艳拧着眉头埋怨："闲得没事干，又喝多了！"出外屋看电视去了。莲没有力气给二福脱衣服，就那样给他盖上被子，问了一句："有凉茶你喝吗？"二福笑笑，呼噜打雷一般响了起来。莲出来坐在女子身边看电视，咯咯笑着说："今晚我和你一起睡，你爸别把我熏死！"艳盯着电视，含混地说："我爸吧，真是的！"

8

莲做好了早饭，冲蹲在花池边上刷牙的女子喊："叫你爸和你二哥起来洗脸吃饭。"艳含着牙刷喊："爸——，二哥——，吃饭哩！"莲不满地骂道："叫花子女子！"她亲自来到小儿子住的角屋，站在窗子外面喊："海，海！"海烦躁地答应："知道了！"莲骂道："我把你个死娃娃！"她回到自己屋里，看到二福睡得很安详，就爬上床去把窗帘拉开，上午的阳光射进屋里来，莲借着光线看到二福的脸色有点发青，就一边嘟囔："这死人怎么不打呼噜了？"一边往跟前凑，她怔了怔，怕烫似地用手掌尖碰了碰二福的脸，发现二福已经冷冰冰硬邦邦了。

第一个听见二福家哭喊的是福娃，他正站在厕所撒尿，抖了抖，尿了一裤子。福娃出来厕所沉着地对戳在那里的老婆说："快到二福家看看怎么了。"两口子就往门外跑，孙子在后面追，福娃老婆回头说："娃，娃你在家，奶奶一下就回来。"

二福死了。闲汉银贵宣布，那天在正元家喝的酒不太真，可能是工业酒精勾兑的，他也差点没死了。无论酒的真假，南无村的人得出一个结论：二福是喝死的。他们认为恓惶归恓惶，这总归是一个笑话。

二福死了，大伙要笑自然是笑话莲，婆娘们聚在二福家陪着莲哭天抹泪，比死了男人的还恓惶。这都不是装的，就算女人的心是硬的，她们的眼皮却总是软的，管不住自己的眼泪。可也有那偷偷把眼睛扫来扫去只管到处打量的，早在心里开始笑了，顾忌着场合不合适，硬是要装出和别人一样的良善来。这样的人不是不善良，是莲的冤家，婆娘尤其村槽里的婆娘，谁能没一两个冤家幸灾乐祸呢？只看那个子最大的婆娘叫俊的，高挑饱满，脸盘也还周正，只是眼白大黑珠小，嘴角老要撇来撇去沾着一点白唾沫。这是个会说笑的，即便儿子在外打工的时候强奸杀人被政府枪毙了，媳妇扔下娃娃跟人跑了，也还能泰然自若地坐在巷子口和人扇风，说我娃在南方太忙了，干的事情太重要了，好几年也没请一天假回来。又骂媳妇子脸皮太厚，跑到南方找自己男人去了，说出来可真够辱没人的哈哈。俊只把一村子的人当傻子，一村子的人只道瞒着她一个人，以至于她竟然从来没被别人戳破，还能掩耳盗铃地搜罗别人的笑话。

埋了二福，莲在巷子里和人说笑，嗓门听起来更大了，那些等着看她守活寡背后好讲笑话的婆娘，只能当面骂她："没心肝的眉眼！"

真正成了笑话的是福娃，都在传说他敲棺材结果把亲弟弟敲死的事。要想人不知，除非己莫为，也不能认定这事情就是闲汉银贵讲出去的，南无村很有几个称得上"先知"的，更不乏只照别人不照自己的"镜子"——可怜人总是依靠笑话别人的可怜来觉得自己活得还不赖。

装殓二福的寿器，正是福娃用镰刀把儿敲过三下的。但福娃认定二福是自己喝死的，迟早是要喝死的，和自己敲棺材没一点关系。但心里还是亏，半夜睡不着，因此来年侄子海结婚的时候，作为大伯的福娃包揽了一切事宜，替死去的弟弟做主了，为此他在南无村获得了一个好名声。

9

二福没死的时候，女子艳就住娘家了。原本艳的两个女娃子没跟来，二福死了，她们来哭姥爷，来了就没再回去。两个挂着鼻涕虫的外甥女来了就没回去的事，开始她们的姥姥莲也没觉得有什么不对劲，一来二福死了，莲成了寡妇，身边没人心里寡得慌，有女子和女子的女子缠在身边，她还怕她们回去哩；二来大伯子福娃和她商议说，二福死是死了，死了也放不下的是老二海的婚事——艳都两个娃了，当哥的海还打着光棍——，二福肯定比活着的人还着急这件大事，那么没必要等守满当年的孝再给海办事，只要七七过了，就办喜事，老二一准不会怪咱，还要托梦感谢咱，"你说呢军他妈？"莲擦把眼泪骂起了二福："管他高兴不高兴，他死球了算球，我和娃们还要美美地活哩。——还守一年的孝？他活着不如人，耽误了我娃的事，死了还要看他的脸色，看他个死人敢！"福娃也不好说什么，帮着发落了二福，紧接着就开始操办海的婚事。这样，艳的两个女子一直住到二舅娶了媳妇，还一直住着。

海结婚后，住着五间北厦西头的两间，把大个衣柜堵住原本和东头三间串通的门，就算独立门户了，只是吃饭还在一起。艳和两个女子住在娘家，莲没觉得有什么不方便，新媳妇的脸色渐渐不好看，开始骂起了自己的命不好，嫁了海这么个没出息的，人家结了婚都单门独院过，自己一过门就得给小姑子看娃娃。隔着个立柜，莲听见了，艳也听见了，莲对艳"嗤"地笑一声，压低声音说："别理她，你就当是狗叫哩！"艳翻翻白眼，呵斥自己的两个人事不懂的女子："你俩要再敢往人家那边跑，看我打折你俩的狗腿！"

媳妇要买个铁炉子自己做饭，海面子上下不来，被她歪缠得火了，拴了门美美地揍了个不亦乐乎。媳妇就不下床了，不吃也不喝。海说："有本事你回鸡巴娘家去！"媳妇脸上粘着几缕头发撕心裂肺地喊："你怎么把老子娶来的，怎么把老子送回去，你这没种的龟孙子！"莲要过去劝，艳拉住了："你管人家的闲事干什么，谁会说你个好呢？不骂你就是好的了。"三天过去，媳妇子更加蓬头散发目露精光，海两眼通红没了主意，过来找他的妈："妈，要不离球了算了！"莲咬着后槽牙说："可把你有本事的！"她拦住要去西屋理论的艳，亲自端了碗鸡蛋臊子面给媳妇送进去，坐在床头对着床上那卷大红的绸子面被子说："娃，你心里有什么不平的，你就和妈说，海是个老实娃，你别和他一般。妈知道你受屈了，这个家没有当家的，要啥没啥，可买个铁炉子还是能买起的。妈是怕你们年轻自己做不好饭，吃不好。娃，你起来吃口饭，吃完饭就让海去镇上买个铁炉子回来。"莲抹着自己的眼，那媳妇头蒙在被子里瓮声瓮气地说："这到底是谁的家？你说这到底是谁的家！"莲这才明白过来，这不是和海生气呢，这是在和自己生气呢，是要当家做主哩。

海和艳看到妈从西边屋里出来，推上自行车往外走，都问："妈，你干什么去？"莲说你俩别管，头也不回地出了门。艳说：

"哥，你看看咱妈去。"海说："不用去，她肯定是去镇上买铁炉子去了，她看好了我一会开上我明哥的'大金刚'拉回来就是了。"

莲推着自行车刚出门，碰见福娃的老生子小崽。福娃快四十岁的时候，老婆给他生下这个老儿子，矮小枯干，长成个猴子样，脾气却大得很，随了妈。小崽拦住莲说："婶儿我和你说个事。"莲躲开他说："我要去镇上。"小崽一把拽住车龙头，瞪起眼睛说："婶儿你把我爸给海结婚垫的一万块钱还给我。"莲笑了："看这傻娃，你爸都没要，你操什么闲心。"小崽拧起眉头说："我还差一万块彩礼，你不能不让我结婚吧？"莲挣了挣车龙头，小猴子劲还挺大，没挣开，她提高嗓门嚷："我现在没钱，就是你爸来要也没钱！"小崽说："你骗谁，我海哥结婚没收礼？你把礼钱存银行了吧？"莲扑哧笑了，扬扬手作势要打小崽的头："收下的礼都在你新嫂子手里，你有本事问她要去。"小崽一缩头说，我不去。莲咯咯笑："不去拉倒，反正我没钱。"小猴子怔了怔，突然撒开手往家跑，头也不回地说："我就不信你不还，你不还，我回家搬梯子去，我搭梯子上你家房，把你家房上的瓦都掀下来卖了！"莲赶紧大呼小叫地去追，一边跑一边喊："儿，儿，好我的儿哩，婶儿这就去信用社取钱还你个龟孙！"

莲安顿好小崽，骑着自行车路过十字路口，又被俊拦住了。俊说："我都听见了，你要去取钱，有钱先把我那五百还了，反正不多。"莲咯咯笑着，压低声音说："我骗那傻小子呢，要不他要掀我的瓦。我哪有钱，钱都在媳妇子手里呢。"俊翻着白眼，撇撇嘴角说："两个儿都结婚了，你把欠人的钱往他们头上分分，你个老×不就轻松多了？"莲瞪大了眼睛："那可不行，那不是让媳妇们生气吗？闹不好要离了婚，我儿子不是要打光棍儿了？不分债，我一条命顶到西天！"

于是俊到处散播莲要赖账，凡是借给她钱的这辈子别想要回来了。

10

有人来接艳，来人不是她那个矮胖的女婿，是个瘦高的平头，目露凶光，人看上去比艳大很多，开着一辆黑色的普桑。莲不认识这个人，海认识，他就是镇上有名的地痞喜喜。艳结婚后在镇上开着一个服装店，喜喜常来坐坐，两个人就好上了。早就有人说，艳那个矮胖的女婿不中用，这两个女子都是喜喜的亲生。莲第一次见这个人，发现他的眉眼很熟悉，再看看自己的两个外甥女，什么都明白了。莲看了看艳的脸色，艳跟没事人一样，踢给喜喜一把椅子说，坐下。喜喜坐下来，把车钥匙扔给海说："老弟你把我后备厢里给姨姨买的东西都拿下来。"海说你抽烟，递根烟过去。喜喜没接，不耐烦地命令："快去！"海出来碰见路过的伙伴平，平皱起眉头问："喜喜怎么到你家了？他来咋呼谁？"海笑着说："他不敢，这是在咱村里呢，他敢咋呼卸他一条腿。"

喜喜直截了当地告诉莲："姨姨，以后艳就跟我过了。"莲看看艳说："好好的你这是怎么了？"艳平静地说："妈，你别大惊小怪，这几年我们就在一起过着哩。"莲说："你婆家那头知道吗？"艳说，知道，怎么不知道，这世界上就你一个人不知道。莲说："想咋就咋吧，我管不了，把两个女子给我留下就行。"艳说："就是给你商量这事呢。"看看海媳妇不在院子里，压低声音说:"你也该给人家腾地方了,等着人家撵你呀!"海提着东西进来了,莲就没吭气。艳接着说:"喜喜在镇上给你租了房子,今天就是接你去,你和两个女子一起住就是。"海把东西放下,坐下来点上根烟问:"接咱妈给你看娃去呀?咱妈要享福了。"莲骂道:"娶了媳妇忘了娘,你真出息!"海嘿嘿地笑,嘴角的纹路像极了他死去的老子。

艳说,妈我和你收拾东西去。莲惊讶地说:"这就走呀?"艳冷笑道:"这个家你还没住够啊!"莲说:"其实也没个什么收拾的,就是一床被子。"喜喜一直坐着没动,看着海和艳往外搬东西,他用大拇指把遥控钥匙摁了一下,"咯——",打开了院外的车门。海媳妇大惊小怪地跑出来问怎么回事,不住地打量喜喜,喜喜盯着她看了一眼,没吭气。

莲领着两个外孙女上车的时候,车边已经围了一圈看热闹的婆娘们,她们眼神复杂表情酸涩地开她玩笑:"哟,莲,熬出来了,这是要跟上女子享福去了。"莲满面红光,笑着,骂着:"怎么啦,不行啊?光眼馋不顶事,有本事你们也跟上走啊!"海的媳妇扑闪着眼睛说:"妈,我们过不下去了到镇上找你要饭,你别不认识啊!"惹起一阵哄笑。在这样欢乐的气氛中,莲上了轿车,抱着两个外孙女坐在后排,不由自主很有风度地从车窗里向外摇着手,脸上洋溢着羞涩的笑容,竟然有了点当年出嫁时的感觉。婆娘们在车轮腾起的烟尘中摇着头,交换着意见:"你看人家莲,你看人家莲,到底是个有福气的人,二福活着的时候享福,二福死了照样享福!"一片"啧啧"声。

11

镇上出了件不大不小的事，公社时期的派出所长老叶死了老婆。这个曾经叱咤风云的人物如今也六十好几了，却虎老余威在，加上弄下不少钱，在这一方还是个人物。灵棚就搭在菜市场门口，花圈摆满了市场。喜喜在丧事上当总管，当年老叶是猫他是老鼠，光阴荏苒，他们成了忘年交，成了生意上的伙伴。如今，他们都是镇上有头有脸的人物。

两个外孙女快放学了，莲正做饭，艳抱着一堆脏衣服进来了，"妈，你掏空儿给洗了。"莲回答："你吃饭吗？"艳说："顾不上，老叶的婆娘死了，我和喜喜都在那边帮忙。"她走进厨房，拿起根生黄瓜"嚓嚓"地吃着问："妈，你知道这事吗？"莲说，啊？艳不耐烦地说："老叶死了婆娘！"莲瞪瞪眼，笑着骂："叫花子女子，他死了婆娘管我什么事，不是病了好几年了吗？"艳也瞪瞪眼，哼一声："你就装！"

莲是在装。她刚到镇上安顿好，老叶就来过了。和二十年前比，老叶更加富态，像个面团，眼神也和善多了。不知为什么，莲一见他就想起了二福，恍惚间，她觉得二福和老叶似乎从一开始就是同一个人。老叶来重申他是艳的干爹那件事，莲骂道："别不要脸了，谁承认呢！"老叶就眯缝着眼睛笑，表情像极了二福。

老叶的婆娘刚出头七，他又来找莲，开门见山地说："干脆，我这干爹变湿爹算了。"莲说："你别胡说，艳还不把我骂死！"

老叶乐呵呵地说:"你担心的全是没用的,我让喜喜和她说,让她和你说。"莲骂道:"没脸没皮,还能让我女子做媒,这世上做媒的人死绝了?!"老叶恍然大悟:"行行,我这就去找媒人。"莲赶紧拉住:"急死你个老家伙,还不等过了七七?你让人笑话死呀!"

老叶的婆娘死了七七四十九天之后,第五十天,老叶把比他小十岁的莲娶进了门。

然后,小半年过去了。晚饭后,看电视,莲和老叶商议:"明天我得回去一趟。"老叶歪歪头,看着她,"没事就别跑。"莲说:"该跑就跑它哩,还有一件事没了。"老叶呵呵笑:"欠人钱啊,除了这事别回去。"莲看老叶眉开眼笑的,也咯咯笑起来:"可不是屁啊,鸡巴二福没本事,死了给我留下一屁股债。这几天我睡不着,老梦见村里人追着我两个儿子讨债,我不能光顾自己享福,让儿孙替我遭殃,你说是不是?"老叶收敛了笑容,认真地问:"欠人家多少呢?"莲笑笑,眼神闪烁地说:"两万。"老叶说:"明天咱去信用社取两万,让喜喜开车和你跑一趟,还清了你别老往回跑了,麻球烦!"莲亲昵地推老叶一把,"你替我还了,我还回去干什么?儿孙要孝顺以后叫他们来看我,我才不操他们那份闲心哩。"老叶笑眯眯瞅着莲说:"你这是把自己卖给我了啊!"莲打他一下说:"你愿意买么。行了,别讨厌了,我给你端洗脚水去。"老叶乐呵呵地望着莲肥硕的屁股扭啊扭地进了厨房,扭过脸去看电视。

这天早饭后,南无村下地的人们看到一辆黑色的桑塔纳小轿车进了村子,都驻足回头观望。小车停在了老柳树下的和平家门口,车门开了,下来一个有点眼生又有点眼熟的身影,有那眼尖的婆娘叫喊起来："莲——，你个死人回来了！"莲回骂着："倒你个死人哩，我就不能回来啊。"又嘎嘎地笑着，"我顾不上和你说话，要给人还钱哩，晌午去你家吃盘子！"那婆娘就骂："还吃盘子哩，有牛粪饼子你吃吗！"说话到了跟前，看见莲烫了头，穿着身时兴的新衣服，人捂得越白了，脖子上挂的、耳垂上吊的、左手无名指上箍的，全是黄灿灿的物件，那婆娘仔细瞅瞅莲，发表感想说："看你脸上皱纹多的，受苦了吧！"莲嘎嘎笑着说："天天受苦，钱多得花不了啊！"婆娘又扭头去看小轿车，影影绰绰从玻璃里看到有个人坐在里面，记得是艳后来跟的那个人，不由撇了撇嘴角。

　　说话间进了和平家的门，他家饭迟，一家子正在端着碗喝米汤，和平媳妇看见莲进来，赶紧搬了个椅子让坐下。拉呱了半天，莲从衣兜里掏出一沓钱来递给和平说："还给你的两千，这是死鬼二福自己借的啊。"和平说："二福要面子，我还以为他没跟你说过这事。"和平媳妇剜男人一眼，骂道："看你把人想成什么了，咱嫂是那赖账的人吗？"又对莲说："要不是娃要开学，这钱你就用着吧，还什么还！"莲哈哈地笑："有钱，有钱，咱不是那两年了，——不光还你的，今天我家家的都要还。"和平媳妇接过钱来，捏在手里感叹道："嫂，你还是有福气。"

　　整个上午，喜喜的车这里停停那里停停，莲把债都还完了，寻思回家看看，又想起件事情来，于是车停到腊梅家院门口。腊梅三十岁上男人被火车撞死了，本家族里人帮扶着把两个儿子拉扯大，儿子成人后，族里人怕她想改嫁，又从本家儿女多的人家过继给她一个小女儿，如今女儿也嫁人了，腊梅自己一直没再找过人家。

　　喜喜的车等在腊梅的院门外，莲和腊梅在屋里说话，莲咯咯地笑着说:"腊梅,快着快着,你要愿意,年前就能把事情办了,——天天和老叶下棋的那个老赵,铁路上的,一个月挣几千,婆娘也死了,也想找一个——你不抓紧,就让别人把窝儿占了。再说,你来了,咱俩是个伴儿。"腊梅羞得满脸通红,笑着啐她一口骂:"你怎么不死!"莲瞪瞪眼说:"我还要美美地活他哩。"两个婆娘呱呱地笑个没完。

　　后来,腊梅把这件事当笑话讲给婆娘们听,她们都呱呱地笑,骂莲不要脸,笑过后她们认真地讨论了莲这个人,一致认为那家伙好本事,到底是个有福气的人。

2009年6月4日凌晨于太原

创作年表（要目）
(1995-2019)

▲ 1995 年

1月，短篇小说处女作《清早的阳光》，发表在《山西文学》1995年第1期。

1月，短篇小说《不惑之年》发表于《太原日报》双塔文学周刊头版。

▲ 2000 年

1月，诗歌《迟到的乌鸦（外一首）》发表于《诗刊》2000年第1期。

5月，诗话《仰视诗人》发表于《诗刊》2000年第5期。

10月，《大家》（时任主编李巍）2000年第5期推出中短篇小说辑，发表《局外人》《一位小姐的心灵史之谜》《女儿国》《小叔的艺术生涯》四篇。

10月，随笔集《比南方更南》由作家出版社出版，收入"青藤丛书"。

11月，短篇小说《局外人》由《短篇小说选刊版》2000年第11期转载。

12月，散文《对乡村的两种怀念》发表于《人民文学》2000年第12期。

▲ 2001 年

2月~4月，在《山西文学》开设"名著篇名短篇小说"专栏，发表《一个青年艺术家的画像》《存在与虚无》两个短篇。

6月，长篇小说《奋斗期的爱恋》发表于《黄河》2001年第3期头题。

7月，诗歌《黑与亮（二首）》发表于《诗刊》2001年第7期。

9月，《奋斗期的爱情》由长江文艺出版社出版，收入"九头鸟长篇小说文库"。

▲ 2002 年

5月，诗歌《纪念（外一首）》发表于《诗刊》2002年第5期下半月号。

6月，短篇小说《解决》发表于《山西文学》2002年第6期。

8月，《解决》由《小说精选》2002年第7期转载。

9月，短篇小说《师傅越来越温柔》发表于《鸭绿江》2002年第9期。

12月，《师傅越来越温柔》由《小说选刊》2002年第12期转载。

12月，获得2002年度山西新世纪文学奖。

▲ 2003 年

1月，短篇小说《流氓兔》发表于《广州文艺》2003年第1期。

3月，《流氓兔》分别由《小说月报》2003年第3期、《短篇小说选刊版》2003年第3期转载；短篇小说《把游戏进行到底》发表于《人民文学》2003年第3期。

4月，短篇小说《解决》收入人民文学杂志社选编、李敬泽主编《2002年文学精品·短篇小说卷》，敦煌文艺出版社出版。

▲ 2004 年

1月，短篇小说《流氓兔》收入人民文学出版社《21世纪年度小说选·2003短篇小说》。

5月，长篇小说《公司春秋》由中国社会出版社出版。

7月，短篇小说《后福》发表于《中国作家》2004年第7期。

7月，短篇小说《最近比较烦》发表于《北京文学》2004年第7期。

10月，长篇小说《公司春秋》由《长篇小说选刊》2004年试刊号"小说故事"选介。

▲ 2005 年

3月，短篇小说《后福》收入谢冕、朝全选编，华艺出版社出版《好看短篇小说精选》。

5月，长篇小说《婚姻之痒》由朝华出版社出版。

▲ 2006 年

10月，中篇小说《炊烟散了》发表于《现代小说》寒露卷头题。

▲ 2007 年

9月，《李骏虎小说选》中篇卷、短篇卷由山西古籍出版社、山西人民出版社联合出版，收入《炊烟散了》《爱》《梦谭》三个中篇，《解决》《后福》等短篇。

9月，由省作协选送鲁迅文学院第七届中青年作家高级研讨班学习。

▲ 2008 年

1月，短篇小说《奔跑的保姆》发表于《鸭绿江》2008年第1期。

2月，中篇小说《心跳如鼓》发表于《飞天》2008年第2期。

2月，应《山西文学》副主编鲁顺民之约，推出小说作品专辑，发表中篇小说《玫瑰》、短篇小说《漏网之鱼》、创作谈《享受写书的过程》。配发评论家杨品同期评论。

3月，应邀在刘醒龙主编《芳草》文学杂志开设"年度精锐"专栏，陆续发表中篇小说《前面就是麦季》，短篇小说《七年》《焰火》，分别由评论家王春林、刘川鄂、韩春燕配发同期评论。

4月，《前面就是麦季》由《小说选刊》2009年第4期转载。

5月，《前面就是麦季》由《中篇小说选刊》2009年第3期转载。

5月，短篇小说《退潮后发生的事》发表于《绿洲》2008年第5期。

8月，长篇小说《母系氏家》发表于《十月》长篇小说2008年第4期头题。

▲ 2009 年

2月，短篇小说《七年》收入人民文学出版社《21世纪年度小说选·2008短篇小说》。

4月，长篇小说《婚姻之痒》由中国友谊出版公司重新出版。

6月，中篇小说《逆流而上》发表于《小说界》2009年第3期。

7月，中篇小说《五福临门》发表于《山西文学》2009年第7期头题。

10月，中篇小说《五福临门》由《小说月报》2009年增刊中篇小说专号第4期转载。

10月，获得第十二届庄重文文学奖。

11月，《山西日报》黄河文化周刊"黄河关注"刊发记者朱慧访谈《用小说探索人的精神世界——专访第十二届"庄重文文学奖"获得者李骏虎》。

12月，长篇小说《母系氏家》由陕西人民出版社出版发行。

▲ 2010 年

4月，中篇小说《五福临门》入选中国小说学会2009年度中国小说排行榜。

4月，长篇小说《母系氏家》修订本发表于《黄河》双月刊2010年第2期，配发创作谈《我为什么要重写〈母系氏家〉》，以及评论家杨占平文章《成功的跨越——由〈母系氏家〉谈李骏虎小说创作的转型》。

4月，散文《属于"晋南虎"》发表于《天津日报》文艺周刊。

6月，短篇小说《牛郎》发表于《黄河文学》2010年第6期。

6月，《山西日报》黄河文化周刊"黄河关注"刊发长篇小说《母系氏家》评论专辑，发表评论家傅书华《现实主义的力量极其现实意义——读李骏虎的长篇小说〈母系氏家〉》、宁志荣《乡村生活的艺术呈现》、王晓瑜《芸芸众生的生命轨迹》三篇文章。

7月，长篇小说《母系氏家》由《长篇小说选刊》2010年第4期"小说视点"选介。

9月，长篇小说《小社会——铅华与骚动》被立项为2010年度中国作协重点作品扶持选题。

10月，中篇小说《前面就是麦季》获得第五届鲁迅文学奖全国优秀中篇小说奖。

11月，长篇小说《母系氏家》获得2007—2009年度赵树理文学奖长篇小说奖。

11月，因第十二届庄重文文学奖和第五届鲁迅文学奖，获得两项赵树理文学奖荣誉奖。

12月，中篇小说《前面就是麦季》转载刊发《北京文学中篇小说月月报》第五届鲁迅文学奖获奖小说专号。

24日，散文《手不释卷的李存葆》发表于《中国艺术报》九州副刊。

▲ 2011年

2月，短篇小说《割草的男孩》发表于《芒种》2011年第2期。

3月，短篇小说《还乡》发表于《红岩》2011年第2期。

3月，评论《看刘心武魔幻手法续红楼》发表于《中国艺术报》文艺评论版。

5月，中短篇小说集《前面就是麦季》由北岳文艺出版社出版。

6月，散文《老鼠旅馆》发表于《今晚报》今晚副刊。

11月，描写山西抗日民族统一战线选题《中国战场之共赴国难》，入选中国作家协会2011年作家定点深入生活名单。

▲ 2012年

1月，定点深入生活选题中篇小说《弃城》发表于《当代》2012年第1期。

1月，《文艺争鸣》2012年第1期发表评论家傅书华文章《〈母系氏家〉对现实主义的真实书写》。

2月，短篇小说《科比来了》发表于《青年文学》（上旬刊）2012年第2期。

2月，中篇小说《弃城》由《作品与争鸣》2012年第2期转载。

3月，散文《景老师消失在地平线》发表于《文艺报》文学院专刊。

4月，中篇小说《弃城》由《中篇小说选刊》增刊2012年第1期转载。

8月，《文艺报》文学院专刊头版刊发作家李骏虎专版，发表创作谈《慢慢地，学会了怀疑》，配发鲁迅文学院教研室赵兴红评论《精神向度决定作品高度》、《芳草》编辑郭海燕文章《南人北相小虎子》。

9月，《中国战场之共赴国难》入选2012年中国作家协会重点作品扶持选题定点深入生活专项选题。

12月，《创作与评论》"文艺现场"专栏发表中篇小说《此岸》、创作谈《命运才是捉刀人》；配发山西大学文学院教授王春林访谈《让作品跟身处的时代发生关系——李骏虎访谈录》，山西省社科院文学所所长陈坪评论《向着大地的回归——李骏虎中短篇小说创作论》，以及马顿《细节与方言是乡土文学的优胜点——以李骏虎长篇小说《母系氏家》为例》。

12月，《人民日报·海外版》刊发中华读书报记者舒晋瑜文章《李骏虎：现实主义才是最先锋的》。

▲ 2013 年

1月，中篇小说《庆有》发表于《山西文学》2013年第1期。

1月，《芳草》杂志2013年第一期刊发山东师范大学教授张丽军访谈《李骏虎：于传统束缚中开疆辟域——七〇后作家访谈录之五》。

1月，《映像》杂志2013年第1期刊发诗人阎扶访谈《"现实主义是最先锋的"——青年作家李骏虎访谈》。

3月，《莽原》双月刊"当代名篇聚焦"发表李骏虎点评毕飞宇《家事》，评论家张丽军评介。

5月，短篇小说《亲密爱人》发表于《山花》2013年第5期。

5月，电视连续剧《婚姻之痒》由吉林电视台都市频道播出。

7月，《山西日报》文化周刊刊发记者杨东杰访谈《书写我们身处的时代》。

7月，散文《大风到来之前》发表于《散文》2013年第7期。

8月，散文《河北三思》发表于《文艺报》新作品版头条。

8月，中篇小说《大雪之前》发表于《清明》2013年第4期。

8月，长篇小说《婚姻之痒》由北岳文艺出版社出版第三个版本。

8月，散文《北地树》发表于《光明日报》光明文化周末"大观"版。

9月，中篇小说《此案无关风月》发表于《长江文艺》2013年第9期。

9月，散文《大风到来之前》转载于《散文选刊》2013年第9期。

10月，散文《那年花好月圆时》发表于《山西日报》黄河文化周刊。

11月，长篇小说《浮云》发表于《芳草》文学杂志双月刊。

11月，散文《广武怀古》发表于《山西日报》河文化周刊。

12月，散文《河北三思》收入河北美术出版社《品鉴河北》。

▲ 2014年

1月，短篇小说《刀客前传》发表于《大家》2013年第1期。

2月，散文《行走广西》发表于《光明日报》光明文化周末作品版。

3月，散文《大风到来之前》收入北岳文艺出版社《2013年散文随笔选粹》。

3月，文论《寻尧记》发表于《深圳特区报》人文天地首发版。

4月，散文《不安的"出逃"》发表于《人民日报》大地副刊。

5月，长篇小说《奋斗期的爱情》由北岳文艺出版社再版。

5月，短篇小说《一日长于百年》，发表于《福建文学》2014年第5期。

5月，散文《在乡亲和大师之间》发表于《山西日报》黄河文化周刊笔会版。

5月，短篇小说《来自星星的电话》发表于《光明日报》光明文化周末作品版。

6月，长篇小说《奋斗期的爱情》修订本附记《我与〈奋斗期的爱情〉》发表于《中华读书报》书评周刊文学版。

7月，点评陈忠实散文《原下的日子》发表于《散文选刊》2014年第7期上半月刊。

8月，《小说评论》推出小说家档案–李骏虎专辑，刊发栏目主持人於可训《主持人的话》，傅书华、李骏虎对话《现实是文学的起飞点和落脚点》，李骏虎自述《用心灵思考和创作》，李骏虎主要作品目录，傅书华《论李骏虎的小说创作》等一组文章。

8月，散文《不安的"出逃"》转载于《散文选刊》2014年第8期。

8月，中篇小说《爱无能兮》发表于《芳草》2014年第4期。

9月，中国新文学学会会刊《新文学评论》"文学新势力"栏目推出李骏虎专辑，发表"作家语录"《谈我的创作转型》《〈奋斗期的爱情〉修订本附记》，以及王莹、张艳梅评论《李骏虎小说创作论》，张丽军、乔宏智《从都市情感到重返乡土——李骏虎中短篇小说漫谈》，马顿《〈母系氏家〉：一部见微知著的家庭政治演义》，李佳贤、王春林《人性倾斜与社会批评——评李骏虎长篇小说〈浮云〉》等研究文章。

9月，文化散文集《受伤的文明》由山西人民出版社版。

9月，散文《不安的"出逃"》由《发展导报》"阅读"版转载。

10月，散文《雨中去吕梁》发表于《山西日报》黄河文化周刊笔会版。

11月，散文《汉的长安》发表于《光明日报》光明文化周末文荟版头条。

11月，短篇小说《云中归来》发表于《深圳特区报》人文天地"首发"版。

12月，长篇小说《中国战场之共赴国难》发表于《芳草》文学杂志2014年第6期。同时单行本由北岳文艺出版社出版。

12月，长篇小说《中国战场之共赴国难》获得第四届汉语文学女评委奖最佳叙事奖。

12月，创作谈《人民是文学的生命力》发表于《文艺报》。

▲ 2015年

1月，创作谈《人民是文学的生命力》发表于《作家通讯》2015年第1期。

1月，在《小说选刊》开设"小说课堂"专栏，文学评论《经典的背景》发表于《小说选刊》2015年第1期。

1月，小说集《此案无关风月》由北岳文艺出版社出版。

1月，长篇小说《众生之路》发表于《莽原》杂志2015年第一期。

1月，散文《不安的"出逃"》收入漓江出版社《2014中国年度精短散文》。

1月，文学评论《化身：大师的"壶中妙法"》发表于《文学报》论坛专版。

1月，《山西晚报》开始连载长篇小说《中国战场之共赴国难》。

1月，《山西晚报》文化访谈版刊登专版：《李骏虎：〈共赴国难〉中，我写了段比文学更有价值的历史》。

2月，《中华读书报》发表评论家何亦聪文章《〈受伤的文明〉：笔墨从胸襟中来》。

3月，《黄河》杂志"黄河对话"刊发中国小说学会副会长、著名评论家王春林教授和小说家杨东杰对话《启示：李骏虎〈中国战场之共赴国难〉的新历史叙事价值》。

3月，《文艺报》发表著名评论家山西省作家协会主席杜学文评论《历史观、方法论与艺术表达——读长篇小说〈中国战场之共赴国难〉》。

4月，《山西日报》黄河文化周刊刊发《中国战场之共赴国难》创作谈《红色题材的求真魅力》。

4月，《太原晚报》天龙文苑刊发《中国战场之共赴国难》创作谈《三年走出的三十万言》。

4月，《都市》杂志2015年第4期头题刊登长篇散文《橘子洲头畅想》、长篇小说《中国战场之共赴国难》节选《决战兑九峪》。

4月，《太原日报》双塔文学周刊刊发徐大为、李骏虎对话《历史丰厚了文学，文学更应对历史负责》。

4月，中国作家协会《作家通讯》刊发《中国战场之共赴国难》创作谈《文学怎样为历史负责？》。

5月，《中国战场之共赴国难》精装典藏版由北岳文艺出版社出版。

5月，《名作欣赏》杂志2015年第5期刊登著名评论家、山西省作家协会主席杜学文评论《历史观、方法论与艺术表达——读长篇小说〈中国战场之共赴国难〉》。

5月，山西卫视新闻午报播出《长篇小说〈中国战场之共赴国难〉首发式举行》。

5月，山西新闻联播报道《我省新作——首部展现抗日民族统一战线形成过程的长篇小说》。

5月，新华网电《中国作家历时三载完成反法西斯战争纪实新作》。

5月，《中国新闻出版报》发布2015年4月优秀畅销书榜，《中国战场之共赴国难》进入文学类前十名。

5月，《山西青年报》新闻专题专版报道《首部描写红军东征的历史小说》。

5月，《发展导报》"聚焦"专版《山西作家书写红色救亡史——李骏虎新著〈中国战场之共赴国难〉讲述抗日民族统一战线形成过程》，并专版发表《长篇小说〈中国战场之共赴国难〉故事梗概》。

5月，光明网讯《长篇抗战历史小说〈中国战场之共赴国难〉引起反响》。

5月，散文《生命因为阅读而丰盈》发表于《群言》杂志2015年第5期。

6月，《文艺报》新作品专版发表《中国战场之共赴国难》创作谈《今天怎样写"救亡史"》。

6月，《文艺报》公布中国作家协会重点作品办公室2015年重点作品扶持项目篇目，长篇小说《巨树》列入"中国梦"主题专项。

7月，长篇小说《众生之路》由山西出版传媒集团山西人民出版社出版。

7月，散文《不安的"出逃"》，收入人民日报出版社《人民日报2014年散文精选》。

8月，《中华读书报》发表记者夏琪访谈《李骏虎：战争题材让我重拾宏大叙事》。

10月，评论集《经典的背景》由山西出版传媒集团北岳文艺出版社出版。

10月,《文艺报》发表刘慈欣、李骏虎对话《科幻文学与现实主义密不可分》。

▲ 2016年

1月,短篇小说《六十万个动作》发表于《飞天》2016年第1期。

3月,短篇小说《皮卡的乡下生活》发表于《星火》2016年第3期。

5月,中篇小说《银元》发表于《解放军文艺》2016年第5期。

5月,长篇小说《中国战场之共赴国难》获得山西省第十一届精神文明建设"五个一工程"奖优秀作品奖。

5月,散文《他与高原互为表里》发表于《山西日报》黄河文化周刊,纪念陈忠实。

6月,长篇小说《母系氏家》由北岳文艺出版社再版。

9月,《时代文学》2016年第9期"名家侧影"刊发小辑,发表短篇小说《在世纪末的夏天》,配发梁鸿鹰评论《论李骏虎乡村小说里的女性形象》,马顿、康志宏评论《矛盾密布,终织成幅》,以及五篇印象记:胡平《我眼中的李骏虎》,任林举《鲁28的"骏虎"》,曾剑《牵手的兄弟》,李燕蓉《有分寸的人》,孙峰《我的邻居和文友》;附李骏虎重要作品目录。封二、封三、封四刊发"李骏虎书法作品"。

9月,散文《雨城遐思》发表于《中国艺术报》副刊。

11月《光明日报》光明文化周末文荟版发表《地球的这一边》(组诗)。

11月，《文艺报》第九次全国作代会专刊发表《期待中国文学大繁荣》。

12月，散文《赐生我们的巨树永青》发表于《文艺报》原上草副刊。

▲ 2017年

1月，随笔《赐生我们的巨树永青》发表于《文艺报》原上草副刊。

1月，理论文章《在中国写作的优势和障碍》发表于《文艺报》。

4月，长篇小说《浮云》由江苏凤凰文艺出版社出版。创作谈《那是救亡的先声和前奏》发表于2017年4月19日《解放军报》"长征"副刊。

8月，诗集《冰河纪》由北岳文艺出版社出版。

8月，散文《铜鼓笔记》发表于《文艺报》。

8月，中篇小说《忌口》发表于《作品》2017年第8期。

9月，中篇小说《忌口》转载于《中篇小说选刊》2017年第5期。配发创作谈《没有贺涵，也没有尹先生》。

12月，散文《梅溪上的"西客"》发表于《山西日报》黄河副刊。

▲ 2018年

1月，评论《我们全部的尊严就在于思想》发表于《安徽文学》2018年第1期。

1月，散文《在乡愁里徜徉的新时代》发表于《群言》2018年第

1期。

1月，评论《讲政治 谈文学 搞创作》发表于山西日报《文化周刊》。

2月，散文《梅溪晋韵》发表于《人民文学》2018年第2期。

2月，评论《如何创造山西文学新"高峰"》发表于山西日报《文化周刊》。

3月，短篇小说《飞鸟》发表于《大家》2018年第2期。

4月，评论《国之光采，通达纵横》发表于《群言》2018年第4期。

5月，评论《两翼齐飞振兴山西文学》发表于山西日报5月16日《文化周刊》。

6月，评论《这些书影响了青年习近平的成长》发表于《支部建设》2018年第16期。

6日，评论《山西文学创作如何再攀高峰》发表于山西日报《文化周刊》头条。

8月，评论《文学要有社会功能和现实意义》发表于山西日报《文化周刊》。

8月，散文集《纸上阳光》由中国言实出版社出版，收入全民阅读精品文库，王巨才主编"当代最具实力作家散文选"。

8月，评论《文学创作关乎现实人生》发表于《文艺报》。

10月，散文《铜鼓笔记》收入中国作家协会编《遥望那片星群——中国作协"迎接党的十九大暨纪念建军九十周年"主题采访活动作品集》，作家出版社2018年10月第一版。

10月，随笔《那是救亡的先声和前奏》获得第六届长征文艺奖。

11月，自述《记录山西的神韵和荣光是我的责任和光荣》发表于《山西日报》文化周刊。

▲ 2019 年

1月，中篇小说《献给艾米的玫瑰》发表于《芙蓉》2019年第1期。

2月，中篇小说《献给艾米的玫瑰》被《北京文学中篇小说月报》2019年第2期转载。

4月，诗歌《家书》发表于《山西日报》文化周刊。

5月，散文《一个小镇的故事》发表于《山西日报》文化周刊。

9月，中篇小说《太原劫》发表于《红豆》2019年第9期。

10月，中篇小说《太原劫》被《小说选刊》2019年第10期转载。

10月，中篇小说《太原劫》被《小说月报》2019年中长篇专号第四期转载。

11月，散文《延安时间》发表于《光明日报》光明文化周末作品版。